KB070653

가출일기

김혜정 장편소설

가출일기

◍◍ 문학수첩

개정판을 내며

중학교 1학년 겨울방학 때였다. 매일 반복되는 학교생활에서 '어딘가로 훌쩍 떠나 버리면 어떨까?' 라는 생각을 하게 되었다. 그렇게 해서 쓴 소설이 바로 《가출일기》다. 고등학교 1학년이던 주인공보다 어렸던 나는 어느새 주인공들의 큰누나뻘이 되어 버렸다.

이 소설은 내게 아주 특별하다. 내가 처음으로 완성한 소설임과 동시에 '김혜정'이란 이름으로 출간된 첫 소설책인 때문이다. 10여 년의 시간 속에서 《가출일기》는 내게 주홍글씨였다. 1997년 이 책이 출간되고, 다시 소설책을 내기까지 꼭 10년이 걸렸다. 소설가의 꿈이 쉽지 않아 포기하고 싶을 때도 있었지만, 이 소설이 나를 지탱해 주었다. 열다섯 살 이후로 나는 한번도 소설을 꿈꾸지 않은 적이 없다.

개정판에서 소설의 내용이 크게 바뀐 건 없다. 다만 시대가 바뀌어 삐삐, 전자오락실, 만화방 등 요즘 시대와 어울리지 않는 소재들을 수정했을 뿐이다. 어설프고 유치한 문장이 눈에 보였지만 과감하게 놔두었다. 열다섯 살의 감성을 그대로 지키고 싶었기 때문이다. 이 소설이 10대에게 인기를 얻을 수 있었던 데는 또래가 쓴 이야기라는 강점이 있었을 것이다.

소설을 수정하면서, 10년 전과 바뀐 문화생활에 킥킥대면서 웃다가 여전히 바뀌지 않은 한 가지 때문에 마음이 너무 아팠다. 지나친 공부 강요로 인한 10대들의 스트레스와 그걸 사랑이라고 착각하는 철없는 어른들. 어떻게 된 게 10년 전보다 더 심해진 것 같다. 제2의 치현이와 훈이를 우리 주변에서 심심치 않게 찾아볼 수 있다. 우리 사회의 진정한 문제는 문제아가 아니라 문제 어른이다. 이 소설을 쓸 때는 주인공이 가출하여 벌어진 일들에만 신경을 썼는데, 이제는 가출을 하기까지 얼마나 힘들었을까 하는 것에 마음이 쓰였다. 이 소설이 아직 읽힌다는 것은 나로선 감사한 일이지만, 한편으로는 너무 씁쓸하다.

　개정판을 낼 수 있도록 신경 써 주신 문학수첩과 편집부 여러
분, 그리고 소설가 딸을 늘 자랑스럽게 여겨 주시는 사랑하는 부모
님께 감사함을 전한다.

김혜정

시작하며

난 인터넷 채팅을 참 좋아한다. 하루에 2~3시간씩 할 정도로 채팅을 많이 한다. 3년 동안 채팅을 하면서 사귄 잊지 못하는 오빠가 한 사람 있다.

그 오빠는 우리가 소위 말하는 명문 고교에 다니고 있었다. 그 오빠가 무척 부러웠다. 그러다 우연히 오빠의 생활에 대해 들을 수 있었다. 그 오빠는 이 소설 주인공인 채치현과 너무 닮았다. 어쩌면 채치현이 그 오빠라 해도 될 정도로 나는 그 오빠의 생활을 허락 없이 빌려 온 것이다. 꼭 그렇게 쓰고 싶은 마음은 없었다. 하지만 나도 모르게 그 오빠의 이야기를 담았다.

입시 위주의 교육, 학교 폭력 등 우리 사회에는 학생에게 주어진 짐들이 너무 많다.

얼마 전 '투신 자살 여중3 친구들이 밝힌 은어들'이라는 신문 기사를 읽게 되었다. 우리들 사이에선 당연하리만큼 잘 알려진 말들이지만 어른들은 이것이 마치 암호인 양 신기해하는 것 같았다.

"일단 '왕따'로 찍히면 학교생활은 끝장이에요. 친구 모두가 '생까' 기 때문에 차라리 죽는 게 나아요."

동료 학생들의 폭력에 견디다 못해 투신 자살한 여중생 친구의 증언이다. '왕따'는 보통 한 반에 두세 명 정도가 있다. 한번 '왕따'로 찍히면 상습적으로 폭행을 당하거나 신경쇠약, 우울증 등의 증세에 시달리는 것이 사실이다. 투신 자살한 그 친구도 결국은 죽음으로 극단적인 탈출구를 찾은 것이다. '생까'라는 말은 폭력 학생들이 '왕따'와는 아는 척도 하지 말고 철저하게 따돌리도록 다른 학생들에게 경고할 때 쓰는 명령 조의 말이다. 이 경고를 무시하는 학생은 폭력 학생들로부터 똑같이 집단 괴롭힘을 당하는 것은 물론, 제2의 '왕따'가 될 가능성이 높기 때문에 아무도 이를 거역하지 못한다. 그러다 보면 '왕따'로 지목된 학생은 그 누구와도 어울릴 수 없는 외톨이인 '쪽밥'이 되고 만다.

사정을 모르는 어른들은 선생님께 말씀드리면 되지 않느냐고 생각할지 모른다. 그러나 폭력 학생들이 선생님께 불려 가 혼나는 것은 순간이지만 걔들이 신고 학생을 괴롭히는 것은 영원하기 때문에 아이들은 보복이 두려워 신고하기를 꺼린다.

왜 이렇게 되어야만 할까? 아이들의 폭력이 정말 어른들이 생각하는 것만큼 심각한 것일까? 그러면 폭력 학생들은 누구이며 누구의 자식들인가?

문제는 이것뿐만이 아니다. 두 달 전에는 성남 분당에서 고등학교 1학년생인 한 여학생이 자살했다고 신문에 보도되었는데 학교 시험에서 1등을 한 후 '나는 최고인 이 순간 자유를 얻었다'는 내용의 유서를 남겼다고 한다. 유서만으로도 부족해 자신의 호출기에 음성 메시지를 남겼다.

"여러분 사랑합니다. 제발 이 순간을 기억해 주세요. 사랑합니다."

1등이라는 완벽한, 최고의 순간을 영원히 지속하기 위해 죽음을 택한 것이다.

세상 사람들은 이런 죽음을 철없는 것으로 생각한다. 청소년들이 일을 저지르면 모두 문제아들의 비행이라 앞다투어 꾸짖기 바쁘다. 어른들이 아이 적의 일들을 잊은 까닭이라고는 아무도 말하지 않는다. 폭력, 폭행, 비행, 문제아 등 이 모두가 자신들의 과거이기도 한 것을 어른들은 잊고 있다. '공부만 해라' 하는 입시지옥의 공포를 왜 어른들은 해결해 줄 생각은 않고 딱딱한 교과서 속으로만 우리를 집어넣으려는지 모르겠다.

꼭 말하고 싶은 것이 한 가지 있다. 우리에게는 사랑이 너무나 필요하다. 어른들은 모르고 있다. 우리는 비싼 선물 하나보다도 '사랑'이라는 말을 더 필요로 한다.

소설을 무척 편하게 쓸 수 있었다. 모두 있는 그대로의 우리들의 이야기여서 그런지 어려움 없이 글을 쓸 수 있었다.

이 미흡한 소설을 책으로 낼 수 있게 도와주신 가족들과 학교 선생님, 그리고 문학수첩에 감사의 말을 전한다.

이 소설을 우리 청소년들에게 주고 싶다.

1997년
김 혜 정

차례

개정판을 내며 4

시작하며 7

1. 사라지는 길은 아름답다

"이봐 학생! 학생, 일어나요. 다 왔어. 내리란 말야."

누군가 나를 깨운다. 그러나 분명 집은 아닌 듯하다. 살며시 눈을 떠 본다. 버스 안이다.

목적지에 다 와 가는 듯 기지개를 켜는 사람, 거울을 꺼내 옷매무새를 고치는 사람, 여전히 등받이에 몸을 기댄 채 눈을 감고 있는 사람 등 가지각색이다.

"학생 무척 피곤했나 봐. 아주 곤하게 자더라고. 깨우고 싶지 않을 만큼……."

그때까지도 덜 깬 잠을 쫓으며 나는 눈을 껌벅인다. 내 잠을 깨운 사람은 옆자리의 아저씨다. 버스에 오를 땐 그냥 무심히 지나쳤고 피로감이 몰려와 곧 잠에 곯아떨어졌었다. 아저씨 얼굴에서 사람을 편안하게 하는 선량함이 묻어난다.

드디어 바다다. 어린 시절부터 막연히 동경해 온 바다, 순간 나는 소리라도 지르고 싶을 만큼 기분이 상쾌해졌다.

버스에서 내리자마자 상큼한 바다 내음이 밀려온다. 찝찔한 맛과 함께 어딘가 후각을 자극하는 갯비린내도 섞여 있다.

터미널 광장 게시판에는 이 지역을 소개하는 커다란 관광 지도가 걸려 있다. 그러나 나는 굳이 지도를 볼 필요성을 못 느낀다. 터미널을 나온 나는 어느 누구에게도 길을 묻지 않고 무작정 걸었다. 길을 물을 필요도 없다.

20분 정도 걸었을까. 마침내 눈앞에 바다가 한 폭의 풍경화처럼 펼쳐진다.

바다 쪽을 향해 뛰었다. 너무나 상쾌한 기분이다.

체육 시간에도 맘껏 달릴 수 없었다. 치현이는 몸이 좋지 않으니 체육 시간에 참석하지 않아도 된다는 담임 선생님의 조치에 따라 당번 아이를 대신해 혼자 교실에 남아 공부를 하곤 했다.

아이들은 수군거렸다.

"저 자식은 무조건 만점이래."

"뭐가?"

"몰랐어? 체육 실기 점수 말이야."

그랬다. 체육 시간에 교실에 남아 있어도 내 체육 점수는 언제나 만점이었다. 모든 게 어머니와 담임 선생님이 꾸민 결과였다.

이젠 모든 걸 잊고 싶을 뿐이다. 기억하고 싶지 않다. 내 공부에 대한 어머니의 지나친 욕심, 선생님의 빗나간 친절, 아버지의 무관심 따위를 이젠 모두 잊어버리고 싶을 뿐이다.

바다를 향해 소리쳤다.

"바다야! 치현이가 왔다!"

바닷가에 나와 있던 사람들이 미친 애 쳐다보듯 한다. 그러나 전혀 창피하지 않다. 맘껏 소리를 내지르고 나니 울적하고 뒤틀린 기분이 조금이나마 풀어진 것 같다.

어떻게들 하고 있을까.

집에서는 온통 난리가 났겠지. 어머니는 체면 때문에 아직 어느 누구에게도 내 가출 사실을 알리지 않았을 게 틀림없어. 어머니가 세상을 살아가면서 가장 소중하게 여기는 것은 체면치레였으니까. 어떤 일에서건 그게 최우선이었으니까. 처음엔 내가 집을 나와 버린 사실마저도 믿을 수 없을 거야. 그러나 머지않아 알 수 있을 거야. 나리는? 나리는 슬픔에 잠긴 채 학교에 갔겠지.

나리가 걱정스러울 뿐이다.

시간은 어느새 12시를 넘기고 있다. 배가 고프다. 그러고 보니 먹은 게 별로 없다. 어디 가서 점심을 먹어야겠다. 백사장과 맞닿아 있는 방축 위에 분식집이 하나 보였다.

문을 열고 들어서니 학생으로 보이는 여자애가 카운터에 앉아 있다. 어깨끈이 달린 앞치마를 두르고 있다. 녹색 바탕에 흰색 수를 놓은 앞치마다.

자리에 앉자 앞치마가 묻는다.

"뭐 드시겠어요?"

"아무거나요."

"아무거나라니요?"

"그냥 라면이나 주세요."

여학생은 별 시답잖은 애 다 보겠다는 뜻인지 한번 피식 웃는다. 그 애는 아르바이트를 하는 모양이다.

김이 모락모락 오르는 라면을 대하자 식욕이 동한다. 어느새 입 안에 침이 가득 고인다. 우리 집에서는 라면이 먹으면 안 되는 음식이었다.

초등학교 3학년 때였다. 아이들이 학교 앞 분식집에서 라면을 사 먹는 게 너무나 맛있게 보여 집에 오자마자 라면을 끓여 달라고 아주머니를 조른 적이 있다. 물론 어머니가 외출 중이기 때문에 가능한 얘기였다. 라면 한 젓가락을 건졌을까. 어머니가 돌아왔다. 어머니는 아주머니를 된통 나무랐고 나 또한 거실에서 손을 머리 위로 올린 채 벌을 받았다.

생각했던 것보다 맛있다. 얼큰한 국물을 마시니 땀이 난다.

분식집을 나왔다. 이젠 머물 곳이 있나 알아봐야 한다. 이 근처에는 여관이 없는 것 같다. 바닷가를 서성이는 사람들에게 물어보자니 엄두가 나지 않는다. 그래도 어쩔 수 없다. 모래밭에 앉아 담배를 피워 문 채 하염없이 바다를 바라보는 아저씨가 눈에 띈다.

"저, 아저씨! 이 근처에 혹시 여관이 있나요?"

아저씨는 한번 힐끗 쳐다보더니 손을 든다.

"저쪽으로 300미터 정도 가면 영심이 슈퍼가 나오는데 거기 뒤편에 여관이 하나 있어."

아저씨의 손이 가리킨 곳은 작은 배들이 모여 있는 위쪽 마을이다.

아저씨의 말대로 정말 여관이 하나 있다. 여관 앞에는 아저씨가 말한 슈퍼 말고도 분식집이 하나 더 있다.

조그만 바닷가의 여관치고는 깔끔해 보여 마음이 놓였다. 현관으로 들어서자 카운터에 40대 중반쯤 되어 보이는 아주머니가 신문을 뒤적이고 있다. 주인처럼 보였다.

"저…… 방 있나요?"

아주머니는 고개를 들고 잠시 내 행색을 살피더니 고개를 끄덕이는 것으로 대답을 대신한다.

보고 있던 신문을 덮어 버린 아주머니는 복도 끝 쪽을 가리킨다.

"저기 끝 방 108호예요. 그런데 학생이우?"

"아, 예. 대학생이에요."

나도 모르게 거짓말이 튀어나온다.

"서울에서 왔수? 무슨 대학?"

"연세대에 다닙니다."

"좋은 학교 다니는구먼. 근데 며칠이나 머물 거유?"

"한 사흘 정도 있을 겁니다. 선불입니까?"

난 지갑에서 돈을 꺼내 아주머니에게 건넸다. 방 열쇠를 받은 나는 복도 끝 쪽을 향해 걸었다.

서울에 있는 우리 집 내 방에 비해 턱없이 작은 방이다. 가구라고는 방 모서리에 있는 붙박이 옷장 하나에 소형 문갑, 그 위에 올려진 텔레비전 한 대가 전부였다. 방에 들어선 나는 가방을 구석에 내팽개치고 쓰러지듯 바닥에 드러누웠다.

내 방처럼 넓지는 않지만 이 방에서는 누구 하나 참견할 사람이 없다. 대형 텔레비전, 소파, 컴퓨터, 오디오, 책상, 침대는 없지만 그래도 내 방보다 훨씬 더 편하고 좋다.

이 방에서는 적어도 마음 놓고 잠을 잘 수 있을 것이고 가끔 텔레비전도 볼 수 있으리라. 내 방에 있는 텔레비전처럼 장식용은 아닐 것이다.

내 방의 모든 가구들은 그저 장식용이나 다름없었다. 텔레비전을 비롯해 오디오, 컴퓨터 등 모두가 최신 고가품이었지만 그것들을 한번도 마음 놓고 사용해 본 적이 없다. 침대도 마찬가지다. 하루에 고작 두 시간만 필요한 침대였다. 내 방에서 나와 가장 밀착돼 있던 가구는 단연 책상과 의자였다. 집에 있는 아홉 시간 중 일곱 시간을 책상 앞에 앉아 책과 싸움을 벌여야 했다. 그다음이 컴퓨터 정도였다. 어머니는 나를 믿지 못했는지 기사를 불러 컴퓨터의 오락 프로그램을 모조리 지우고 나서야 안심하는 눈치였다. 겨우 테트리스 정도만을 남겨 둔 채였다.

바닥에 팽개친 가방에서 《호밀밭의 파수꾼》이란 소설책을 꺼내 본다. 중학교 때의 유일한 친구 세일이가 사 준 책이다. 반 아이들 대부분이 날 괴물 취급했지만 그만은 진정으로 날 걱정했고 어려운 일이 있을 땐 힘이 돼 줬다.

중학교 3학년 때인 새 학기 첫 등교일, 새로 학급이 편성돼 어수선한 분위기였다. 그 와중에도 역시 난 혼자 앉아서 공부에 몰두하고 있었다. 2학년 때 같은 반이던 아이들은 몇 명씩 짝을 지어 앉아서 와자지껄 웃고 떠들어 댔지만 나는 고지식하게 책상에 앉아 문제집을 풀었다. 2학년 때 같은 반이던 아이들이 없진 않았지만 날 제쳐 둔 채였고 나 또한 그것에 개의치 않았다. 그러니까 나는 늘 있으면서도 없는 존재와 같았다. 교실의 한 공간을 차지하고 있는 쇼윈도의 마네킹 같은 존재가 바로 나였다. 물론 공부를 위해서였다. 나는 화장실을 갈 때를 제외하고는 앉은 자리에서 벗어난 적이 별로 없다.

그때 세일이가 내게 다가와 말을 건넸다.

"야, 네가 그 유명한 채치현이냐?"

"으응. 그런데?"

"항상 전교 1등이고 전국에서도 다섯 손가락 안에 들고……. 내 말 맞지?"

"……."

"넌 참 좋겠다. 난 언제 1등 한번 해 보나. 네가 있는 한 난 또 1등 하기 어렵겠다. 그렇지? 어떻게 하면 그렇게 공부를 잘해?"

"열심히 해 봐."

"너만 열심히 하는 게 아니야. 나도 열심히 하는데 안돼. 넌 IQ가 163이라며?"

"그것 때문에 내가 1등하는 건 아닐걸."

세일이는 천부적으로 붙임성이 좋은 아이였다. 누구에게나 스스럼없이 말을 걸 수 있는 아이, 시큰둥한 내 반응에도 인내심을 갖고 시시콜콜한 것까지 물어보는 아이.

"머리가 좋기 때문이 아니라고? 그건 너처럼 머리 좋은 애들이나 할 수 있는 얘기야."

나는 그쯤해서야 얼굴을 들고 귀찮게 구는 게 도대체 어떤 애인가 쳐다봤다. 멀대같이 큰 키에 서글서글해 보이는 인상이 괜찮다 싶은 애였다.

"정말, 너도 나처럼 했어? 하루에 스무 시간 정도를 투자했냐고."

"스무 시간? 너 정말 그렇게 공부하냐?"

"물론."

"내 이름은 유세일이야. 보통 바스켓 맨(Basket Man)이라고 해. 농구를 좋아하고 잘하거든."

세일이는 그 말을 하고 괜히 멋쩍은 듯 피식 웃었다.

"유세일, 이름 많이 들어 봤어."

"어디서? 야, 이거 영광인데? 내가 우리 학교에서 그렇게 유명하니? 하긴, 말을 해 보기는 처음이지만 나도 너와 몇 번 마주친 적이 있으니까. 아무튼 같은 반이 돼서 반갑다."

"응, 그래. 나도……."

세일이는 못하는 게 없는 만능맨이었다. 나는 공부밖에 모르는 독종이라고 소문난 반면, 세일이는 뭐든지 잘하는 만능맨으로 소문이 났다. 바스켓 맨이란 별명이 무색하지 않게 농구도 무척이나 잘했다. 길거리 농구 대회에 나가 우승한 적도 있었다. 공부도 잘했다. 교내에서도 늘 5등 안에 드는 편이었고 나중에는 전교생 85퍼센트의 지지를 받고 학생회장까지 되었다.

내게 친구라곤 세일이밖에 없었지만 세일이는 친구가 많았다. 누구나 세일이와 친구가 되고 싶어 했다.

세일이를 통해 나는 처음으로 친구가, 우정이 왜 소중한지를 알게 되었다. 그렇지만 난 세일이에게 무엇 하나 제대로 해 주지 못했다. 그러나 세일이는 언제나 변함없이 잘해 주었다. 마치 내 후견인처럼 잔신경을 많이 써 주는 건 물론, 가끔은 내가 어떻게 학교생활을 하면 좋을지에 대한 의견을 담아 메일을 보내 나를 감동시키곤 했다. 하지만 난 답장을 해 준 적이 별로 없다. 그래도 세일이는 화 한번 내지 않고 나를 이해하려 애썼다.

"그래, 공부하느라 힘들 거야. 다른 애들 신경 쓰지 말고 공부 열심히 해라. 내가 밀어 줄게."

지금 생각해 보면 세일이는 날 동정했는지도 모른다. 눈치가 빠른 세일이는 내가 가진 시간이 그렇게 많지 않으며 우리 어머니의 공부에 대한 기대 심리가 상식을 초월할 만큼 높다는 걸 눈치채고 있었던 게 분명하다. 그 때문인지 말 한마디를 하더라도 내 자존심이 상하지 않게 늘 조심하는 편이었다.

세일이는 나 같은 천재가 공부를 해야 나라가 부강해지지 않겠느냐는 우스갯소리를 가끔 했다. 혹시 내가 어머니에게 반항심을 갖게 될까 봐 지레 걱정스러워 한 말이라는 걸 나는 안다.

"너처럼 머리 좋은 애가 공부를 해야 해."

나는 그때 세일이의 그 말보다는 내가 힘들지 않게 위로해 주려는 그의 마음씨가 눈물 나도록 고마웠다. 아이들은 내가 세일이와 가까이 지내는 걸 탐탁지 않게 생각했다. 어떤 아이는 일부러 내가 듣는 앞에서 세일이에게 노골적으로 내 욕을 하곤 했다.

"야, 유세일! 쟤는 동정해 줄 가치도 없는 녀석이야. 공부밖에 모르잖아. 적선을 베풀려면 차라리 거지한테 하는 게 나을 거다. 쟤는 고마움 같은 것도 모르는 놈이야. 저 녀석 하는 거 못 봤어? 네가 그렇게 잘해 줘도 소용없다니까. 쟨 정말 감정이 죽은 악질 로봇이야. 아니, 터미네이터 아니면 괴물인지도 몰라."

"너 그 따위 말 다시 한 번만 하면 가만 안 둘 거야. 우린 모두 치현이 친구야. 근데 동정이라니? 그런 말은 함부로 하는 게 아냐. 그래, 넌 치현이한테 한번이라도 잘해 준 적 있어? 나쁜 자식 같으니라고."

그때 난 못 들은 체하며 공부만 하고 있었다. 그 아이의 말이 화를 돋우긴 했지만 그게 습관이었고 공부 외에는 달리 할 줄 아는 게 없었다. 세일이에게 고맙다고 말해 주고 싶었지만 생각처럼 말이 쉽게 나와 주질 않았다. 말이 그저 입안에서만 맴돌 뿐이었다. 나는 공부 외에는 모든 걸 포기하다시피 하며 학교생활을 했던 것이다. 내 자존심까지도.

세일이와 만난 지 3개월째 되던 날, 난 난생처음으로 세일이에게 메일을 썼다. 다른 애들이 들으면 웃겠지만 어머니 몰래 쓰느라 여간 마음을 졸이지 않으면 안 되었다. 어머니는 인터넷을 할 때면 항상 뒤에서 감시했다. 그러니까 내 딴에는 대단한 결심이 필요했다.

세일에게.

처음으로 너에게 메일을 쓴다. 이제껏 받기만 했지 쓰는 건 처음이다. 그래, 친구에게 메일 하나 보내는데도 눈치를 봐야 하는 초라하기만 한 내 모습이 나도 싫다.

나에 관한 모든 일에 참견을 해야 마음을 놓는 어머니를 가끔은 이해할 수 없다. 너에게 편지를 쓰는 지금 이 순간도 어머니에게 들킬까 봐 마음이 조마조마할 정도니까.

그동안 너에게 답장을 못해 줘 늘 미안했다. 편지를 쓰는 지금 난 가슴이 뭉클해지기까지 한다. 너를 알기 전에 나는 나 이외에 다른 사람이 살고 있다는 사실을 느끼지 못했던 것 같다. 그러나 이제는 네가 있음으로 인해 세상을 다 얻은 것처럼 마음이 뿌듯하다.

처음 사귄 친구가 너다. 물론 우리가 친구가 될 수 있었던 건 너의 넓고 깊은 마음 때문이었다. 이제껏 그 어떤 친구도 내게 먼저 손을 내밀지 않았다. 나 또한 먼저 손을 내민 적이 없다. 처음으로 네가 나에게 손을 내밀어 준 사람이다. 아이들에게 욕을 먹으면서까지 나를 친구로 여겨 준 너, 넌 그걸 우정이라고 말했다. 너에게 고맙다는 말밖에 할 말이 없다. 나는 네 덕분에 처음으로 우정이란 걸 알게 되었다.

　내 유일한 친구, 세일아. 앞으로 더욱 너의 좋은 친구가 되도록 노력할게. 그리고 늘 함께했으면 한다.

　　　　　　　　　　　　　　　　　　　　　　—치현이가.

　이 메일을 세일이에게 보냈을 때 난 조금 흥분이 될 만큼 행복을 느꼈다. 그 후로도 세일에게 다섯 통의 메일을 더 썼다. 우리는 말을 많이 하거나 자주 어울리지는 않았지만 마음만큼은 서로 통했다고 믿는다. 처음으로 혼자가 아니라 둘이란 걸 가르쳐 주었던 세일이. 들판에 내린 단비처럼 그와 나는 결국 씁쓸한 결말을 맞았지만 우리의 우정은 변하지 않았을 거라고 나는 믿는다.

　세일이는 중학교 졸업식과 함께 다시 저만큼 멀어져 갔다. 나는 S고로, 세일이는 K고로 갈렸던 것이다. 졸업식 때 세일이는 내게 《호밀밭의 파수꾼》이란 책을 선물해 주었다. 책 앞머리에는 그의 글이 적혀 있었다.

　치현아.

　넌 정말 착하고 맑은 아이다. 누가 뭐라 하든 난 그걸 믿는다. 우리 언제나 꿈을 잃지 말고 살자. 부모님 뜻을 따라 공부도 항상 열심히 하길 바라. 공부를 잘해서 좋은 학교에 가면 너 또한 좋잖니. 조금 힘들더라도 그렇게 하자. 그리고 우리 우정, 마음속에 늘 간직하자.

《호밀밭의 파수꾼》은 세일이가 가장 좋아하는 책이라고 했다. 난 그 책을 밤새도록 읽고 울었다. 그래서 내가 힘들 때 가장 먼저 꺼내 보는 것도 세일이가 준 편지들과 《호밀밭의 파수꾼》이다. 그 안에는 나를 향해 웃고 있는 세일이의 얼굴이 있었다. 세일이의 숨결과 마음이 흐르는 그 책과 편지들은 내 재산목록 1호가 되었다. 《호밀밭의 파수꾼》은 그래서인지 몰라도 일주일에 한 권씩 의무적으로 읽어야 했던 세계 문학 전집이나 한국 대표 단편소설들보다도 훨씬 더 감동적이었다.

고등학교에 진학해서도 세일이는 자주 나에게 연락을 했지만 어머니 때문에 우리 관계는 결국 멀어질 수밖에 없었다. 친구는 방해가 되니까 대학교에 진학해서 사귀라는 것이었다. 세일이에게 전화가 오면 나를 바꿔 주지도 않고 무턱대고 그를 혼낸 적도 있었다. 나는 분노했지만 어머니에게 한번도 그 감정을 드러내 보이지 못했다. 어머니만 보면 이상스레 주눅이 들어 버리는 것이었다. 언젠가 어머니가 없는 틈을 타 세일에게 전화를 걸어 이젠 전화를 하지 말아 달라고 말할 수밖에 없었다. 그 말을 할 때 난 눈물을 조금 흘렸다.

그렇게 난 세일이를 잃어버렸다. 내 유일한 친구이자 최초로 우정을 알게 한 친구를 난 그렇게 잃게 된 것이다. 평생 한번도 만나기 힘든 친구를…….

해가 지고 있었다. 어둑어둑한 방에 누운 채 꼼짝도 않고 있는데 노크 소리가 나 문을 열었다.

주인아주머니가 미소를 띤 얼굴로 서 있다.

"학생, 식사 안 해? 우린 밥을 안 팔아. 나가서 먹고 와야 해."

"속이 안 좋아서……. 그냥 괜찮아요."

"그래도 한창 때인데 굶으면 되나. 아무튼 알아서 해요, 그럼."

정말 저녁 생각이 없다. 붙박이장에서 이불을 꺼내 방바닥에 폈다. 그런 다음 또다시 누웠다. 잠을 자야겠다. 많이 잤다고 느껴질 때까지 계속해서 잠을 자야겠다.

이제 겨우 첫날 밤에 불과한데 슬며시 집 생각이 났다.

집에서의 하루하루 일과, 그것은 내게 잠과의 전쟁이라 할 수 있었다. 하루에 두 시간의 잠만을 자야 한다는 강박관념은 내게 고통이기 이전에 차라리 공포에 가까웠다. 새벽 5시면 자연스레 눈이 떠지곤 했다. 끔찍한 하루를 여는 시간이었다. 세수와 양치질을 마치면 언제나 변함없이 책상 앞에 앉았다. 전날 공부하다가 만 영어 참고서와 노트가 펼쳐진 채로 있었다. 어머니가 서울대에 수석 합격한 사람에게 거금을 주고 구입했다는 노트였다. 그 노트로 공부한 학생처럼 1등을 하고 서울대에 수석 합격해야 한다는 건 어머니의 신앙이었다.

그러나 난 정말 그 노트가 싫었다. 손때가 묻은 낡은 그 노트는 내 숨을 콱콱 막히게 했다. 찢어 버리고 싶었다. 노트 안의 글자 하나하나가 바퀴벌레가 되어 기어 나올 듯했다. 그래도 난 용케 그 노트를 오랫동안 내 책상 위에 둔 채 읽고 암기했다.

그 시간이면 어머니는 또 어김없이 내 방문을 열곤 했다. 내가 잠에서 깨어 공부를 시작했는지 확인하는 것은 어머니의 중요한 일과 중 하나였다. 그러니까 어머니의 가장 큰 관심사는 나와 내 동생 나리의 공부였다. 때때로 내 몸이 아플 때도 어머니는 내 몸보다 공부에 차질을 줄까 봐 지레 걱정하곤 했다.

"그래, 열심히 해. 기회는 여러 번 있는 게 아니야. 기회를 단번에 잡아야 해."

어머니의 유일한 레퍼토리였다. 난 하루하루를 감방에 갇힌 죄수처럼 어머닌 교도관처럼 생활했다. 더도 덜도 아닌 두 시간의 잠을 자는 것만으로도 나는 벌떡 일어나 책상에 앉아야 했고 잠이 적다고 투정을 부리는 건 꿈에도 생각해 본 적이 없었다. 하긴 잠자는 것만큼은 습관처럼 되어 점차 익숙해졌다. 처음에는 눈꺼풀이 저절로 내려앉을 만큼 피곤했지만 오래 하다 보니 그걸 느낄 겨를도 없었다.

이젠 정말 잠이 온다. 누구에게도 구속받지 않는 잠을 자야겠다.

눈을 떴다. 눈을 뜨고는 낯선 느낌 때문에 한참이나 여기가 어디인지 생각했다. 내 방의 공기와는 너무나 다른 낯선 곳……. 그래, 여관이었지. 비로소 실감이 난다. 난 집을 떠나온 것이다. 시계를 보니 새벽 3시를 가리키고 있다. 어제는 저녁도 먹지 않고 잠이 들었다. 다섯 시간 정도를 잔 것 같다. 고등학생이 된 후로는 두 시간 이상의 잠을 잔 적이 없었다.

초등학교 때부터 잠이 부족하긴 마찬가지였다. 그땐 잡다할 정도로 많은 학원 과외 때문이었다. 새벽 5시에 일어나 영어 회화 과외를 하고 6시에 태권도, 7시 30분에 등교, 3시에 하교, 다시 4시에는 피아노 교습, 5시에는 바이올린, 6시에는 컴퓨터 등을 하고 그 이후부터 12시까지는 또 학교 공부를 해야 했다. 조금의 틈도 보이지 않는 **빡빡한** 일과였다.

그래도 그때는 친구들이 제법 있었다. 친한 친구는 아니어도 말 정도는 하고 지내는 아이들이었다. 그들은 우리 집을 동경했다. 그래서 내 주위에 몰려들었다. 그때도 아이들은 날 진심으로 좋아하진 않았다. 내가 지니고 있는 값비싼 물건들을 부러워했을 뿐이다.

중학생이 되자 그런 아이들마저도 내 주위에서 깡그리 떠나 버렸다. 머리가 제법 커서인지 애들은 나를 그저 동물원 원숭이 보듯 했다. 그저 자신들과는 근본적으로 다른 놈쯤으로 여기는 듯했다.

나는 중학교 때부터 쉬는 시간에도 공부를 했고 점심을 먹으면서도 옆에 책을 펴 놓고 들여다봤다. 아이들은 그런 나를 보고 그저 혀를 내두를 뿐이었다.

고등학생이 되자 나와 비슷한 행동을 하는 아이들이 꽤 여럿 생겼다. 우리 같은 부류의 아이들을 총칭하는 말이 '범생' 이었다. 특히 수재반인 우리 반에는 그런 아이들이 유달리 많았다. 그래서 다른 아이들보다 더 심한 편인 나에게는 다시 '괴물' '악질' 이라는 새로운 별명이 붙었다. 내가 보낸 10년 동안의 학교생활에서 얻은 별명치고는 소름이 끼칠 만큼 재수 없는 별명이었다.

아직도 밖은 어둡기만 해 텔레비전을 켰다. 5시밖에 되지 않았는데도 정규 방송이 나온다. 케이블 텔레비전 채널도 꽤 많이 잡힌다.

　세일이는 텔레비전 보는 걸 참 좋아했다. 시간이 나면 거의 텔레비전 앞에서 산다고 했다. 중3 수험생일 때도 그는 가끔씩 야간 자율학습을 빼먹고 텔레비전을 보기 위해 집으로 갔다. 일주일에 한 번, 선생님들의 감시가 심하지 않은 날은 그가 집으로 도망가는 날이었다. 세일이는 매일 나에게 텔레비전 본 얘기를 해 주곤 했다. 내가 시간이 없어 텔레비전을 보지 못한다는 말을 해 준 적이 있기 때문인지, 오늘은 무슨 내용의 드라마가 나왔고 어느 쇼 프로에 어느 가수가 나왔다는 이야기 같은, 시시콜콜한 것까지 세세하게 지껄여 댔다. 세일이가 그렇게 재미있다고 하는 텔레비전을 난 별로 본 적이 없다. 사실 별로 보고 싶지도 않았다. 하고 싶은 걸 참는 것에 나는 너무나 잘 길들여져 있었기 때문이다.

　언젠가 방에 있는 텔레비전의 전원을 켜고 어머니가 고정시켜 놓은 채널 외에 다른 채널을 돌려 볼까 고민하다가 결국은 포기하고 말았다. 손을 들고 벌을 받으니 차라리 보지 않는 편이 낫다고 생각했다. 가끔 어머니가 허락하는 채널은 교육방송 하나뿐이었다.

　이제는 마음대로 잠을 잘 수도 있고 텔레비전을 볼 수도 있다. 이 순간이 꿈이라면 빨리 깨는 게 좋겠다. 꿈을 꾸고 일어나면 꿈을 꾼 즐거움의 두 배는 더 괴롭고 슬플 테니까. 살을 꼬집어 보니 아팠다. 꿈은 아니다.

　누워 있어도 더 이상 잠은 오지 않는다. 두 시간씩 자다가 다섯 시간을 잤으니 잠이 더 올 리가 없다. 일어나서 이불을 갰다. 이불을 처음 개어 본다. 처음 있던 대로 일정한 크기와 모양을 맞추기 위해 이리저리 접는 게 재미있다.

창문 쪽이 희뿌옇게 밝아 온다. 아침이다. 몸을 일으켜 거울을 봤다. 부스스한 얼굴의 낯선 아이가 그 안에 있었다. 바다로 나가기 위해 두터운 점퍼를 입었다.

카운터에는 어제 본 아주머니 대신 아저씨가 앉아 있다. 주인아주머니 남편인 것 같다.

"안녕하세요."

아저씨가 나를 쳐다보며 빙그레 웃기에 인사를 했다.

"108호실 학생이지? 서울에 있는 대학 다닌다는……. 병수 엄마한테 들었어. 좋은 대학 학생답게 똑똑하게 생겼구먼. 바다 보러 나가게?"

"예. 바다를 좀 볼까 해서요."

"좋지. 겨울 바다는 역시 아침에 보는 게 제맛이지."

그때 교복을 입은 한 학생이 가방을 메고 2층 계단을 내려온다. 그 애가 나를 한번 흘긋 본다.

"아빠 학교 다녀올게요."

"그래, 잘 다녀오너라."

학생은 현관문을 통해 사라진다. 고등학생치고는 우락부락한 인상에다 어딘가 모르게 어두운 표정을 하고 있다.

"내 아들 놈이여. 천하에 둘도 없는 말썽쟁이였는데 이젠 제법

정신을 차렸어. 거기처럼 좋은 학교에 가야 하는데…… 어서 나가
봐. 아침 바다 본다며."

현관문을 열고 나서는데 주인집 아들이 저만치 걷고 있는 모습
이 눈에 들어온다. 집에 있었으면 나도 학교에 가야 할 시간이다.

어머니는 매일 손수 차를 운전해 나를 학교까지 태워 주곤 했다.
걸어서 15분, 차로는 5분밖에 걸리지 않는데 굳이 교실 앞까지 태
워다 주며 한마디의 당부를 잊지 않았다.

"공부만 해라. 다른 데 눈 돌리면 수석은 어림없어."

사실 극성스러운 어머니를 둔 덕에 나는 등교 시간이 괴로웠다.
외제차를 몰고 와 거드름을 피우는 이사장 집 손자를 아이들이 곱
게 봐줄 리 없었다. 어떤 아이들은 드러내 놓고 적대감을 내보이기
일쑤였다. 곱지 않은 시선을 받으면서까지 차를 타고 싶진 않았는
데 어머니는 그런 문제에는 전혀 관심이 없어 보였다.

중학교 3학년 때 한번은, 2학년 때 같은 반이었던 깡패 애들에게
흠씬 두들겨 맞은 적이 있다. 물론 문제의 발단은 어머니가 운전하
는 외제차 때문이었다.

그때 한 녀석이 내 배에다 훅을 한 방 먹이면서 했던 말을 잊을
수 없다.

"넌 아직 니 엄마 젖을 빨겠다? 마마보이 새끼! 차를 꼭 학교 안
까지 끌어 들여야겠어? 너 내일 한번만 더 그 차 타고 오면 화장실
변기에다가 골통을 처박아 버릴 테다. 알았어!"

누구에게도 맞은 사실을 이야기할 수 없었다. 자존심이 상했고 죽고 싶었다. 놈들에게 대들지 못한 채 온갖 조롱의 말을 다 들었던 내 자신이 그렇게 미울 수가 없었다. 어릴 때부터 태권도, 검도 같은 호신술을 배웠지만 써먹지 못하고 그냥 맞기만 했을 뿐이다. 녀석들이 떼를 지어 몰려왔기 때문이기도 하고 이상스레 대항할 용기가 나지 않았기 때문이기도 했다.

얼굴에 난 상처를 보고 어머니가 웬일이냐고 묻기에 그냥 길거리 깡패들에게 얻어맞았다고 거짓말을 했을 뿐이다.

그러나 나는 다음 날도 어머니 차로 학교에 갔다. 변기에 처박겠다는 협박이 겁났지만 어쩔 수 없는 일이었다. 그러나 다행히 아이들은 나를 가만히 내버려 두었다.

나를 때린 아이들은 공부와는 담을 쌓고 지내는 녀석들이었다. 그 아이들은 적어도 학교에서만큼은 무서울 게 없는 제왕이나 마찬가지였다. 학교는 게네들 세상이었다. 같은 학년이면서도 짱과 꼬붕을 정하면 철저하게 상하 관계가 형성되었다. 심지어 동급생끼리도 허리를 90도 이상으로 꺾어 인사를 했다. 후배들은 말할 나위도 없었다. 나 같은 범생을 그들은 '좆밥'이라 불렀다. '좆나게 밥맛없다'는 뜻이었다. 그러나 나에게 해코지를 한 적은 자동차 사건 말고는 없다. 물론 당시 이사장인 할아버지의 '백'이 두려웠기 때문일 것이다.

내가 아이들에게 얻어맞은 일은 같은 반 아이들뿐만이 아니라 같은 학년 아이들에게도 소문이 퍼져 있었다. 세일이만이 그런 나를 위로했다. 그 외에는 누구 하나 내게 위로의 말을 건네는 아이가 없었다. 오히려 고소해하는 것 같았다.

세일이도 그 애들만은 어쩔 수 없었던 모양이다. 세일이 또한 자존심이 몹시 상한 얼굴로 내 등을 토닥거렸을 뿐이다. 하지만 패거리 친구들이 있는 그들을 건드린다는 건 벌집을 쑤시듯 위험한 일이었다. 세일이가 아무리 운동을 잘해도 벌떼처럼 달려들면 이길 수 없을 것이다. 역시 그때도 세일이가 고마울 뿐이었다.

대학생이라는 거짓말은 여러모로 나를 편안하게 한다. 약발을 정말 잘 받는다. 여관 주인집 내외는 내게 무척이나 친절한 편이다. 간식을 넣어 주거나 내가 하겠다는데도 방 청소를 깔끔하게 해 준다.

대학에 대한 관심은 이 작은 바닷가 마을에서도 예외가 아닌 모양이다. 더구나 명문 대학을 다닌다고 했으니 오죽하겠는가.

대학마다 서열을 매겨 놓고 사람의 가치도 그에 기준해 판단하려고 한다. 누가 세상을 그렇게 단순하게 만들어 놓았는지 모르겠다. 거짓말 덕택으로 난 순식간에 좋은 대우를 받고 있다. 아저씨, 아주머니의 얼굴에 그렇게 쓰여 있다.

바다로 나갔다. 바닷바람이 제법 알싸하다. 바닷물이 채이는 곳까지 달렸다. 여기저기 조개껍데기들이 떠밀려 와 있다. 집을 나온 내 모습 같다. 조개껍데기를 주워 다시 바다를 향해 던졌다.

바다를 보고 있으니 나리 생각이 더욱 난다. 이럴 줄 알았으면 편지를 그냥 두고 오는 건데……. 나리에게도 이 겨울 바다를 보여 주고 싶다. 나리도 분명 좋아할 거다. 다른 가족들도 생각난다. 그리워서는 아니다. 그저 궁금할 뿐이다.

내가 집을 나온 일은 어떻게 수습되고 있는 걸까. 할아버지는 알고 계실까. 학교에서는? 재단 이사장 손자가 가출했다는 건 보통 일이 아닐 것이다. 반 아이들은 나를 두고 뭐라고 이야기할까? 내가 가출했다는 사실을 알면 그들은 과연 어떤 표정을 지을까? 할아버지는 혈압이 높다. 놀라 쓰러지실까 걱정스럽다.

어머니가 아무리 입을 봉하려 해도 내 가출 소식은 결국 아이들의 입과 입을 통해 파다하게 퍼질 것이다. 그렇지만 지금은 아무래도 상관없는 일일 뿐이다.

바닷가를 오래도록 헤매 다녔다. 두터운 점퍼를 헤치고 찬바람이 파고드는데도 난 두어 시간 동안 그렇게 바닷가를 거닐었다. 난생처음 맞는 바다에서의 아침이 나를 조금은 들뜨게 했다. 몸은 꽁꽁 얼어붙었지만 멀리 보이는 수평선까지 마음이 한없이 넓어지는 걸 느꼈다. 배가 고팠다. 어제 저녁을 먹지 않아서 그런지 더욱 배가 고프다. 집에서라면 아침 식사 시간이 지난 때다.

공부를 하고 있는 나를 부르는 건 늘 일하는 아주머니의 몫이었다.

"치현 학생, 식사해요."

아주머니는 내 방문을 살짝 열고 식사 시간이라 알려 주곤 했다. 우리 집은 시간관념이 투철해서 시계가 없어도 시간을 알 수 있을 정도였다. 한 치의 오차도 없었다. 하루하루가 톱니바퀴처럼 꼭꼭 맞물려 돌아갔다.

아침 식사 시간은 우리 네 식구가 모두 모일 수 있는 유일한 시간이었다. 그런데도 늘 음식을 먹는 소리 외에는 아무 소리도 새 나오지 않았다. 옆 사람의 숨소리가 들릴 만큼 조용하기만 했다. 팽팽하게 긴장된 분위기에 잔뜩 주눅이 들어 나와 나리는 시선을 아래로 내리깐 채 식사에 열중할 뿐이었다. 아버지나 어머니 역시 아무런 말이 없었다. 어떤 대화도 이루어지지 않았다. 아침 식사를 끝내면 모두들 각자 말없이 자기 방으로 사라지곤 했다.

바닷가를 걷다 보니 1시가 다 되었다. 어제 저녁부터 오늘 아침까지 아무것도 먹지 않아서 그런지 배가 고프다. 나는 어제 라면을 먹었던 그 분식집으로 갔다. 어제와는 달리 손님이 꽤 여럿 있었다. 문을 일찍 여는 집이다.

"뭐 드실래요?"

어제 주문을 받은 그 여학생이다.

"라면 주세요."

"어제도 드셨잖아요. 김밥 드세요. 우리 집 김밥 잘해요."

"예? 예. 그럼 그걸로……."

어제 그 여학생은 날 기억하고 있다. 그 여학생은 김밥을 갖다주며 내 앞자리에 허락도 없이 털썩 앉는다. 난 개의치 않고 젓가락을 부지런히 놀려 김밥을 먹었다. 배가 고파서 그런지 이렇게 맛있는 김밥도 처음이다.

"여행 왔어요?"

"……"

난 아무런 대꾸도 하지 않는다. 어쩐지 그냥 상대하기가 귀찮다.

"여행 왔지? 처음 보는 얼굴인데 너 몇 살이니?"

"……"

이젠 아예 반말이다. 역시 난 아무 말도 해 주지 않는다. 나를 약 올리려는 수작이다. 그래도 난 계속 딴전을 피웠다.

"고등학생은 아닌 것 같고. 언뜻 보면 어린 듯도 한데……. 하긴 고등학생이 여기 올 리가 없지. 혹시 가출? 생긴 거로 봐선 영락없는 범생인데……."

"뭐, 범생?"

이곳에 와서까지 범생이란 말을 들으니 기분이 굉장히 안 좋다.

"그래 인마. 넌 영락없는 범생이야. 니 얼굴을 봐. 범생에다 촌닭이지."

"뭐라고, 인마라고? 너 정말 자꾸 시비조로 나올 거야?"

나도 참는 데 한계에 다다랐다. 김밥 먹는 걸 멈추고 그 여자애를 노려봤다.

"어쭈, 성깔 제법인데……. 그래, 미안해. 네가 들은 척 만 척이라서 약이 올랐던 것뿐이야."

"범생이라고 또 한번 놀려 봐라. 가만두지 않겠어."

어디서 그런 용기가 났는지 모를 일이다. 숫기 없기로 정평이 난 채치현이 오늘은 뭔가 다르다.

"미안하댔잖아. 계집애처럼 생긴 게 제법인데……. 난 진은정이야. 여기 근처에 있는 대학에 다녀. 넌?"

역시 난 또 거짓말을 한다.

"난 그냥 서울에 있는 대학 다녀."

"그래? 그럼 나이도 비슷하겠네. 몇 살이야?"

다행히 내 말을 곧이곧대로 믿는 눈치다. 하긴 내 키가 180센티미터를 넘고 안경을 썼으니 언뜻 보면 나이를 분간하기가 힘들 것이다. 그때 마침 주인처럼 보이는 아주머니가 우리 사이에 끼어들어 나이에 대한 대답을 하지 않아도 돼 다행이었다.

"은정아! 너 손님 왔는데 거기서 뭐 하는 거여? 그만 노닥거리고 주문이나 받으란 말여."

"씨이, 알았다니까. 엄만 괜히 나만 갖고 못살게 굴어. 애, 다음에 또 놀러 와."

눈을 찡긋해 보이며 은정이는 자리에서 일어선다. 아르바이트생이 아니라 이 분식집 딸인가 보다. 처음 보는 사람에게 말을 걸어 스스럼없이 이것저것 묻는 게 나로서는 이해가 되지 않지만 아무튼 용기 하나만큼은 대단하다. 아니면 맹목적인 성격이든지.

김밥을 말끔하게 비우고 나도 자리에서 일어섰다. 분식집 유리문을 열고 밖으로 나왔다. 이제 하늘에는 태양이 높게 걸려 있다.

"야! 너 괜히 개폼 좀 잡지 마. 하나도 안 어울리니까."

어느새 따라나온 은정이가 내 얼굴을 빤히 쳐다보며 또다시 시비조로 한마디 한다. 내가 화가 잔뜩 난 얼굴로 도끼눈을 해 보이자 그녀는 또 얼른 생글거리는 태도로 얼굴을 바꾼다.

"또 삐칠 거 아니지? 가기 전에 한번 더 와. 우리 집 수제비도 맛있으니까."

그러나 두 번 다시 이 분식집에는 오지 않겠다. 은정이가 괜히 귀찮기도 하지만 거짓말이 들통 날까 봐서라도 못 오겠다.

다시 여관으로 돌아왔다. 나는 가방에서 다이어리를 꺼내 기록한다.

11월 29일.
집을 나온 게 아직은 그렇게 실감 나지 않는다. 파도에 떠밀려 온 조개껍데기처럼 앞날에 대한 갈피를 잡을 수 없다.

다이어리에 이런 얘기를 기록해 본 건 처음이다. 이제까지 내 다이어리에는 시험 날짜, 공부 계획 따위만 잔뜩 적혀 있었다. 내 느낌을 이렇게 진솔하게 표현해 본 적이 없다.

나는 다이어리에 일주일치의 공부 계획을 잡아 어머니에게 검사를 맡았다. 하루의 느낌을 적는 다이어리를 따로 만들면 되었겠지만 사실 그걸 기록할 짬이 없었을뿐더러 그런 한가한 시간을 가질 수 있을 만큼의 마음 여유가 내겐 없었다.

다이어리를 뒤적이고 있는데 누군가 내 방문을 두드린다.

"학생 있어?"

"예. 누구세요?"

여관 아주머니다.

"저기 미안한데 우리 애가 문제를 풀다가 모르는 게 있나 봐. 수고스럽겠지만 학생이 좀 가르쳐 줬으면 해서."

그러니까 주인아주머니는 아들의 공부를 도와줬으면 하는 눈치다. 내가 연세대학교를 다닌다고 속였으니 아주머니가 그런 부탁을 하는 것도 무리는 아니다. 대학생이라고 했으니 문제를 모른다고 발뺌할 수도 없다.

피곤하다고 핑계를 댈까 하다가 학생을 들어오게 했다. 거짓말을 한 벌을 받는가 보다.

"안녕하세요?"

"응. 안녕."

문을 열고 들어서는 주인집 아들은 울퉁불퉁한 근육질 몸에다 거무튀튀한 피부, 나보다 몇 센티미터는 족히 커 보이는 장신에다 하마 같은 인상이다.

"몇 학년이야?"

"고2요. 형은요?"

"나? 이제 대학교 2학년 돼."

"형은 좋겠어요. 대학생이잖아요. 그것도 명문대……. 난 좋은 학교 들어갈 실력이 안돼요."

그가 잦아드는 목소리로 말한다. 슬퍼 보일 정도다. 사탕을 빼앗긴 아이가 울먹이는 모습 같다. 우락부락하고 험상궂은 얼굴에 걸맞지 않게 순진하다.

"형이 부러워요."

"너도 아직 시간 많잖아."

"초등학교 때까지만 해도 반에서 5등 안에 들었는데 중학교 때부터 말썽깨나 피우고 다녔어요."

아까 낮에 주인아저씨가 한 말이 생각난다. 도대체 무슨 말썽을 피운 걸까.

"엄마 아빠는 제가 어릴 때부터 공부를 잘해 의사가 되길 바라셨어요. 하지만 이젠…… 틀린 일이에요."

"넌 참 그래도 대단하다. 이제라도 공부할 생각을 다 했으니."

"대단하지 않아요."

그가 인상을 굳히며 입을 실룩거린다.

"아빠 암이셨어요. 처음 그 사실을 알았을 때는 정말 죽고 싶었어요. 방학 때였는데 집을 나와 여기저기 싸돌아다니며 패싸움이나 일삼던 때였어요. 바닷가에 놀러 온 여자애들을 꼬드겨 술을 마시며 놀고 있는데 엄마가 찾아왔어요. 아빠가 병원에 입원했는데 암이라는 거였어요."

그는 급기야 눈물까지 비친다.

"다행히 아빠 생명을 건지셨어요. 암세포가 그렇게 많이 퍼지진 않았나 봐요. 그래도 여전히 건강하지는 않으세요. 그래서 의사가 되고 싶어요. 아빠를 낫게 하고 싶어요. 아빠가 암에 걸린 것도 모두 나 때문인지 몰라요. 매일 경찰서에 들락거리는 나 때문에 속을 썩였으니……. 난 정말 죽일 놈이죠."

그에게 대학생이라고 거짓말을 한 게 미안하다. 솔직할 수 있는 그가 부럽다.

"모든 게 잘될 거야. 아직 늦진 않았어."

그의 눈엔 여전히 눈물이 그렁그렁하다.

"넌 꼭 할 수 있어. 이제부터 시작이라고 생각해."

"진짜 할 수 있을까요?"

그는 눈을 동그랗게 뜨고 다짐을 받듯 재차 묻는다. 난 고개를 할 수 있는 만큼 크게 끄덕여 주었다.

부모와 자식 간에 사랑을 찾은 이들, 풍족하고 화려하지만 따스한 정이라곤 찾을 수 없는 우리 집, 마음이 더욱 착잡해진다. 오늘따라 나리가 더욱 보고 싶다.

"미안해요, 형. 사내자식이 눈물이나 질질 짜고."

"나도 한때는 말썽만 피운 적이 있어. 그러다 너처럼 고2가 됐을 때 정신 차리고 공부를 시작했지. 보다시피 지금은 이렇게 괜찮은 학교에 다니잖아. 너도 나처럼 될 수 있어. 한때는 내가 너보다 더 하면 더했지 덜하진 않았을걸."

내가 생각해도 놀랄 만한 거짓말이다.

"정말요? 설마……. 형은 그저 예쁘장한 얼굴 짱처럼 생겼어요."

"얼굴 짱?"

"얼굴마담요. 우리 패거리에도 그런 애가 있었어요. 미안해요. 형을 그런 데다 비교해서."

무슨 얘긴지 도통 모르겠다. 얼굴 짱이라니?

"자, 그건 그렇고 시간 없다. 공부하자. 뭐야, 수학? 수학은 조금
자신 없는데……."

모르는 문제가 나올 것에 대비해 미리 꼬리를 내린 다음 문제집
을 봤다. 고2 기본 수학이었다. 난 다행히 고등학교 수학은 거의
다 떼고 있었다. 그가 문제 하나를 손가락으로 짚어 보인다. 순간
나는 하마터면 신음 소리를 내뱉을 뻔했다. 그의 팔뚝에 어지럽게
그려진 칼자국, 일본 글자로 새긴 문신, 담뱃불로 지진 흉터, 팔에
서 손목까지 온전한 살색이 없을 정도다.

"형, 왜 그래요? 아 이거……. 예전에 좀 놀았을 때."

놀란 건 난데 주인집 아들이 얼굴을 붉히며 부끄러워한다.

"야, 그…… 그거 웬 거니?"

말이 나도 모르게 더듬거려졌다.

"아무것도 아니라니까요."

"섬뜩해 보이는데……."

"어서 문제부터 풀어요, 형."

한 시간 정도 그에게 수학을 가르쳐 주었다. 그는 머리가 좋아
금방 알아듣는다.

"넌 빠른 편이야. 열심히만 하면 정말 문제없어. 좋은 학교에 갈
거야."

"그럴까요, 형?"

"그렇다니까. 내가 무엇 때문에 네게 거짓말을 하니?"

그의 얼굴이 금세 환해진다.

"형, 이따가 여기 다시 와도 되지요?"

난 그러라고 했다. 그에게 어떤 방법으로든 잘해 주고 싶다. 약한 애들을 괴롭히며 돈을 빼앗고 쇠파이프를 휘두르며 패싸움을 했다고는 믿을 수 없을 만큼 착한 아이다.

그런데 마음 한구석이 텅 빈 듯한 이 느낌은 무엇일까. 가짜 대학생 노릇을 하고 있는 것도 마음을 켕기게 한다.

2. 가슴에 감춘 별

방바닥에 내처 누워 있자니 별 생각이 다 난다. 오늘따라 내가 몸담았던 교실의 모습이 떠오르며 아이들의 얼굴이 하나씩 스쳐 간다. 그중 나와 친했던 아이는 한 명도 없다.

내가 몸담았던 교실은 늘 조용했다. 600명의 아이들 중 전체 성적이 5퍼센트 안에 드는 30명만을 모아 놓은 일종의 수재반이었다. 그러니까 우리 1학년 1반에 들기 위해서는 오로지 공부만을 생각해야 했다. 우리 반에는 그래서 노는 애들이 없었다. 주먹깨나 쓰는 깡패 같은 애들은 우리 반에 들어올 꿈도 꾸지 못했다. 그런 점에서는 좋았다. 동급생에게 얻어맞아 가며 학교에 다니는 아이들이 얼마나 많은가. 맞아도 하소연할 데가 없으니 그게 더 한심스러울 뿐이지만.

학교에서 고자질은 최고의 악덕이다. 그러니까 최고의 비겁자만이 저지를 수 있는 일이 얻어터지고 고자질하는 일이다. 그래서 애들은 두들겨 맞고도 그걸 혼자서 삭여야 했다. 우리 반은 다행히 그런 패거리 아이들이 한 명도 없었다.

그래서 더욱 다른 아이들에겐 선망의 대상이었다. 하지만 들어와서도 문제였다. 뒤처지지 않기 위해서는 또 끊임없이 공부를 해야 했다. 그렇기 때문에 시험 때면 친구 간에도 서로 적이 되어 말한마디 주고받는 일이 드물었다. 더 이상 같은 반 친구의 모습이 아니었다.

슬슬 졸음이 몰려온다.

누군가 내 방문을 두드리는 소리에 정신이 번쩍 들었다. 집에서의 긴장감이 그대로 남아 있는 무의식적인 동작이다. 병수가 문제집을 들고 서 있다.

"어서 들어와."

"자꾸만 피곤하게 해서 이거 어쩌죠? 형, 미안해요. 문제가 너무 안 풀려서."

"아니야. 잘 왔어."

잡다한 생각을 하다가 졸았나 보다. 시간이 한 시간이나 흘러가 있다. 한 살 더 적은 사람을 형이라 부르는 순진한 그가 왠지 안돼 보인다.

깡패 출신치고는 표정이 그렇게 순박할 수 없다. 덩치가 황소만한 그가 나를 형이라 부르며 따른다. 아무튼 공부를 도와주는 건

태어나서 처음으로 해 보는 좋은 일이다.

수학 문제집을 풀어 주며 설명하는 동안 다시 세 시간이 훌쩍 지나가 버렸다. 병수는 이해하는 속도가 빠르다. 순진한 양처럼 눈을 껌벅이며 내 설명을 놓치지 않고 경청한다. 내 말이면 무조건 존중하겠다는 태도이면서도 머리가 제법 잘 돌아간다.

"형에게는 어려운 수학 문제가 없나 봐요?"

그는 꼬박꼬박 형이란 호칭을 잊지 않는다. 만약 내가 그보다 어리다는 것을 알면 어떻게 될까. 굳은살이 박인 그의 큼지막한 주먹을 보며 난 쓴웃음을 지었다.

"형, 고마워요. 형처럼 이렇게 알기 쉽게 설명을 해 주는 사람은 처음 봐요."

그는 진짜 무척 신이 나 있다.

"형! 진짜 고등학교 때 놀았어요? 진짜예요?"

그에게 피해를 주지 않는 한 계속 거짓말을 하기로 한다. 그에게 거짓말을 해서라도 희망을 주어야겠다.

"생긴 건 이래도 내가 너보다 더 했을걸? 가출을 밥 먹듯 하고 엄마 주머니를 뒤져 돈도 여러 번 훔쳤어. 공부하기가 죽기보다 더 싫었을 정도야. 학교에 가면 매일 잠만 퍼 자고, 수업 시간에는 책 뒤에 몰래 만화책을 숨겨 읽었어. 앞날이 까마득해 왔지. 엄마 아빠는 나만 바라보며 힘들게 일하시는데……. 정말 마음이 아팠어. 그때부터 정신을 차리고 공부만 했어. 운이 좋았나 봐. 법대를 들어갈 수 있었지. 너도 절대 늦지 않았어. 그리고 넌 나보다 머리도 좋아."

그는 무언가 다짐하고 있는 눈빛이다. 두툼한 아랫입술을 꼭 깨문 채 골똘히 생각에 잠겨 있다.

그가 다시 말한다.

"형처럼 열심히 공부하겠어요. 부잣집 애들처럼 비싼 과외는 못하지만."

"과외를 한다고 다 성적이 올라가진 않아. 부잣집 아이들은 불쌍한 거야. 몇백만 원짜리 과외를 하면서 감옥 생활을 하는 거지. 공부를 하는데 왜 그렇게 돈을 펑펑 쓰는지……. 야, 그 애들 진짜 불쌍해. 정말이야. 부모 돈에다 자신의 정신 건강까지 축내는 애들이잖아."

어머니는 사실 과외 선생님뿐만 아니라 학교 선생님들에게도 정기적으로 봉투를 건네곤 했다. 다른 사람이면 모를까, 재단 이사장 집에서 주는 촌지라 그런지 선생님들 또한 스스럼없이 받는 눈치였다. 그래도 봉투를 받은 다음 날이면 나를 대하는 행동이 평소와 달라 보였다. 그런 게 싫었다. 다른 아이들과 같이 평범하게 학교생활을 하고 싶었다. 그런 내가 정말 불쌍했다.

그런 점에서 우리 집은 감옥이었다. 화려한 우리 집 건물을 남들은 부러운 눈으로 바라볼지 모르지만 적어도 난 아니었다. 성냥팔이 소녀가 성냥 하나를 켤 때마다 보았던 그 음식과 따뜻한 집. 하지만 만지기 무섭게 사라졌던 것들. 난 그런 점에서 성냥팔이 소녀와 닮았다. 성냥을 다 팔면 행복이 오겠지, 이번 시험만 잘 보면 되겠지. 마지막에는 결국 죽음으로 끝나 버리는 성냥팔이 소녀의 일생. 소녀는 세상을 떠나면서 비로소 행복을 얻었겠지만 난 이렇게 집을 나오면서 행복을 얻은 건 아닐까.

"형은 삶의 목표가 있어요?"

"너는?"

"특별히 없어요. 지금 당장은 공부 열심히 해서 좋은 학교 가는 게 목표죠, 뭐."

"난 아직 모르겠어. 하지만 네가 말한 그것도 삶의 목표겠지. 꿈을 가지고 밀어붙이는 것, 그것도 사는 목표일 수 있지."

갑자기 내 목소리에 주눅이 드는 걸 어쩔 수 없다.

그랬다. 나에게 삶의 목표 따윈 처음부터 없었다. 어머니가 등을 떠미는 방향으로 밀려왔을 뿐이다.

"전 1학년 때 주먹 짱이었어요."

"주먹 짱?"

"은어예요. 형도 놀았다면서 그것도 몰라요?"

"우리 땐 그런 말 없었어. 그게 뭔데?"

나는 내심 찔끔했다.

"제일 잘나가는 애를 그렇게 불러요."

"잘나가는 건 또 뭐야?"

정말 답답하다는 듯 병수가 나를 빤히 쳐다본다. 뭔가 이상하다는 표정이다.

"난 조직 가입은 안 했거든. 그냥 나 혼자 독불장군처럼 말썽 피웠어."

재빨리 둘러댄 나는 또 병수의 눈치를 살핀다.

"그 생활을 그만두기가 쉽진 않았을 텐데?"

"아버지가 암에 걸린 걸 알고 학교 주먹 짱, 동팔이 형을 찾아갔어요. 입고 간 바지에 끈적끈적한 피가 엉겨 붙을 만큼 줄빠따를 맞았어요."

"그러곤 빼 줬어?"

"아니요. 요즘도 동팔이 형이 가끔 찾아와요. 패싸움을 할 때 내가 있어야 이길 것 같으면……. 그렇지만 한번도 따라가지 않았어요."

갑자기 병수가 달리 보인다.

"정말 애들 돈도 뺏고 때리기도 하고 그랬단 말이지?"

"어쩔 수 없었어요. 사실 그러고 싶진 않았어요. 근데 친구들하고 함께 그 짓을 하면 아무런 죄책감도 생기지 않았어요."

"왜 그랬는데?"

"그걸 모르겠어요. 친구들이랑 모이면 서로 더욱 잔인해지기 위해 발버둥을 쳤어요. 그 녀석들도 하나하나 놓고 보면 순진한데 싸움할 때 보면 무자비해요. 무자비해야 서열이 더 올라가니까요."

그러면서 병수가 무시무시한 손을 번쩍 들어 내 앞에 내보인다. 나는 또 섬뜩한 기분에 움찔 놀란다.

"이 문신이나 칼자국도 더 무자비하게 보이려고 일부러 했어요. 애들이 이런 걸 보면 쫄아 버리거든요."

병수가 무자비한 주먹 짱이었다고는 믿어지지 않는다. 저렇게
순진한 그가 일본 야쿠자 흉내나 내는 폭력 서클의 멤버였다는 게
도무지 믿을 수 없다.

그는 하품을 몇 번이나 하더니 어느새 고꾸라져 잠이 들어 버렸
다. 그를 깨우지 않고 그대로 내버려 두었다. 오후에 잠을 자서인
지 난 잠이 오지 않는다. 다시 다이어리를 꺼내 몇 자 적어 본다.

11월 30일.
병수의 또 다른 삶을 만났다. 그를 통해 세상이 보이는 것처럼 단
순하지 않다는 걸 알았다.

매일 이렇게 기록하겠다. 집을 떠나온 날부터 꼼꼼하게 되짚어
봐야겠다. 언제 다시 돌아갈지는 알 수 없다. 이 다이어리를 나 이
외의 누가 보게 될지도 알 수 없다.

새벽 3시다. 나리 생각과 집을 떠나오던 날의 생각이 겹쳐져 나
는 한동안 잠에 빠져들 수 없었다.

나리는 정말 생각이 깊은 애였다. 내가 성적 때문에 어머니에게
꾸중이라도 들은 날이면 어김없이 내 방으로 달려오곤 했다.

"오빠, 화나? 그런 일로 우울할 필요는 없잖아. 전국 30등이 어
때서. 난 때때로 엄마가 이해가 안돼. 그만하면 아무 무리 없이 원
하는 학교에 들어갈 수 있을 텐데, 도대체 뭘 어쩌라는 건지. 안 그
래, 오빠? 오빠 타고난 머리도 있잖아. IQ 163이 어디 흔해? 완전

천재지, 뭐. 다음엔 더 잘할 거야. 걱정 마, 오빠. 그래, 엄마도 미워하지 말고 우리가 이해해 주자. 꾸중 들을 때는 밉지만 우리 잘되라고 그러시는 거잖아. 오빠 내 맘 알지? 그럼 그만 일어날게. 좀 웃어 봐. 그래, 늘 같은 표정이잖아, 오빠. 웃을 줄 몰라? 안되면 거울 보고 연습이라도 하란 말야. 그럼, 나 갈게. 공부 않고 수다만 떤다고 엄마한테 혼나겠다."

나리는 마치 누나 같았다. 나리 말대로 난 웃음을 잃고 있었다. 아니, 아예 웃는 방법을 잊어버렸다고 해야 맞을지도 몰랐다. 웃어본 게 언제인지 기억이 잘 나지 않을 정도였다.

나리의 충고대로 거울 앞에 서 보곤 했었다. 웃는 것을 연습하다니 정말 웃긴 일이었다. 역시 내 웃음은 너무나 어색할 뿐이었다.

모의고사를 전후로 해서 나는 몸과 마음이 온통 한계에 다다라 있었다. 온몸이 지쳐 가는 걸 눈으로 보는 듯했다. 하늘이 무너져 내려앉을 듯이 갑갑했다.

"일어나요, 치현 학생. 5시가 넘었어. 저런 딱하기도 해라. 책상 위에서 그냥 잠이 들었네. 사모님만 아니면 더 재우겠는데……. 가엾어라, 쯧쯧."

5시 20분, 내 고단한 잠을 깨우는 게 안쓰러워 어쩔 줄 모르겠다는 듯 아주머니는 연신 쯧쯧 혀를 차곤 했다. 더 자게 놔두고 싶지만 어머니의 성화 때문에 어쩔 수 없다는 건 내가 더 잘 아는 사실이었다. 두 달 앞으로 다가온 학년말고사까진 그렇게 책상에서 새우잠을 청할 수밖에 없었다.

아침 식사 시간이었다. 푸석푸석한 내 얼굴을 흘끔거리며 아주머니는 계속해서 불쌍해 죽겠다는 표정을 지어 보이곤 했다. 날 언제나 끔찍하게 생각해 주는 아주머니였다. 어머니에게서 받지 못하는 애정을 아주머니에게서 느낀다는 건 정말 비극이었다.

"사모님 컨디션이 말이 아닌가 봐. 오늘은 김 기사 아저씨가 데려다 주실 거야. 오늘 수어회 모임 빠지면 다른 어머니들이 더욱 비아냥거릴 텐데……. 치현 학생 모의고사 성적이 내려갔기 때문이라고 수군거릴 거 아냐. 정말 큰일이네."

유일한 말벗인 동생 나리는 학교에 가는 내게 늘 손을 흔들어 주곤 했다. 동생이긴 해도 나리는 나보다 몇 배는 나았다. 나리는 웃음을 잃지 않았다. 공부도 아주 잘해 1등을 단 한 번도 놓친 적이 없다. 그리고 나와는 달리 성격이 쾌활해 친한 친구들도 많았다. 나리 역시 시간이 없긴 마찬가지지만 나와 달리 요령이 뛰어났다. 어머니에게 꾸중 들을 일이 없을 만큼 완벽했다.

어머니의 컨디션은 내 성적과 정비례했다. 내 시험 성적이 떨어지면 어머니의 컨디션도 아래로 곤두박질치곤 했다. 어머니는 자신의 화를 늘 그렇게 표현하는 것이었다. 그럴 때면 나 또한 화가 치밀었다.

그 무렵 어머니에 대한 불만이 쌓여 가면서 나는 수업 시간에도 멍하니 넋을 놓고 있는 경우가 많았다. 선생님이 무엇인가 이야기를 하고 있는데 귀에서는 윙윙거리는 소리만 들릴 뿐이었다.

"선생님, 양호실에 좀 다녀오겠습니다."

선생님뿐만이 아닌 아이들도 모두가 놀란 얼굴이었다. 수업 시간에 딴짓은커녕 고개 한번 돌린 적이 없는 나 같은 천하의 악질이 그것도 수학 수업 시간에 양호실에 가겠다니 놀랄 수밖에. 선생님은 한참 동안 나를 쳐다보시고는,

"그래. 몸이 안 좋은 모양이구나. 다녀오너라."

그러면서도 여전히 고개를 갸웃거렸다.

수업 시간이면 눈에 불을 켜고 선생님께 "네"라는 말 외에는 어떤 말도 하지 않던 내가 손을 번쩍 치켜들고 양호실에 가겠다고 소리치다니 그저 놀라운 일이었을 것이다.

양호 선생님도 걱정되는지 적잖이 놀란 눈치였다. 집에 전화해주겠다고까지 했다. 나는 괜찮다고, 그냥 30분 동안 잠을 자면 될 것 같다고 했다. 나는 난생처음 양호실에 가서 몸을 누였다. 그렇게 편할 수가 없었다. 그렇게 편안한 잠은 없었다.

그 무렵 내 얼굴이 늘 침울해 있자 어느 한 녀석이 날 지목하며 말하는 것이었다.

"저 녀석 가출하는 것 아냐? 어제 그 드라마에 나온 애랑 비슷하다니까."

가출을 소재로 다룬 드라마를 본 모양이었다. 녀석은 드라마에 나온 가출 학생과 내가 너무 흡사하다는 주장을 펴고 있었다.

"저런 녀석이 더 위험하대. 범생에다 내성적인 애들이 한번 폭발하면 걷잡을 수 없다더라."

"인마, 저 악질이 미쳤냐. 공부를 놔두고 어딜 가? 저 괴물은 절

대 안 나가. 생긴 걸 봐. 얼굴에 공붓벌레라 쓰여 있잖아."

그 순간부터 내 머릿속은 가출이란 단어 하나로 가득 찼다. 지금까지 어머니를 비롯한 집안 어른들의 말을 거역한 적이 없을 만큼 난 착한 아이였다. 다른 사람과 똑같은 감정을 갖고 있으면서도 내 주장을 한번도 펴 본 적이 없었다. 그건 정말 이상한 일이었다.

그날도 집에 돌아와 보니 거실에 어머니 혼자 앉아 있었다. 아버지는 퇴근 전이었다. 집보다 늘 일이 우선인 아버지였다. 그런데 어머니는 나를 일밖에 모르는 사람으로 만들길 원하고 있었다.

"오늘 수학 선생님 안 온단다. 대신 내일 온다니까 그렇게 알고 있어라. 그 사람은 도대체 얼마를 줘야 성실해질지 원, 일주일에 한 번 하는 약속도 제대로 못 지키니……. 이번에 아주 바꿔 버릴까 보다. 애, 채치현! 거기 멍청히 서서 뭘 해? 어서 들어가 공부해!"

난 과외를 세 과목씩이나 하고 있었다. 어머니는 턱없이 비싼 돈을 주고 일류 과외 선생님을 데려왔지만 난 탐탁지가 않았다. 과외 없이도 나는 공부를 잘할 수 있었다. 비싼 돈을 지불해 가며 굳이 다른 애들보다 더 공부를 해야 한다는 건 이해할 수 없었다. 우리 집은 모든 일을 돈으로 시작해 돈으로 끝내려 했다.

할아버지는 날 외국으로 보내려 했었다. 내가 가업을 물려받으려면 일찍부터 선진국에 가서 교육을 받아야 한다는 게 할아버지의 생각이었다. 그러나 어머니는 절대 날 외국으로 보내려 하지 않았다. 그 이유를 알고 나는 어머니의 터무니없이 뒤틀린 욕심에 쓴

웃음을 짓지 않을 수 없었다. 어떻게 자식의 장래 문제를 늘 자신의 자존심 문제와 결부시켜 생각하려 드는지 알 수 없었다.

한국에서처럼 입시가 까다롭지 않은 외국에서 대학에 입학한들 그리 자랑할 만한 일이 못 된다는 것이 어머니의 생각이었다. 내가 서울대에 수석으로 합격해야 어머니의 자존심이 한껏 높아진다는 것, 그것이 나를 외국에 보내지 않은 첫 번째 이유였다. 외국에는 차차 나가도 늦지 않다는 것이 어머니의 생각이었다.

내가 고등학교에 처음 들어가 치른 모의고사 성적이 전국에서 5등으로 나오자 어머니의 기대는 끝도 없이 높아만 갔다. 그러나 난 더 이상 앞으로 나아갈 수 있는 힘이 없었다. 앞으로 나아가기는커녕 주저앉을 것만 같았다.

학년말고사가 2주 앞으로 다가왔을 때 나는 점점 더해지는 압박감에 녹초가 될 지경이었다. 눈을 감으면 성적표를 받아들고 펄펄 뛰는 어머니의 모습이 어른거리곤 했다.

나는 비로소 가출을 꿈꾸기 시작했다. 가출에 대한 생각이 내 머릿속을 떠나지 않았다. 어디든 다 좋다. 그냥 지긋지긋한 공부에서 해방되고 싶었다. 1등 병에 걸린 집안 분위기에서 그대로 살다가는 질식해 버리고 말 것 같았다.

난 고민하지 않고 쉽게 결정을 내렸다. 몇 가지의 옷과 세일이가 준 《호밀밭의 파수꾼》 소설책을 가방에 넣었다. 더 이상 가져갈 것도 없었다. 홀가분하게 떠나면 된다고 생각했다. 돈은 조금 있었다. 할아버지가 준 용돈이 고스란히 내 책상 서랍에 들어 있었다.

쓰는 방법을 몰라 그냥 넣어 두었던 돈이다.

그날 새벽엔 비로소 모든 준비가 끝나 있었다. 새벽 2시밖에 되지 않은 시간이었다. 아직 나리는 공부를 하고 있는 모양이었다. 나리에게 편지를 쓰기 시작했다.

나리야.

너에게 처음으로 편지를 쓴다. 먼저 어떤 말부터 적어야 할지 모르겠다. 어렸을 적부터 난 너에게 무엇 하나 제대로 말한 적이 없다. 언제나 대화를 묵살해 버린 채 공부란 것에 갇혀 생활해야 했던 너와 나. 그래, 우리의 꿈은 어머니가 빼앗아 갔는지 모른다. 작년 여름에 네가 어머니께 어렵게 허락을 맡아 다녀왔던 캠프 기억나니? 넌 그때 무척 좋아했었지? 그때 넌 추억을 얻었다고 했지. 하지만 난 그때 너의 잃어버린 꿈을 볼 수 있게 되었단다.

미안한 얘기 하나 고백할게. 네 방에 사전을 찾으려고 들어간 적이 있어. 책꽂이에 사전이 없기에 어떡하다 네 서랍을 열게 되었어. 네 서랍에는 아주 두꺼운 노트가 있더구나. 그 노트를 열어 보니 첫 장에 이렇게 쓰여 있었지.

'난 디자이너가 되고 싶다. 식구들 모두 반대하겠지만 난 꼭 하고야 말 거다.'

네 일기장 첫 페이지 첫째 줄의 내용이었지. 일기는 한 장밖에 써 있지 않더구나. 다 읽어 보지는 못했어.

너하고 언젠가는 우리의 꿈에 대해 이야기하고 싶었어. 하지만 어머니의 극성 — 이렇게 표현하는 걸 용서해 다오 — 때문에 너한테 얘기할 시간조차 없었어. 1년이 지난 지금까지도 말야. 그게 난 너무도 후회돼.

난 그때 처음 알게 되었어. 우리에게도 꿈이 있다는 것을. 어머니의 집착에 최면이 걸려 난 내가 당연히 의사가 되어야 하는 줄만 알았거든. 그때 난 비로소 최면에서 깨어났던 거지.

그래. 넌 세계 최고 디자이너가 되는 것이 꿈이고 난 해군 제독이 되는 것이 꿈이지. 너에게 처음으로 말해 보는 나의 꿈이란다. 하지만 이제는 그것마저 알 수 없게 변해 버렸다.

오빠는 떠난다. 바다가 있는 곳으로 가 볼 생각이다. 너였다면 나 같은 생각은 하지도 않았을 거야. 넌 아마 도피하지 않았겠지. 하지만 너도 알다시피 난 나약해. 이 오빤 더 이상 버틸 힘이 없어. 적어도 지금만큼은.

난 그래서 도피한다. 이 순간만큼은 그래. 마음껏 욕하렴. 하지만 꼭 한 가지 약속해 줄 수 있니? 절대 넌 회피하지 말길 바래. 아니 그냥 묵묵히 견뎌 냈으면 해. 물론 내게 그런 말할 자격이 없다는 건 알아. 하지만 내 부탁이야. 그리고 나처럼 말 못하는 바보가 되지 말고 부모님께 떳떳이 너의 꿈을 밝혀. 디자이너, 정말 너무나 멋진 꿈이야.

나 때문에 어머니 체면이 많이 손상되겠지. 하지만 넌 피하지 말고 어머니를 설득할 수 있길 바래.

너에겐 힘이 되어 줄 많은 것이 있잖니. 많은 친구들, 모든 일에 분명한 자신감······. 난 항상 그런 널 부러워했어. 밝은 모습으로 당당하게 네 주장을 또렷이 펼 줄 알았잖니. (비록 어머니껜 그렇지 못했지만) 그런 네가 정말 자랑스러웠어. 넌 절대 굴복하지 마. 이 오빠가 처음으로 너에게 부탁하는 거야. 이 편지는 어머니께 보여 드리지 않는 게 좋을 것 같아.

　나도 내가 왜 이런 결정을 내리게 되었는지 모르겠어. 하지만 지금 나로서는 이게 최선의 길이야. 미안해, 정말.

　P.S. 언젠가는 다시 만나겠지. 굴복하지 마. 너는 할 수 있어.

다른 종이에다 나는 또다시 큼지막하게 썼다.

　'엄마, 아빠 안녕히 계세요.'

　달리 쓸 말이 없었다. 부모님에게 죄송한 마음이 없었기 때문에 그 말밖에 쓸 수 없었다. 이 편지를 쓰는 데 두 시간이 걸렸다. 4시를 넘기고 있었다. 나리는 이미 잠들어 있을 시간이었다. 나리 방의 문을 살짝 열었다.

　나리의 서랍을 열고 일기장에다 내 편지를 끼워 넣었다.

　나리는 세상모르고 자고 있었다. 두 시간의 잠으로 하루의 피로를 다 풀어야 하다니. 나리가 또다시 불쌍해졌다.

　조심스레 방문을 닫았다. 집 안은 깊은 고요 속에 침잠해 있었다. 아무런 소리도 들리지 않았다.

　방으로 돌아오자 또다시 갈등이 일었다. 굳이 나리의 마음을 아프게 하고 싶지 않았다. 망설임 끝에 다시 나리의 방에 들어가 편지를 빼 왔다. 나약한 모습을 보여 나리에게 동정을 구하고 싶지 않았다. 순간 나는 매몰차게 편지를 찢었다. 조각조각 찢어진 편지를 주방 휴지통에 버렸다. 내 방 휴지통에 버리면 어머니가 볼지도 모르기 때문이었다.

다시 방으로 가서 가방을 어깨에 멨다. 방을 내려와 살금살금 거실을 지나 현관 앞으로 걸었다. 불이 모두 꺼져 어두웠지만 어슴푸레하게나마 문이 어디쯤인지 가늠할 수 있었다. 어머니가 등 뒤에서 부르지나 않을까 조마조마했다. 현관문을 열 때는 간이 다 오그라들어 없어져 버리는 듯했다. 그러나 다행히 잠을 깬 사람은 없었다.

거리는 아직 푸르스름한 어둠 속에 갇혀 있었다. 곧 해가 뜨고 아침이 오면 집이 발칵 뒤집히겠지.

이제 더 이상 공부란 것에 얽매이지 않아도 된다는 것에 나는 행복감마저 느꼈다.

그러나 어디로 가야 할지 알 수 없었다. 넓은 바다가 있는 곳으로 가고 싶었다. 그래, 서해로 가겠다. 한번도 바다라는 것을 제대로 본 적이 없었다. 남들이 피서다 바캉스다 산으로 들로 바다로 떠날 때 나는 책상 앞을 지켜야만 했었다. 때때로 선산이 있는 청주에 내려간 적은 있지만 그것도 휴식의 차원은 아니었다. 나에게 휴식이란 없었다. 초등학교 때부터 컴퓨터, 영어, 태권도, 미술, 피아노, 바이올린, 수영 등등 안 해 본 것이 없을 정도였다.

어머니는 그걸 영재교육이라 생각하는 듯했다. 내 머리가 좋으니까 남들보다 무엇이든 앞서야 한다는 어머니의 고정관념은 나를 어느 장소 어느 때나 억누르고 길들이려고 했다.

매일의 생활이 어머니가 짜 놓은 스케줄에 따라 움직이길 바랐다. 그만큼 내 머리가 굳어지는 걸 어머닌 모르는 모양이었다. 어머니가 나를 뜻대로 조종하는 만큼 내 창의력은 상대적으로 퇴화해 갔다. 물론 반복적인 암기와 학습 때문에 나는 그야말로 시험의 귀재가 돼 있었다. 시험을 볼 때면 모르는 문제가 없을 만큼 일사천리로 풀어 나갔다. 아이들은 그런 나를 보고 혀를 내두르곤 했다.

언제였던가. 초등학교 2학년 때일 것이다. 바이올린 콩쿠르에 나가서 2등을 한 것이었다. 난 정말 바이올린이 싫었다. 바이올린에서 나는 소리를 들으면 미칠 것만 같았으니 그나마 그것만으로도 대단한 성적이었다. 하지만 어머니는 만족스럽지 않은 모양이었다. 그때 어머니는 사람들 때문에 아무런 내색을 못 했지만 한없이 치켜 올라간 눈초리만으로도 심리 상태를 알 수 있었다. 집으로 돌아가기 무섭게 콩을 볶는 듯한 힐난이 터져 나왔다.

"아이고 창피해서 내 원. 2등이 뭐니? 다 잘하는 애가 바이올린은 왜 그렇게 못해. 다음에는 무조건 1등을 해라. 넌 머리도 좋잖아. 할 수 있는데 왜 2등을 하냔 말야. 넌 2등한 게 분하지도 않아? 지금 당장 바이올린부터 바꿔야겠다. 엄마가 최상품으로 사 줄게. 아이고 망신스러워. 이게 뭐니? 다음 콩쿠르 때는 꼭 1등이야. 알았지?"

　처음으로 2등을 해 본 나는 정말 어머니로부터 한 시간여 동안이나 닦달을 당했다. 그다음부터 나는 무조건 1등을 하는 것만이 내게 주어진 의무라고 생각했다. 무조건 1등을 위해 달리고 또 달렸던 것이다.

　집을 나온 나는 택시를 잡아타고 터미널로 향했다. 집안사람들에게 발각되기 전에 최대한 빨리 움직여야 했다. 서해 바다로 떠나는 첫차에 올랐을 땐 동쪽 하늘로부터 희끄무레한 여명이 솟아오르고 있었다. 서해까지는 네 시간 정도가 걸린다고 했다.

　그렇게 나는 떠나온 것이었다.

　내가 다시 잠에서 깨어난 건 새벽 6시였다. 오늘이 이곳에서의 마지막 날이다. 주인아주머니에게 사흘 동안만 있겠다고 한 그날이다. 병수는 어느새 가고 없다.

　하루 온종일 바닷가에 나가 보냈다. 주인아주머니가 며칠간만 더 있어 달라고 애원하다시피 하는 통에 하루만 더 있기로 했다. 집을 나온 지 나흘째다. 어제는 하루 종일 병수의 영어 공부를 도와줬다. 그가 없었다면 난 몹시도 외로웠을지 모른다.

　토요일이라 병수가 학교에서 일찍 돌아왔다. 그가 시내에 다녀오자고 한다. 사람들이 많은 곳에 나가는 것이 싫었지만 끝끝내 우기는 그를 어쩌지 못했다. 그가 이끄는 대로 따라 다녔다. 그 앞에서 형인 척하는 게 힘들 뿐이었다.

버스를 타고 10분 정도를 가니 조금 시끌벅적한 시내가 나왔다. 그는 시내 중심부에 위치한 공원으로 나를 데려갔다. 그곳엔 비둘기가 많았다. 병수가 얼굴을 스케치해 주는 화가들이 모여 앉은 쪽으로 나를 이끈다. 그러더니 한 화가 앞에 앉으라고 재촉한다. 내가 자리에 앉고 나니 그도 내 옆자리에 앉았다.

20분 정도의 시간이 흘렀을까. 비로소 화가가 내 얼굴을 다 그린 듯했다. 병수의 얼굴도 다 그려진 듯했다. 우리는 서로 상대방의 얼굴이 그려진 그림을 가졌다. 병수는 생긴 것답지 않게 섬세한 면이 있다. 어떻게 이런 생각을 다 했을까.

"형은 운명을 믿어?"

난 어이없다는 듯 그를 빤히 쳐다보았다. 뜻밖의 질문이었다. 그는 한번 피식 웃더니 날 어디론가 데려갔다. 나무들이 늘어선 공원 한쪽으로 내 손을 잡아끈다. 그의 손이 우악스러워 손이 아플 정도다. 머리가 어깨까지 닿아 있는 이상한 복장의 청년이 돗자리를 앞에 펴 놓고 앉아 있다. 나이가 서른도 안되어 보인다.

"도사님, 저 왔어요."

그는 그 도사라는 사람에게 나를 소개시킨다.

"도사님, 이 형 운세를 한번 봐 주세요."

도사가 눈을 들어 나를 빤히 쳐다본다.

"대학생이지?"

"아, 예. 그걸 어떻게?"

"역시 도사님이네요? 이 형 연세대 법대 학생이에요. 나중에 뭘 하겠어요?"

"으음, 가만 있자. 한 스물다섯쯤에 고시에 오르겠구먼. 계속 승승장구하다가 서른여덟에 한 번 고비가 있어. 어디 손금 좀 볼까?"

도사는 내 손을 돋보기로 자세히 들여다보더니,

"저런, 20세 전에 죽으려고 했구먼. 50이 되기 전에 죽을 고비를 한 번 넘길 거고."

터무니없는 말이긴 해도 왠지 재미는 있다.

"도사님, 저는 어느 대학엘 들어갈 것 같아요?"

"응? 자네도 연세대에 들어가겠는데."

병수의 얼굴에 화색이 돈다. 진짜 대학에 합격이라도 한 듯 도사가 최고라며 오른손 엄지를 세워 보인다.

하지만 도사는 나에 대해서 한 가지도 맞히질 못했다. 법대 다닌다고 하니까 고시에 합격할 거라 말한 것이나 어림잡아 나이를 말한 것이나 아무것도 맞는 게 없다. 그렇지만 병수에 대해서만큼은 도사의 말이 맞길 바랐다.

비록 사이비 도사의 말이나마 이제까지 자살이란 걸 생각해 본 적이 없는 내게 20세 전에 죽으려고 한다는 말은 더욱 기분 나쁜 말이다. 아직 자살을 생각해 본 적은 없다. 그런 내게 자살을 하려 했다 말하다니.

그와 시내를 돌아다니다 어느 PC방 앞에서 눈빛이 불량해 보이는 애들과 마주쳤다. 그들은 병수에게 손을 내밀어 악수를 청하며 계속 나를 째려봤다. 나는 병수에게로 바짝 붙어서 그 애들의 눈치를 살펴야 했다.

"얜 누구냐?"

"형이에요. 우리 친척 형."

그러면서 병수가 눈을 찡긋 감아 보인다.

"동팔이 형이야. 우리 학교 선배. 인사 나눠, 형."

나는 손을 내밀어 악수를 청했다. 그러는 중에도 동팔이라고 불린 그 애는 계속 가자미눈으로 내 몸을 기분 나쁘게 훑고 있다. 아주 음산한 눈빛이다.

"동팔이 형, 갈게."

"병수 너, 내가 얘기한 거 잘 생각해 봐라."

그러면서도 그는 병수를 게슴츠레한 눈으로 쳐다본다.

그들과 헤어진 다음 내가 물었다.

"저 녀석과 뭔 얘기를 했어? 앞으로는 저런 애들하고 놀지 마. 공부에 방해돼."

"우리 학교 주먹 짱이야. 형은 몰라도 되니 너무 걱정 말아요."

그러나 병수의 눈빛이 어느새 그늘져 있다.

시내를 돌며 햄버거를 사 먹고 이것저것을 산 뒤 6시쯤에 여관으로 돌아왔다. 여관에 와서 다시 그의 공부를 도왔다.

"이지원이라는 애가 있는데 완전 공붓벌레예요. 서울대가 목표라는데 쉬는 시간에도 늘 공부만 해요. 참 대단한 놈이에요."

병수가 이맛살을 찌푸리며 말한다.

"내가 고등학교 다닐 때도 그런 애가 있었어. 그 애는 쉬는 시간뿐만이 아니라 점심시간에 밥을 먹으면서까지 공부를 했어. 학교 재단 이사장 손자였는데 선생님들도 걔 눈치를 봤어. 체육 시간에는 어땠는지 아니? 공부를 하려고 주번하고 매일 바꿔서 남아 있었어. 그런데 체육 점수도 만점이었어."

"그 자식, 너무 심했네요. 특히 체육 시간에 웬 공부? 이해가 안 돼요. 한번 녀석을 혼내 주지 그랬어요?"

"아주 상대를 안 해 버렸어. 괜히 건드렸다가 잘릴 것 같아서. 좋을 것 없잖아."

"하긴 그러네요."

나로서는 무의식중에 나온 말이었다. 내가 나 자신을 자학하는 말을 하다니. 나는 정말 나 자신을 사랑하지도 않는 걸까. 집을 나온 뒤로 나는 나 자신을 더욱 추락의 구렁텅이 속으로 밀어 넣고 있었다. 내가 불쌍하다. 머리가 너무 아프다. 어머니가 성적표를 받아 들고 꾸중을 할 때만큼이나 아프다. 내 이야기를 남 이야기하듯 하기는 정말 싫다.

바다에나 나가 봐야겠다. 병수가 같이 나가자고 했지만 싫다고 했다. 혼자 바닷가라도 걷고 싶다.

현관문을 열고 나가는데 여관 담 모퉁이에서 담배를 피우는 시커먼 그림자가 몇 있다.

희미한 불빛에 드러나는 얼굴을 보고 나는 깜짝 놀랐다. 동팔이 녀석 패거리들이다. 낮에 PC방 앞에서 마주쳤던 바로 그 애들.

'저 녀석들이 여긴 웬일이지?'

녀석들은 마침 여관에서 나오는 사람이 나 말고도 두서넛 있어서인지 나를 유심히 보지는 않는다.

'병수에게 해코지를 하러 온 건 아닐까?'

다시 들어가 병수에게 조심하라 이를까 하다가 설마 집 앞에서 무슨 해코지를 하랴 싶어 그냥 바닷가로 발길을 옮겼다.

바닷가에는 사람들이 제법 많았다. 모닥불을 피우고 앉아 술을 먹는 아저씨들도 있다. 나는 불빛이 비치지 않는 어두운 쪽을 향해 걸었다. 멀리 병수네 여관이 바라다보였다. 바닷가에 있는 조약돌을 들어 바다를 향해 돌팔매질을 했다. 한참을 그렇게 하니 등에 땀이 날 지경이었다. 마음이 좀 후련했다. 나는 다시 병수네 여관 불빛이 보이는 쪽으로 걸었다. 바닷바람 때문인지 목이 따끔따끔한 게 감기가 오는 모양이었다.

병수네 여관에서 약 5미터 떨어진 공터까지 왔을 때 어디선가 싸우는 소리가 들렸다. 아니, 싸우는 게 아니라 일방적으로 때리는 소리였다. 공터 한쪽에 있는 미끄럼틀 밑이다. 아까 그 녀석들이 아닐까.

"너 이 새끼, 언제부터 범생됐냐? 너 오늘 한번 죽어 봐."

동팔이라는 녀석의 목소리였다.

누군가 미끄럼틀에 기대 있고 그 주변을 네다섯 명이 둘러서 있다.

그때 병수의 목소리가 들렸다.

"형이 아무리 그래도 난 다시는 싸움 안 해. 때려 죽여도."

"그래? 그럼 죽어 봐. 야 씹새끼들아 뭐 해. 이 새끼가 죽이란다."

아이들이 무자비하게 병수에게 달려든다.

머리가 갑자기 아득해 온다. 어떡하나. 저러다가는 병수가 맞아 죽을 것 같다. 아저씨를 부를까. 아니면 경찰을. 안 돼. 시간이 없다.

그 순간 나는 담벼락 옆에 서 있는 나무의 부목을 빼 들었다. 검도를 배운 적이 있기 때문이다.

"너 이 새끼들 그만두지 못해?"

어디에서 그런 용기가 생겼는지 모른다. 욕도 술술 잘 나왔다. 병수의 형 노릇을 제대로 하려나 보다. 말이 떨어지기가 무섭게 녀석들에게 다가섰다.

녀석들은 주춤해져 멍하니 쳐다보고들 있다.

"형, 들어가. 어서. 난 괜찮아. 어서 들어가."

"어, 병수 친척 형이라고 했지. 씨발, 병수는 내 동생이기도 하지. 그래서 버릇 좀 고쳐 주겠다는데 웬 몽둥이까지 들고 설치실까."

동팔이란 녀석이 말을 씹어뱉듯 뇌까린다.

"지금 당장 병수를 보내 줘. 빨리."

"못 보낸다면?"

"나하고 한판 붙는 거야."

"애들아, 쟤가 한판 붙잔다. 너희들 들었지?"

나는 몽둥이를 힘주어 잡았다. 손이 떨려 왔다. 검도를 배웠지만 그걸 실전에 사용해 본 적은 없다. 우선 동팔이 녀석을 선제공격으로 눕혀야겠다.

동팔이 녀석이 한 손에 큼지막한 돌을 들고 다가온다.

"야압!"

기합 소리와 함께 동팔에게 내달리며 부목으로 머리를 내리쳤다. 녀석이 날렵하게 몸을 틀어 피하며 돌로 내 어깨를 내리쳤지만 다행스럽게 저만큼 비켜서 떨어진다. 순간 옆구리 쪽에 허점이 드러난다.

"에잇!"

묵직하게 걸려 온다. 맞았다. 녀석이 옆구리를 한 손으로 쓸어안으며 쿵 하고 쓰러졌다.

이제 녀석들이 우르르 달려들었다. 어떤 놈은 어느새 병을 양손에 깨어 들고 있다.

그중 병을 든 놈을 다시 내리쳤다. 녀석이 피하는 순간, 나는 발끝에 있는 돌에 걸리며 바닥에 나뒹굴었다. 녀석의 발길이 얼굴을 밟을 찰나 병수가 놈의 다리를 걸어 넘어뜨린다. 어느새 동팔이 녀석도 비틀거리며 일어선다.

"야 새끼들아, 뭐 해! 어서 죽여 버리란 말야!"

위급한 순간이 아닐 수 없다. 몸을 일으켜 부목을 다시 잡는데 여관 쪽에서 병수 아버지가 허둥지둥 달려오며 소리를 내지른다.

"이놈들! 우리 병수 때리면 내 가만 안 둘 껴!"

녀석들이 움찔하며 눈치를 살핀다.

"야, 씨발 안되겠다. 꼰대가 끼면 문제가 복잡해지니까. 병수 너,

그리고 처음 보는 놈, 어디 두고 보자. 야, 어서 튀어!"

녀석들이 우르르 달아난다.

"병수야, 병수야. 괜찮으냐?"

"예, 아버지. 괜찮아요."

"학생두 괜찮어? 어여 들어들 가자."

다행히 병수는 크게 다친 데는 없었다. 눈두덩이만 조금 부어올랐을 뿐이다.

"에이, 이사를 가든지 해야지, 원. 아무튼 학생 여러모로 고마워."

"형, 고마워."

하지만 걱정이다. 놈들이 언제 다시 찾아올지 모르기 때문이다. 그날 밤 병수와 난 방에 누워 두런두런 얘기를 나누었다. 패싸움을 하는데 같이 가자고 하는 걸 거절했다는 병수의 얘기를 듣고 그저 잘했다는 말을 해 줄 수 있을 뿐이었다.

3. 작별은 길게 하지 않는다

새벽이 밝았다. 어젯밤에는 얘기를 나누느라 한숨도 못 잤다. 오늘은 떠나야겠다. 벌써 닷새째다. 병수를 깨웠다. 그는 졸린 눈을 비비며 일어났다.

"나 오늘 갈 거야. 지금."

"형, 딱 하루만 더 있어. 조금밖에 안 있었잖아."

"벌써 닷새째인데? 다음에 만나. 다음에 또 올게."

그는 무척 서운해한다. 눈가에 시퍼런 멍이 들어 있다.

"그럼, 내가 버스 타는 데까지 데려다 줄게."

"혼자 갈 수 있어. 넌 공부나 해."

혼자 갈 수 있다고 했지만 그는 막무가내로 따라나선다. 아주머니에게 이틀분의 방세를 주려고 하자 펄쩍 뛰며 받지 않는다. 오히려 내 점퍼 주머니에 봉투를 하나 넣어 준다.

"정말 고마워, 학생. 얼마 안돼. 그러니 넣어 둬. 차비에나 보태써. 병수 공부 도와준 걸 생각하면 더 주고 싶지만."

"아주머니, 이러시면 제가 너무 신세를 지는데…… 그럼, 고맙습니다. 잘 쓸게요. 정말 감사했습니다."

인사를 마치고 병수와 함께 여관을 나왔다. 터미널까지 걸었다. 병수의 눈망울이 시뻘게져 있었다.

"형, 이제 어디로 가?"

"글쎄, 아직."

"나도 대학생이면 따라갈 텐데. 형은 좋겠어."

그는 진심으로 부러운가 보았다. 나를 한가하게 여행이나 다니는 대학생으로 여기는 눈치다. 터미널에 도착해 대전행 버스표를 한 장 샀다. 왜 그랬는지는 나도 잘 모르겠다. 병수는 대전행 차에 오르는 내게 포장지에 싼 물건을 내민다.

"형, 이거 내년 다이어리야. 아직 안 샀지? 그리고 내 얼굴 그림 잘 챙겼지? 나도 형 얼굴 그림 잃어버리지 않을게."

"그래, 병수야. 공부 열심히 하고."

그의 눈이 또 붉게 물든다.

"우리 대학 가서 만나. 열심히 공부해서 형 학교에 들어갈 거야."

"그래. 널 못 잊을 거야. 언젠가 다시 한 번 올게."

그의 눈에선 급기야 눈물이 흐르고 있었다. 나의 눈도 뜨거워져 더 이상 서 있을 수 없었다.

내가 버스에 올라 자리에 앉는 동안에도 병수는 그 자리에 우두커니 서 있었다.

"잘 있어. 다음에 꼭 올게."

그는 버스가 떠날 때까지 손을 흔들어 준다. 버스가 움직이기 시작했다. 이제 그의 모습은 보이지 않는다.

그에게 나이를 속인 게 미안할 뿐이다. 자기보다 어린 내게 형이라고 했으니. 그에게 나이를 속인 건 미안했지만 어쩌면 그게 결과적으로 잘한 일인지도 모른다. 병수가 사 준 다이어리의 포장지를 뜯었다. 카드가 있다.

'형, 고마웠어. 동팔이 일 너무 걱정 마. 그런 일에 흔들릴 내가 아니야. 약속해. 서울에서 만날 수 있길 바라. 우리 집에 꼭 다시 놀러 와.'

또다시 눈물이 나려고 했다. 이를 물고 참았다. 잠깐이었지만 병수에게서 많은 것을 배웠다. 솔직함, 진실, 그런 것들.

다시 만나자는 그와의 말을 지켰으면 한다. 아니, 꼭 지키겠다. 그리고 그땐 사실대로 말하겠다. 용서받지 못하더라도 꼭 사실을 말하겠다. 졸린다. 대전에 도착하려면 아직 두 시간이나 남아 있다.

주위가 소란스러워 눈을 떴다.

"이거 큰일인데. 아직 반도 못 왔는데."

운전기사가 버스의 출입구로 들어서며 푸념을 터트렸다. 버스는 길 한쪽에 멈춰 서 있다.

"차가 고장 났어. 20분이나 저러고 있네."

"여기가 어디쯤이죠?"

"서산 못 미쳐 이런 한적한 길에서 차가 고장 났으니……. 정비소도 없나 봐."

그러고 보니까 옆자리의 아저씨는 어딘가 낯이 익은 얼굴이다. 다시 쳐다보았다. 아무리 생각해 봐도 떠오르지 않는다.

"학생은 지난번에 봤을 때도 잠만 자더니 오늘도 그러네."

이제야 기억이 난다. 집을 나온 첫날 버스에서 내릴 때 내 잠을 깨운 그 아저씨다.

"또 하도 곤하게 자서 기억하는 거야. 하하하!"

아저씨는 재미있다는 듯 호탕하게 웃는다.

"어때? 우리 여기서 내릴까? 대전까지 갈 필요가 뭐 있어. 보아하니 학생도 여행을 다니나 본데. 여행은 말이야. 의외성이 있어야 하는 거야."

나는 조금 생각해 보다 아저씨의 제안에 따르기로 했다. 어차피 발길 닿는 대로 가는 것이고 혼자보다는 동행이 있는 것도 괜찮을 것 같다. 우선 아저씨의 인상이 좋다.

버스에서 내려 30분쯤 걸었다. 드디어 제법 아담한 시내가 나타났다. 그렇게 높지 않은 산을 끼고 있는 조용한 마을이다. 멀리 앞쪽에는 바다가 보인다.

그때까지 우리는 아무 말도 하지 않고 있었다. 생각 없이 아저씨를 따라온 게 적잖이 후회가 된다.

"학생, 왜 그래? 어디 아파?"

인상을 찌푸린 채 걷고 있으려니 아저씨가 무슨 일인지 궁금하다는 듯 쳐다보며 묻는다.

"아니요. 아무것도 아니에요."

"우선 어디 가서 점심이나 하자고. 벌써, 점심때인걸. 시간이 빨리도 가네."

이러다 아저씨에게 무작정 끌려다닐지도 모르겠다. 아저씨는 시내에서 그나마 제일 번화한 곳을 찾아 〈바다횟집〉이라는 입간판이 보이는 식당으로 들어선다.

"여기 모듬회 2인분하고 소주 두 병만 주세요. 학생 술 하지?"

"아뇨. 안 마셔 봤는데요."

아저씨는 혼자 피식 웃으며 혼자 술을 따라 마신다.

"자네 대학생 아니야? 고등학생이면 이렇게 돌아다닐 시간이 아니고."

아저씨는 소주를 한 잔 들이켜고는 이상하다는 듯 쳐다본다.

"술도 한번 안 마셔 본 대학생이라니. 하긴 그런 건 별로 중요하지 않지."

도대체 아저씨가 말하고 있는 요지가 뭔지 모르겠다. 대학생 같지는 않다는 것인지, 대학생이 술도 한잔 마실 줄 모르냐는 것인지.

"아저씨, 저도 술 한잔 주세요."

아저씨는 그러면 그렇지 하는 얼굴로 군말 없이 소주를 따라 준다. 태어나서 처음 마셔 보는 술이다. 중3 시절 아이들이 100일주, 50일주를 마실 때도 난 그런 자리에 낀다는 걸 상상조차 하지 못

했다. 같이 마셔 줄 아이들도 없었지만 있었다고 해도 어머니의 성화에 어쩔 수 없었을 것이다. 아이들이 그런 술판을 벌이는 날이면 어머니는 자율 학습을 못하게 하면서까지 날 집으로 데려오곤 했다.

입에 술을 대는 순간 강렬한 냄새가 코를 찌른다. 눈을 감고 홀딱 술을 입에 털어 넣었다. 아주 쓴맛이다. 아무것도 먹지 않은 배 주위가 싸늘해지며 알싸하다. 그러나 기분은 최고다.

"아저씨, 삶이란 뭔가요? 전 정말 모르겠어요."

술을 몇 잔 마시자 혀가 제대로 말을 듣지 않는다. 아저씨의 얼굴도 흐릿해 보인다.

아저씨의 표정이 별 우스운 놈 다 봤다는 식으로 찌푸려진다.

"삶이라? 살다 보면 알게 돼. 방금 자네가 마신 소주 맛 같은 거라고나 할까. 삶이란 때로 한 잔의 소주처럼 쓰다는 걸 알게 돼."

그 말을 끝낸 아저씨의 얼굴이 진짜 고독한 표정으로 바뀌어 간다.

"아저씨, 전 아직 고등학생이에요. 저 한마디로 말해 가출했어요. 제가 왜 집을 나왔는지 아세요? 애정이라고는 없는 집이 싫었어요. 전 절대로 공부가 하기 싫어서 가출한 게 아니라고요. 어머니가 미웠어요. 매일 공부하라 성화만 했지 언제 한번 따뜻하게 고생한다고 위로해 준 적이 없어요. 그놈의 최고병…… 이젠 정말 진절머리가 나요."

나도 모르게 말이 헛 나오고 있었다. 처음 본 아저씨에게 해서는 안 되는 말이란 걸 느끼면서도 마음과는 달리 말이 막 새어 나오고 있다.

"그래, 나도 그런 적이 있어. 집을 나온 적이. 지금도 그렇고. 그러고 보면 자넨 지금 나와 비슷한 처지구먼. 동병상련일세. 허허."

"왜요? 그래요, 묻지 말기로 해요. 전 정말 우리 집에 사랑이란 게 조금이라도 존재했다면 이렇게 집을 나오진 않았을 거예요. 아저씨, 저 불쌍해 보여요? 저 자신도 미치겠단 말예요!"

나도 모르게 큰 소리로 고래고래 소리를 질렀다. 다행히 식당에는 사람들이 많지 않았다.

너무나 화가 난다. 그리고 너무나 슬프다. 지금의 내 바보 같은 모습이 너무나 슬프다. 아저씨는 이런 나를 여전히 선량한 얼굴로 바라보며 가만히 내버려 두고 있다.

나는 소주 한 병을 그냥 병째로 들이마셨다. 술을 마시면 조금이라도 슬픔이 가실 것 같았다. 마지막 한 방울까지 다 털어 넣은 후 소주병을 '꽝' 소리가 나게 상에다 내려놓았다. 졸린다. 너무나 졸린다. 나는 점점 알 수 없는 미궁 속으로 빠져드는 기분으로 음식이 놓인 상에 얼굴을 박고 깊은 잠에 빠져들었다.

햇살이 눈이 부시다. 일어나야겠다. 방 안에는 아무도 없다. 내가 왜 여기에 있는지 모르겠다. 아무것도 생각나는 게 없다. 〈바다횟집〉에서 소주를 마신 기억이 났다. 그러곤 잠이 들었는데 어제 일이 잘 생각나지 않는다. 시계를 보니 8시가 훨씬 넘어 있었다. 시간 계산이 잘 되지 않는다. 아저씨와 식당에 간 건 점심시간이었다. 그런데 8시라면 지금이 밤이어야 하는데 밖은 이미 햇살이 빛나고 있는 아침이다.

그렇다면 열다섯 시간을 내리 잤단 말인가. 아직 속이 메스껍고 쓰리다. 신트림이 마구 넘어온다. 그런데 여기는 어디며 아저씨는 어떻게 된 걸까. 이렇게 많이 자 본 적은 한번도 없는 것 같다.

마침 방문이 열리며 아저씨가 들어온다.

"이제야 깼어? 걱정 많이 했는데. 풋술에 소주를 한 병이나 마셨으니 그렇지. 속이 많이 아플 거야. 해장국이나 먹으러 가자고."

"아저씨, 정말 죄송해요. 제가 실수를 많이 한……."

"아니야. 됐어, 됐어. 다 그럴 수 있는 거지, 뭐."

나는 참 복도 많다. 집을 나온 후로 착한 사람만 만나는 것 같다.

해장국을 먹었다. 밥이 넘어가지 않았다. 국물만 떠서 마셨다. 아저씨도 마찬가지다. 아무 말도 없이 국물만을 숟갈로 뜨고 있다. 어제 내가 술을 먹고 무슨 이야기를 했을까.

"아저씨, 절 여관까지 데려오느라 힘드셨죠? 그리고 제가 참 말도 많았죠?"

"마음속 깊이 있던 말을 했어. 흉될 말은 하나도 안 했으니 걱정 마."

내 마음속 깊이 들어 있는 말이라면 분명 내가 가출한 얘기일 것이다. 그렇다면 정말 큰일이다. 집에 연락이라도 한다면.

아저씨는 이제 그만 밖에 나가 바닷가를 구경하자고 했다. 머리가 아프고 속이 답답한 나를 위한 배려 같았다.

바닷가를 거닐면서도 우린 말이 없었다. 아저씨도 가끔 멍한 눈으로 먼바다를 쳐다볼 뿐이다. 비로소 아저씨가 집을 나온 이유가 궁금하다. 나야 가출한 거지만 아저씨는 그럴 때가 아니지 않는가. 가족은, 회사는 어떡하고 이런 낯선 해변이나 거닐고 있는 걸까.

"아저씨, 제게 왜 그렇게 잘해 주시는지 모르겠어요. 정말 궁금해요. 아주 많이."

아저씨는 그냥 씁쓰레하게 미소를 지을 뿐이었다. 그리고 몇 발짝 발걸음을 옮기고는 말했다.

"내가 뭘 하는 사람인지 궁금하지?"

나는 고개를 끄덕였다.

"좀 더 시간이 흐르면 서로에 대해 자세히 알게 될 거야. 자연스럽게 알게 될 때까지 그냥 모르는 걸로 해 두는 게 좋지 않을까?"

아저씨의 말이 맞는 것 같다. 굳이 자기가 어떤 사람이라는 걸 입으로 말할 필요가 있을까. 보이는 모습대로, 얼마 지나지 않아 서로를 알 수 있을 텐데. 아저씨는 역시 자신보다 남을 먼저 생각하는 마음을 가진 좋은 사람이다.

그러나 아저씨는 몇 발짝 옮기고 나서 말을 꺼낸다.

"여유 없이 바쁘게 살았어. 애들 엄마도 그렇고. 쉴 틈이 없이 일했는데⋯⋯. 얼마 전에 실직했어. 여유 있게 여행 한번 못 다녀 보고 열심히 일했는데 그만 회사가 부도가 난 거야. 법정 관리에 들어가 퇴직금을 받고 나와 버렸어. 17년 동안 한번도 빠진 적이 없는 회사를 나왔으니 참 암담했지. 아무런 준비도 없었고 해서⋯⋯.

그냥 무작정 집을 나왔어. 아내에게 편지를 남겼지. 곧 돌아가겠다고. 애들 볼 면목이 없어. 아빠 노릇도 제대로 못 했는데 실직까지 했으니."

아저씨는 말을 마친 다음 담배를 한 개비 꺼내 물고 먼바다 쪽을 자꾸 바라본다. 눈에 아이들의 얼굴이 밟히는지 연신 헛기침을 한다.

아저씨 말처럼 그냥 자연스럽게 알게 되었으면 차라리 나을 뻔했다. 위로의 말이라곤 아무것도 생각나는 게 없다.

"아저씨, 그만 들어가시죠. 조금 춥잖아요."

여관에 들어온 나는 제일 먼저 창문을 열었다. 바닷바람이 세차게 들이닥친다.

"아셨겠지만 술은 처음이었어요. 제가 신세 한탄 많이 했죠? 전 그래요. 지금까지 친구 한번 제대로 사귄 적 없이 공부만을 강요당했어요. 어머니가 보통이 아니셨죠. 견딜 수가 없었어요. 아직까지 영화 한 편 본 적이 없다면 이해가 되실 거예요. 숨 막힐 정도였어요. 도저히 못 참을 만큼 심각했어요. 어머니는 제 의견을 끝까지 듣는 분이 아니세요. 상의 한번 해 본 적이 없어요. 언제나 일방적인 결정이었죠. 그런 어머니가 조금은 불쌍하기도 해요. 물론 저를 위하는 마음이 없지 않다는 걸 알아요. 그래서 떠나왔어요. 집 나온 걸 후회하지는 않아요. 언젠가는 돌아가겠죠."

더 이상 어떤 말도 할 수 없을 것 같았다. 신세 한탄을 하려던 건 아닌데 결국 또 그렇게 돼 버렸다. 아저씨는 여전히 묵묵부답으로 내 말을 듣고만 있다.

초등학교 때 수학여행이란 걸 가고는 중학교 때는 가지 못했다. 친구들이 수학여행을 갔는데 학교에 나와 공부를 하려니 여간 마음이 뒤숭숭한 게 아니었다. 그러면서도 그런 걸 싫다고 표현하지 못했다. 왜 그랬을까. 진짜 한번도 내 의견을 생각하고 말하지 못했다.

"집 나온 지 며칠이나 됐어?"

아저씨가 뜬금없이 묻고는 빙그레 웃는다.

"일주일요. 아저씨는요?"

"10일 정도. 애들이 보고 싶어. 그렇다고 지금 당장 들어가고 싶진 않아. 이제 내년이면 큰애가 고등학생이야. 정말 큰일이야. 그 애들 뒷바라지할 일이. 학생은 공부는 잘했어?"

"어머니는 늘 서울 의대를 고집했어요. 그것도 수석으로요. 어렸을 때부터 귀가 따갑게 그 타령이죠. 물론 공부는 잘했어요. 근데 전 그게 싫어요. 서울 의대만이 내 목표라는 게 우스워요."

"학생 어머니도 자식을 위해 그런 것일 텐데……. 그래, 내가 말해 봐야 지금 당장 도움되는 말은 아닐 테니……. 하지만 정말 나중에는 알게 될 거야. 말이 나온 김에 내 얘기 하나 해 줄까? 자식은 어버이를 흙에다 묻지만 어버이는 자식을 가슴에다 묻는다는 말 말이야. 나도 애들을 키우면서 그걸 알았어. 학생 어머니도 마찬가질 거야. 시간이 지나면 그걸 알게 돼."

하지만 우리 어머니는 자식을 치마폭에 묻는다. 아저씨는 그걸 모른다. 나도 어머니가 가슴으로 나를 사랑해 줬으면 좋겠다. 돈으로 선생님을 매수하고, 고액 과외를 세 과목이나 시킨다고 자식이 다 잘될 것이라는 생각, 그게 과연 시간이 지나면 옳은 일로 여겨질까.

성적이 나쁘게 나오면 동생 나리에게 나쁜 물 들이지 말라고나 얘기할 줄 아는 어머니, 그게 우리 어머니다.

모의고사 성적이 곤두박질쳤던 어느 날이었다. 학교에서 돌아온 나를 어머니가 안방으로 불렀다. 물론 내 성적을 전국 단위로 생각하는 어머니였다.

"치현아, 엄마가 왜 널 불렀는지 알지? 그래, 5등에서 30등이 뭐니? 이 엄만 솔직히 5등으로도 만족하지 않았어. 근데 30등이라니……. 너 5등 밖으로 떨어진 적 한번도 없잖아. 요즘 고민이라도 있는 거야? 이것도 성적이라고 받아 왔느냔 말이야, 녀석아. 모르겠니, 이 엄만 너하고 나리만 믿고 있는데……. 내일 엄마가 수어회 모임에 가는 거 너도 알지? 이 마당에 거길 어떻게 가니? 창피해서 도저히 갈 수가 없게 돼 버렸잖아. 오늘 지민이 엄마한테 전화 왔었다. 걘 이번에 3등 했대. 30등인 너하고는 비교가 안 되잖아. 그러게 엄마가 공부 좀 열심히 하라고 했지? 그리고 너, 나리한테 나쁜 물 들이지 마라. 괜히 공부 잘하고 있는 나리까지 너처럼 되면 어떻게 하니? 두 달 뒤에 학년말고사 있지? 평균 98은 넘어야 한다. 너 두 달 뒤에 보자. 그때도 이 모양이면 엄만 고개를 들 수가 없다는 걸 명심하구. 그래, 됐다. 나가서 공부 시작해라."

그렇게 어머니가 쉬지도 않고 한 말의 요지는 내가 공부를 열심히 하지 않아서 성적이 떨어졌다는 것이었다. 하루에 두 시간밖에 안 자며 공부한 나에게 노력이 부족하다는 말을 그렇게 쉽게 할 수 있다니. 그럼 도대체 어쩌란 말인가.

물론 그날 나는 몹시 화가 났다. 성적이 떨어졌다고 동생에게 나쁜 물을 들이지 말라고 말할 수 있다니……. 늘 그런 식이었지만 나는 그날따라 끓어오르는 화를 주체할 수 없을 만큼 괴로웠다.

〈수어회〉는 내가 제일 싫어하는 모임이었다. '수재들의 어머니회'라는 뜻을 가진 수어회는 3년 전 어머니와 친분이 있는 일곱 분이 만들었다. 어머니는 그 모임에 갔다 온 날이면 유난히 나와 나리에게 공부를 더욱 열심히 해야 한다는 훈시를 하곤 했다. 그도 그럴 것이 수어회에서는 매년 명문대 수석을 내고 있었다. 재작년에는 서울대 수석을 낳았고, 작년에는 연, 고대 수석을 배출하는 식이었다. 어머니는 내게 서울대 수석을 기대하는 눈치다. 그런 아들이 전국에서 30등을 했으니 어머니 입장에서 보면 큰 충격이란 것이다.

하지만 난 기계가 아니기 때문에 더 이상의 노력은 불가능했다. 공부에 관한 한 세상에서 제일 까다로운 입맛을 가진 어머니의 비위를 맞추는 데에 난 이미 질려 가고 있었던 것이다.

지겹다 못해 아예 끔찍할 정도였다. 어머니가 보챌수록 난 더욱 공부가 하기 싫어졌다. 공부가 저주스럽기까지 했다. 기억난다. 초등학교 때부터 줄곧 1등만을 원하셨던 어머니, 매일 똑같았던 그

날들이 하나둘씩 떠오른다. 공부를 하고 있을 때면 어머니는 자주 보약을 달여 오곤 했다.

"우선은 쓰지만 쓴 약이 몸에 좋단다. 보약 먹고 열심히 해라. 넌 보약이라도 먹을 수 있잖니. 내가 어릴 땐 밥도 제대로 먹을 수 없었어. 어서 쭉 마셔라. 이번에 서울 의대 들어간 아빠 친구 김 부장 아들도 이거 먹고 했다더라. 열심히 해. 딱 한 번이야. 대학 입시는 딱 한 번이면 족해. 알았지?"

그걸 어머니의 따뜻한 사랑으로 받아들일 순 없다. 약은 따뜻했어도 어머니의 마음은 그렇게 받아들이기 힘들었다. 서울 의대를 수석으로 합격했다는 김 부장 아들의 모든 것들, 가령 보약, 공책, 참고서, 음식 등등이 어느새 우리 집으로 고스란히 옮겨져 있었다. 입시는 딱 한 번이니까 김 부장 아들처럼 수석 합격을 하라는 협박이 아니고 무엇인가.

누가 소원 한 가지를 말하라고 하면 서울 의대를 없애 달라고 하고 싶었다. 이 세상에서 제일 듣기 싫은 말이 서울 의대 수석 합격이라는 말이었다. 두 번 다시 생각하기도 싫은 말이다.

"집 나온 걸 후회하니?"

아저씨는 점점 나를 설득하려는 의도를 내비친다.

"아뇨. 절대 후회하지 않아요. 오히려 잘했다고 생각해요."

나는 고개를 휘휘 내젓는 오버액션까지 취해 가며 후회하지 않는다는 말을 했다. 내가 생각하기에도 내 말이 조금은 이기적이고 무섭다.

"우리 집은 대화라곤 없었어요. 고작 한다는 말이 '공부 열심히 해라, 제발' 아니면 '이번에 또 떨어졌더구나' 였어요. 시험을 잘 보면 대신 아무 말씀이 없으셨죠. 잘했다고 칭찬하면 만족해서 다시는 공부를 하지 않을 거라고 생각했나 봐요."

다시 한동안 침묵이 계속되었다. 아저씨는 날 위한 거라 생각했는지 아무 말도 꺼내지 않는다. 서로 등을 돌리고 앉아 있을 수밖에 없다. 이런 분위기가 싫다. 혼자서 생활한 것에 익숙하지만 아저씨와 난 이런 분위기에 젖어 있으면 안 될 것 같다.

"나리라고 이제 중학교 3학년이 되는 동생이 있어요. 그 애 역시 저처럼 생활하고 있어요. 중학생이 하루 세 시간만 자면서 버티고 있어요. 하지만 그 앤 저와 달리 참 밝아요. 친구도 많고요. 그리고 가장 다른 건……. 어머니를 미워하지 않는다는 거예요. 꾸중을 들어도 미워하지 않아요."

"학생은 어머니가 그렇게 미워?"

"모르겠어요, 지금으로선. 미워해선 안 된다는 걸 저도 알아요. 하지만 사랑이란 것을 느껴 본 적이 없어요. 어머니 가슴은 겨울 들판에 서 있는 앙상한 나무나 다름없어요. 전 지금까지 제 성적에 만족했어요. 전교에서 늘 1등만 했으니까요. 어머니는 제가 전교에서 1등만을 하자 이제는 전국에서 1등하는 것으로 목표를 바꾸더군요. 어머니가 만족하는 걸 본 적이 없어요. 언제 한번 '잘했어' 라고 속 시원하게 말한 적이 없으세요. 하긴 우리 아버지도 서울 의대를 수석으로 들어가셨대요. 그러니까 저도 못할 게 없다는 게 어머니의 생각이죠. 근데 전 자신이 없어요. 수석은커녕 들어갈 수 있을지도 의문이에요."

또다시 신세 한탄이다. 내가 정말 바보 같다. 그러면서도 마음 한구석이 그렇게 시원할 수가 없다.

"우리 애들도 반에서 1, 2등은 하는 모양이야. 한 놈은 내년에 중3이 되고, 한 놈은 지금 중3이야. 연년생이지. 애들 엄마는 과외를 시켜야겠다고 하는데, 한 달 과외비가 일이백이나 하는 줄 난 몰랐어. 두 놈 다 시키려면 내가 받던 월급을 몽땅 쏟아부어야 하니……. 과외시킬 능력도 없는 무능한 아버지라 할 것도 같고. 이번에 큰딸이 시험을 보는데 애비는 이렇게 또 집을 나와 헤매고 있으니……."

아저씨는 한숨을 푹 내쉬곤 담배 한 개비를 피워 문다.

얼마 후면 고입 연합고사가 있다. 아저씨가 집을 걱정하는 모습을 보니 내 마음도 덩달아 착잡해진다.

간혹 아저씨는 어딘가로 전화를 할 듯 수화기를 들었다가 아무 말도 못 하고 내려놓곤 했다. 아저씨의 집인 듯하다. 벌써 여러 번 그렇게 한다. 내가 답답할 지경이다.

남들은 하나도 못하는 고액 과외를 세 개씩이나 하고 있는 나 같은 경우가 있는가 하면 과외비 걱정을 하는 아저씨 같은 사람도 있다. 세상은 참 불공평하다.

아저씨가 슬며시 일어나더니 방을 나간다. 집에 전화를 하려나 보다. 아무 말도 하지 못하고 또 끊을지도 모른다. 우리 아버지와는 너무나 다른 아저씨의 축 처진 어깨가 안쓰럽다.

밤 12시가 다 되어 가고 있었다. 아저씨는 아직 돌아오지 않고 있다. 오후 4시가 되기 전에 나가 아직 돌아오지 않은 것이다. 아저씨는 날 버려두고 그냥 집으로 가 버렸을까. 아저씨라면 충분히 그럴 수 있을 것 같다. 그냥 자연스럽게 헤어지는 편이 낫다고 생각해 아예 얘기도 않고 떠나 버린 건지도 모른다.

잠이 오지 않지만 누워 있어야겠다. 불을 껐다. 이불을 덮고 누워 잠을 청했다. 잠이 오지 않는다. 나리에게라도 전화를 해 볼까. 아저씨처럼 말하기 힘들면 목소리라도 듣게. 아니 아직 좀 더 참아 봐야겠다.

어느새 다시 눈을 뜨고 시계를 보니 새벽 5시였다. 어느 결에 들어왔는지 옆에 아저씨가 누워 있다. 아직까지 술 냄새가 나는 걸 보면 어젯밤에 아마 술을 하러 밖에 나갔었나 보다. 두 딸이 보고 싶겠지. 나리 또래의 두 딸에 대한 그리움 때문에 몹시 괴로운 모양이다.

이제 아저씨는 집으로 돌아가야 할 것 같다. 나와는 상황이 다르다. 난 집이 싫어 나왔지만 아저씨는 가족들을 볼 면목이 없어서 집을 떠나왔다. 아저씨의 자는 얼굴에 근심이 가득 쌓여 있다.

여름방학에 할아버지와 큰아버지가 인원 절감 이야기를 하는 걸 들은 적이 있지만 그 고통이 이렇게 클 줄은 몰랐다. 그리고 보면 우리 아버지는 그런 점에서는 괜찮은 편이다. 아직까지도 의사로서 흔들리지 않는 위치를 확보하고 있으니까. 하긴 그렇게 밤낮없이 노력을 하니 뒤처진다는 건 말도 안 되는 일이다. 아버지는 그만큼 자신의 성벽을 굳건하게 쌓고 있는 것인지도 모른다. 그러나 난 아버지가 쌓아 놓은 성벽을 뚫고 이렇게 나와 있다.

다시 눈을 붙이기도 뭣해 《호밀밭의 파수꾼》을 꺼내 책장을 넘겼다. 이미 너무 많이 읽어서 내용을 다 외울 지경이다. 다시 가방에 책을 넣었다

아저씨는 아직까지 잠을 자고 있다. 걱정이 가득한 아저씨의 잠자는 얼굴에는 내가 아직까지 본 적이 없는 삶의 고뇌 같은 게 보인다.

그에 비하면 나는 정말 유치하기 이를 데 없는 고민만을 해 온 건 아닐까. 적어도 나는 생존이나 생계의 문제로 고통을 받은 적은 없지 않은가. 그저 그걸 당연한 내 몫인 양 받아들이지는 않았는가.

어쩌면 인생에서 뜻대로 되는 것은 하나도 없는 건지도 모른다. 나뿐만이 아니라 이 아저씨 역시 누가 왜 사느냐고 묻는다면 어떤 대답을 할 수 있을까. 그냥 아무 말도 하지 못할 것이다.

언젠가 윤리 선생님이 했던 말이 기억난다. 그 선생님은 인생을 미로로 찾기라고 했다. 매우 어려운 노력을 통해 미로 속을 빠져나올 때, 그땐 아마도 죽음이 기다리고 있을 거라고. 애들은 그 선생님을 '허무주의자'라 말하며 비아냥거렸다. 이제 겨우 삶을 시작하는 우리들에게 해서는 안 될 말이지 않느냐고 떠들어 댔다.

그때 난 엉뚱하게도 미로 속에서 빠져나오고 싶다고 생각했다.

아직도 그런 마음이다. 미로 속을 헤매기는 싫다. 지금까지 어머니가 이끄는 대로 미로 속에서 길이 아닌 길로 계속 걸었다. 죽음 따위는 두렵지 않았다. 죽음보다 사는 게 더 두려웠을 뿐이다.

아저씨는 깨자마자 창문을 열자고 부탁했다. 창문을 여니 시원한 바닷바람이 들어왔다.

"바다 냄새 참 좋지?"

"예? 예."

냄새가 나는지 안 나는지 모르겠다. 그냥 바닷바람이 시원할 뿐이다. 아저씨는 가만히 일어나 앉았다. 난 창문 쪽 벽에 몸을 기댄 채 서 있었다.

"아저씨, 따님들이 보고 싶지 않으세요?"

"학생은 부모님과 동생이 보고 싶지 않아?"

아저씨는 도리어 내게 되물었다.

"전 아니에요. 돌아가고 싶지 않아요. 그 답답한 울타리로 다시는 들어가기 싫어요. 더 이상 버텨 낼 자신이 없어요."

"돌아가고 싶지 않다면 그건 거짓말일 거야. 난 사실 돌아가고 싶어. 아직은 때가 아니지만 언젠가는 돌아갈 거야. 아직은 자신이 없어. 그래서 식구들 볼 면목이 없어. 하지만 구상 중인 게 있어. 그 생각이 굳어지면 들어갈 거야."

그랬구나. 아저씨의 가출은 무조건적인 게 아니었다. 무언가를 구상하러 떠난 여행 같은 거다. 나와는 처음부터 다른 것이다.

난 10년간을 버텨 왔다. 말 그대로 버텨 왔을 뿐이다. 그 고통스러운 학교생활 10년을 버텨 왔다. 아직은 나 역시 집을 나온 걸 후회하지는 않는다. 더 이상 내 뜻이 아닌 일은 할 수 없다. 설령 어머니일지라도 마구 끌려가는 생활은 다시 하고 싶지 않다.

"오늘 나하고 어디 좀 다녀올까?"

"어디요?"

"아주 좋은 데가 있지. 함께 가고 싶으면 따라와도 좋아."

난 좋다는 의미로 고개를 끄덕였다. 어딘지는 모르지만 이렇게 여관방에 앉아 있는 것보단 나을 것 같다.

아저씨가 일어섰다. 나도 따라 일어나 주섬주섬 가방을 챙겼다. 여관을 나와 우리는 배를 타는 항구로 갔다.

"섬에 가는 거야. 여기서 조금 더 가면 조그만 섬이 있어."

"거기에 누가 살아요?"

"아저씨 친구가. 초등학교 때 섬에 있는 학교와 자매결연을 맺었지. 그때 사귀었던 친구야. 정말 좋은 친구지."

배는 그리 작지도 크지도 않았다. 나는 앉는 의자를 버려두고 갑판으로 올라갔다. 난간을 잡고 배가 지나오며 일으킨 물살을 바라보았다. 하얗게 출렁이는 물결이 배를 따라 이어지고 있다. 육지가 점점 멀어지고 있다.

아래층 의자에 앉아 있던 아저씨도 갑판으로 올라왔다. 아저씨도 나처럼 난간을 잡고 서서 바다를 바라보고 있다. 아저씨는 여전히 아무 말이 없었다.

"아저씨, 고마워요."

"아니, 뭐가?"

"그냥 모든 게요."

"싱겁기는."

아저씨는 함께 있는 이틀 동안 내게 아무것도 원치 않고 잘해 줬다. 마음을 읽고 편안하게 대해 준 것이다. 아저씨는 사람이 너무 좋다. 치열한 경쟁 사회에서 아저씨같이 선량한 사람은 뒤로 처질 수밖에 없는 것일까. 언뜻 받아들이기 어렵다. 이 사회에서는 어머니처럼 매사를 승부로 여기는 지독한 사람이 성공하는 것 같다. 그러나 아저씨는 너무 착할 뿐이다.

아저씨는 계속 바다만 바라보고 있다.

"학생하고 난 도망자야. 도망자는 잡히면 더 이상 도망자가 아니지. 우리도 언젠가는 잡히겠지. 하지만 진정한 도망자는 말이야. 남들이 잡기 전에 스스로 잡혀 주는 거야."

모처럼 입을 연 아저씨는 무슨 뜻인지 알 수 없는 '도망자론'을 펼치고는 씁쓸하게 웃었다.

도망자. 그래, 나 역시 도망자다. 어머니는 나를 쫓고 있다. 그게 길어지면 포기할지도 모른다. 독하기로 말하면 어머닐 따라올 사람이 없다. 설령 자식이라도 매몰차게 정을 끊을 수 있지 않을까.

"학생 어머니가 지독하게 공부를 강요한다고 했나?"

"예."

"그렇다면 어머니는 학생을 무척이나 사랑하는 걸세. 사랑하지 않고는 지나치게 간섭할 필요가 없거든."

처음으로 아저씨가 나를 설득한다. 아저씨가 하는 이런 식의 설득이라면 얼마든지 받아들일 수 있다. 충분히 생각할 여지를 주고 있다. 우리 어머니도 이랬다면 얼마나 좋았을까.

나리 생각을 하면 괜히 집을 나왔나 싶다. 내 몫까지 나리가 갑절로 고통을 받고 있을지도 모른다. 제발 나처럼 되지 않았으면 한다. 정말로 나리가 보고 싶다.

마침내 배가 선착장에 도착했다. 한 시간쯤 왔을 뿐이다. 섬이라고 해서 굉장히 먼 곳인 줄 알았던 나는 조금 실망했다. 섬마을도 보통 시골 마을과 별반 다르지 않다. 배에서 내려 바라본 섬의 정경이 무척 포근하게 느껴진다.

"여긴 섬 중에서 아주 조그만 섬이야. 오지라고 할 수 있지. 지금은 배가 자주 닿지만 아저씨가 어릴 때만 해도 배가 일주일에 한두 번밖에 안 다니는 외진 섬이었어. 여긴 슈퍼마켓도 그 흔한 PC방도 약국도 하나 없어. 그래도 어느 곳보다 좋을 거야."

그야말로 아스팔트 하나 보이지 않는 시골이었다.

작은 집들이 옹기종기 모여 있는 마을을 향해 걸었다. 아저씨는 빨간 슬레이트 지붕에 파란 대문이 있는 어느 집으로 들어갔다.

"춘삼이 있나?"

"어이구, 이게 누군가? 원종이 아녀? 이게 몇 년만이여? 어여 들어오게."

우리는 그리 넓지도 좁지도 않은 방으로 들어갔다. 춘삼이라고 불린 아저씨가 이 집 주인인 모양이었다. 시골 사람을 본 적이 없어서 처음에는 무척 걱정을 했는데 직접 대하고 보니 그렇게 편할 수 없는 인상이다. 시커멓게 탄 얼굴에 꺼칠꺼칠한 수염이 삐죽삐죽 솟아 있지만 연신 허허 웃는 얼굴이 마음을 편안하게 한다.

마루를 밟고 방에 들어서자 아주머니 한 사람과 내 또래나 됐음 직한 여자아이가 하나 있다. 아저씨의 부인과 딸 같았다.

"어이구, 제수씨, 오랜만입니다. 또 신세 좀 져 볼까 하고 왔습니다. 이거 연락도 못 드리고 불쑥 찾아와서 괜찮을지, 원."

"별말씀을유. 잘 오셨어유. 3년 만이쥬? 자주 좀 오시딜 않고. 그러다 얼굴 잊어버리겠슈."

방에 앉자 아주머니가 과일을 내왔다.

"언제 이렇게 큰 아들이 있었는가? 딸내미만 둘인 줄 알고 있었는데."

"오다가다 만났네."

아저씨는 주인아저씨와 연신 싱글벙글이다.

"얘가 첫째인가? 둘째는 어딨어?"

"아녀. 얘가 둘째여. 첫째는 서울에서 대학 다니지. 자네가 마지막으로 왔을 때 고1이었자녀. 올해 이화여대 입학했어. 걘 어렸을 적부터 영특하다는 소릴 많이 들었자녀. 지금도 지 학비는 지가 벌어 다녀."

"그거 축하할 일일세. 이름이 지혜지? 지혜 정말 잘됐네."

대화는 끝없이 이어졌다. 보기 좋았다. 이 집 아저씨의 정겨운 사투리도 듣기 좋다. 우리 집에서는 있을 수도 없는 이 대화가 너무나 보기 좋았다.

가끔 우리 집에 놀러 오는 아버지 친구 분들은 아저씨들 같지 않았다. 그때 분위기는 이런 게 아니었다. 서로 체면치레를 하느라 굳은 자세로 앉아 딱딱한 이야기만 오가는 걸 보았다. 이렇게 호탕하게 웃는 사람은 한 사람도 없었다. 그 옆에 냉랭하게 앉아 자식 자랑만을 일삼던 어머니. 아저씨들 앞에 기껏 나를 불러 한다는 말이 전국에서 몇 등이니, 전교에서 1등을 한번도 놓친 적이 없다느니……

"그나저나 서울 손님 심심하겠네. 애, 지은아. 서울 손님 마을 구경이나 한 바퀴 시켜 드려라."

아주머니가 아무 말 없이 앉아 있는 내가 심심해 보였는지 내 또래의 여학생보고 마을이나 같이 둘러보라고 하셨다.

지은이라고 불린 딸도 그리 싫지 않은 기색이다. 아까부터 마당을 서성거리며 나를 흘긋흘긋 쳐다보곤 했었다. 하긴 서울에서 온 자기 또래 남자니 호기심이 갈 만도 하겠다.

"따라와."

지은이는 대뜸 반말이었다. 그러나 별로 기분이 나쁘지는 않았다. 나는 지은이를 따라나섰다. 아저씨들이 대화를 주고받는 걸 듣고 있는 것도 재미있었지만 마을을 돌아보는 게 더 좋을 듯했다.

지은이는 저만큼 앞장서서 내처 걸었다.

"몇 살이니?"

지은이가 내게 묻는다.

"열일곱. 넌?"

"나? 열다섯. 대학생쯤 돼 보였는데 겨우 열일곱이야?"

당돌하다. 내가 두 살이나 많은데 꼬박꼬박 반말이다.

"이지은이야. 넌?"

"채치현."

까맣게 그을린 피부에 눈만이 반짝반짝 빛난다. 까만 피부가 지은이를 더욱 씩씩해 보이게 한다.

"오빠라고 안 불러도 되지? 난 그런 호칭 싫거든."

아무런 대꾸도 없이 지은이를 쳐다보았다.

"싫어? 그래도 할 수 없어. 왜 아무 말도 없어? 그래, 좋아. 처음이다. 오빠라고 불러 주지, 뭐. 말은 그냥 놓고 지낼게."

어떤 말을 해야 할지 모르겠다. 지은이를 보니 더욱 나리 생각이 난다.

"근데 오빠 여긴 왜 왔어? 벌써 방학을 했을 리는 없고."

"왜? 궁금해?"

"물론이지."

어떤 대답이라도 해 줘야 할 것 같다.

"휴학했어. 1년간."

썩 좋은 대답 같지는 않다. 하지만 가출했다는 얘기를 하려니 차마 입이 떨어지질 않았다. 지은이는 그런 내 기분을 아는지 더 이상 묻지 않는다. 지은이는 아까 아저씨와 배에서 내린 조그만 선착장으로 나를 데려갔다.

"오빠, 이리 앉아."

선착장에서 조금 떨어진 모래사장에 나를 앉으라고 했다. 지은이의 권유대로 난 모래 바닥 위에 앉았다. 지은이도 내 옆에 털썩 주저앉는다.

"난 서울 사람 싫어."

"왜?"

"사실 난 여기도 싫어. 오빤 이런 데 처음이니까 모를 거야. 몇 년 전부터 사람들이 이곳을 떠나고 있어. 여긴 이제 스무 가구도 남지 않았어. 예전엔 쉰 가구 정도 되었는데."

"왜지?"

"이런 바보. 여기 사람들은 거의 모두가 고기잡이를 하며 살아. 근데 몇 년 전에 유조선이 침몰한 후로는 어장이 예전 같지 않은가 봐. 철이 돼도 고기가 오질 않는대."

"너도 도시로 나가고 싶니?"

"아니었는데……. 난 여기가 좋았으니까. 하지만 지금은 서울에 가고 싶어. 걱정이야. 난 우리 언니처럼 공부를 잘하지 못하거든. 아버진 여길 떠나지 않으신대. 대대로 여기서 살았거든. 난 돈을 많이 벌고 싶어. 돈을 많이 벌어서 여기를 제일 살기 좋은 곳으로 만들 거야."

결코 가식이 없는 지은이의 모습이 나를 더 초라하게 만든다.

"그래. 하지만 여긴 아직 좋은데. 서울은 정말 숨 막히는 곳이야. 자신만을 아는 이기적인 사람들. 정말 끔찍해."

결국 마음에도 없는 말을 했다. 하지만 정말이지 난 이런 곳에서 살고 싶다. 오순도순 정겹게 사는 사람들, 가진 것 없어도 마음만은 넓은 이들. 그러나 이들은 이제 생계의 터전을 빼앗기고 쫓겨날 형편에 처한 것이다. 이러다가는 지구에 살 수 있는 곳이 한 곳도 남지 않겠다.

"오빠, 오빠."

"응?"

"무슨 생각을 그렇게 해?"

"응? 아무 생각도."

"오빠 이런 곳이 좋단 말야? 하긴 나도 그러니까. 하지만 우리 언닌 이곳을 싫어했어. 그래서 더욱 악착같이 공부를 했는지 몰라. 언닌 결국 갔어. 어렸을 때부터 여길 뜨고 싶다고 입버릇처럼 말했거든. 그때도 난 여길 떠난다는 생각 따윈 안 했어. 한 집, 두 집 사람들이 떠날 때에야 나도 서울엘 가야겠다고 결심했어. 언제 또 무슨 사고가 터질지 모르니까. 아빠가 그랬어. 심각하대."

처음 보는 내게 자신의 생각을 이렇게 잘 말할 수 있는 지은이가 부럽다.

"오빠는 말이 없는 편이야. 가끔 놀러 오는 서울 사람들을 보면 말이 많은데. 그래서 좋아. 무슨 얘길 해도 다 들어 줄 수 있을 것 같아. 서울 사람치고는 괜찮아."

지은이는 감추는 게 없다. 그만큼 순수하기 때문이 아닐까.

어머니는 순수한 척하는 사람을 경계하라고 했다. 착한 척하는 사람들일수록 속으론 음흉한 생각을 감추고 있는 경우가 많다는 것이었다.

그리고 항상 사람을 경계했다. 특히 가난한 사람을 끔찍하게 싫어했다. 자신도 과거에는 배고픈 적이 있다고 말하면서도 왜 그런지 이유를 알 수 없다.

"우리 언니도 미워. 무조건 여길 싫어했어. 하긴, 늘 먹고사는 일을 걱정해야 했으니까 싫을 만도 하지. 언니 흉이나 보고 나 나쁜 앤가 봐."

"아냐. 네가 참 부러워."

"뭐가?"

"그냥, 모든 게."

지은이는 내가 실없는 소리라도 한 양 빤히 쳐다본다.

"저 노을 좀 봐. 정말 예쁘지? 볼 때마다 예뻐."

해가 지면서 수평선과 맞닿은 곳에 붉게 노을이 지고 있었다. 정말 장관이었다. 나는 넋을 잃고 해가 바닷물로 가라앉는 장면을 한참이나 지켜보았다.

"이런 거 처음 봐?"

"응? 응."

"오빠 정말 숙맥이구나. 아니, 해수욕장도 한번 안 가 봤어?"

지은이는 내가 해 지는 모습을 처음 본다는 말을 믿지 않으려 한다.

"그만 가자. 끝까지 보면 다시 기억이 안 나. 중간에서 맺어야지

여운이 남거든."

지은이의 말이 맞는 것 같다. 지은이의 말대로 발길을 돌렸다.
마음이 평온해지는 것 같다. 바다에 해가 지는 모습은 잊지 못할
아름다움이었다.

마루에서 아저씨와 지은이 아버지가 장기를 두고 있다.

"어뗘? 섬 구경 했어? 보기 좋제?"

"예. 무척 아름다워요."

지은이는 부엌 쪽으로 들어갔다.

나는 마루에 앉아 장기 두는 모습을 한참 동안이나 구경했다.

"자넨 여기서 계속 살 건가?"

"당연허지. 여기가 내 고향인디. 고향 떠난 사람치고 잘된 사람
못 봤어. 잘살면 뭐혀. 속이 안 그런디. 우린 여기 있을겨. 다른 집
이 다 떠난다고 혀도 난 안 떠나."

아주머니가 밥상을 차려 부엌에서부터 들고 온다.

"자, 식사들 해야죠."

불고기에 청국장, 상추쌈, 풋고추가 한상 그득하다.

"겨울에 상추와 풋고추는 어떻게 구했나?"

"사람두, 저기 비닐하우스 안 보이는감. 이런 푸성귀야 늘 싱싱
하게 먹을 수 있지. 그 맛에 시골 사는 거야, 이 사람아."

"엄마 웬일이야? 불고기를 다 해 주구."

"야는! 내가 원제 고기 안 해 준 적 있냐?"

"고기 먹어 본 지 한 달도 넘은 것 같다, 뭐."

"어여 먹기나 혀. 잔소릴랑 하덜 말구."

청국장 맛이 정말 좋았다. 우리 집 아주머니가 해 주는 것보다 훨씬 맛있다. 아주머니가 해 준 청국장도 맛은 좋다. 아주머니는 한국 사람은 이런 것을 많이 먹어야 한다며 청국장을 끓여 주곤 했다. 나와 나리는 청국장을 무척이나 좋아했다. 그런데 어머니는 청국장이라면 고개를 휘휘 내젓는다. 아주머니에게 냄새가 난다고 민망할 정도로 혼낸 적도 있다. 아주머니는 그래도 묵묵하게 듣고만 있었다.

"근디 학생은 여길 으떻게 온겨? 대학생인감?"

아주머니 질문에 뭐라 대답해야 할지 난감하다.

"엄마, 나 밥 조금 더 줘요."

지은이는 역시 내 구세주다. 내가 대답하기 곤란한 질문이란 걸 알고는 화제를 돌려 버렸던 것이다.

저녁을 먹은 다음 지은이는 내게 텔레비전을 보자고 했다. 이상한 옷을 입고 나온 가수들이 요란한 몸동작으로 노래를 하고 있다. 별로 재미가 없다. 텔레비전과는 워낙 담을 쌓고 살았기 때문일까.

슬쩍 일어나 다시 마루로 나왔다.

"자네, 휴가는 아닐 테고 명예퇴직인가 뭔가 그거 한겨?"

"그렇다네."

아저씨는 힘이 빠지는지 한숨을 다시 푹 내쉰다.

"괜찮여, 이 사람아. 다시 시작하자고. 자네 옛날에는 한 칼 할 사람이라는 소릴 듣고 살았자녀. 아 그리고 가방끈이 짧은가, 먹물이 부족한가. 대학까지 나온 똑똑한 자네 아녀?"

"그래 뭐. 지난 일이다 생각하고 장사를 할까 하네. 아직 정하지는 않는데 그게 최선일 것 같아. 배추 장사를 하든 수박 장사를 하든 설마 산 입에 거미줄 치겠나?"

"그래, 맞어. 그렇게 편안허게 맴을 묵고 다시 시작혀. 장사를 허든지, 사업을 허든지. 잘할겨. 이참에 사장님 한번 돼 봐."

"내가 사장님이면 자넨 잘난 사장 친구네. 허허!"

초등학교 때 자매결연을 맺은 인연으로 이렇게 우정을 지속할 수 있었던 이유를 알겠다. 비록 사는 무대는 다르고 학벌은 달라도 서로를 위할 수 있는 따뜻한 마음들이 있다. 그래서인가 보다.

"애들은 잘 크고?"

"첫째가 중3. 둘째가 중2야."

"그 애들이 초등학교 때 여길 한번 왔었지?"

"우리 애들도 자넬 보고 싶다고 그러더구먼. 자네 딸들도 몹시 보고 싶어 하고."

"언제 한번 다 같이 와."

"그래야지. 아무튼 고맙네. 자넬 만나면 세상을 다 얻은 것처럼 마음이 확 풀려."

나는 벌써 하품이 나온다. 시계를 보니 이제 10시가 조금 넘었을 뿐이다. 지은이 어머니가 내가 하품하는 것을 보고는 오른쪽 방을 가리키며 들어가 자라고 한다. 오늘따라 왜 이렇게 잠이 쏟아지는지 모르겠다.

난 못 이기는 척 방으로 들어왔다. 이상스레 이불에 누우니 잠이 달아난다. 겨울밤인데도 한여름 밤 같은 훈훈한 느낌이다. 지은이네 정감 있는 사람들 때문에 그런가 보다. 모든 게 좋다. 아름답다. 부럽다. 자신보다 남을 먼저 생각하는 이곳 사람들의 마음씨가 정말 아름답다.

어쩌면 내가 원했던 세계가 이런 거였는지도 모른다. 다정다감한 어머니, 인정이 넘치는 아버지, 솔직한 지은이. 필시 가족이라면 이래야 된다고 생각한다.

일주일 중에서 아버지를 볼 수 있는 날은 이틀 아니면 사흘이 고작이었다. 한 달에 한 번 대화하기가 힘들 정도였다. 난 내 방에서 공부를 하지만 아버지 역시 2층 서재에서 책을 읽을 때가 많았다. 그런 아버지가 어떤 점에서는 존경스럽기도 했다. 병원에 나가랴, 새로운 의학 이론이 나오면 그걸 습득하랴, 눈코 뜰 새 없이 바쁘다는 걸 알고 있었기 때문이다. 아버지는 어머니처럼 수시로 채근을 하는 편은 아니었다. 채근할 시간이 없어서만은 아닌 듯했다. 아버지는 나와 나리에 대한 교육 문제를 어머니에게 전적으로 일임하고 있었다.

아버지는 무뚝뚝한 편이라 평소에 말이 없었다. 다정다감하게 우리들을 불러 앉히고 무언가 얘기를 한 적이 없다. 그냥 어쩌다 마주치면 '공부는 잘하고 있냐'고 묻는 게 고작이었다. 때로는 아버지가 안쓰럽기도 했다. 철저한 노력으로 자기 세계를 지켜 가는 모습이 믿음직스럽기도 했다. 그러나 난 아버지가 아니다. 아버지처럼 살 자신도 없고 그리고 싶지도 않다.

가족이면서도 너무 멀기만 한 어머니, 아버지, 나 그리고 나리. 우린 서로에게 힘과 용기, 사랑을 심어 주지 못하고 있었다. 아버지에게 사랑한다고 말한 적도 없고 들은 적도 없다. 아버지는 일 속에 파묻혀 가정을 잃어 가고 있는지도 몰랐다.

반면 우리 집처럼 외제 차도 없고 화려한 집과 가구는 없어도 이 사람들은 누구보다 부유하다. 어머니의 냉랭한 말투, 늘 입을 닫고 근엄한 표정을 짓는 아버지, 집을 증오하며 가족이란 단어를 슬프게 생각했던 나. 어느 것이 올바른 가정의 모습일까. 물과 기름처럼 섞이지 않았던 별개의 생명체, 우리 가족은 그렇게 합쳐지지 않는 물과 기름이었다.

정말 화가 난다. 이렇게 집 생각을 하고 있는 내 자신에게 더더욱 화가 난다. 모든 걸 잊고 싶다. 지금 여기 있는 나만을 기억하고 싶다.

"오빠, 오빠, 일어나."

지은이가 날 깨우고 있다.

"빨리 나와 보란 말야."

그러고는 먼저 서둘러 밖으로 나간다. 나도 이불을 걷어 개어 놓고 서둘러 밖으로 나갔다. 무슨 일 때문인지 모르겠다. 아직 이른 새벽이다. 아주머니도 이미 일어나 아침 준비를 하는 것 같다. 부억 쪽에서 얼굴을 내민다.

"안녕히 주무셨어요?"

"어, 일어났어? 편했는지 모르겠네. 이런 디 츰 와 보지?"

"아니요. 무척 편했어요."

지은이가 내 팔을 잡아당긴다.

"시간 없단 말야. 엄마, 다녀올게."

"어디 가는 거야?"

"해돋이 구경하러! 지는 것보단 뜨는 게 더 멋있어."

지은이가 앞서 달렸다. 나도 힘껏 뛰었다. 해가 뜨고 있다. 금빛 태양이 바다 위로 솟아오르고 있다. 조금씩 아주 조금씩 떠오르고 있다. 이글거리는 해가 아니다. 서서히 떠오르면서 따스한 빛다발을 살며시 뿌리는 해다. 빛이 바다에 비치고 있다. 형언할 수 없는 아름다움이다. 어떤 광경보다도 가슴이 뭉클해 오는 장관이다.

"오빠! 그렇게 멋있어?"

"응! 어떻게 표현해야 할지 모를 만큼."

"매일 보지만 나도 그래."

"해돋이를 보면서 넌 무슨 생각을 해?"

"해처럼 밝게 살아야겠다는 생각. 오빠는?"

"지금까지 해를 본 적이 없어서 잘 모르겠어. 하지만 지금은 슬퍼져."

"아니, 왜?"

"그냥, 너무 어두운 것만 보며 살았다는 생각 때문인가 봐."

"집어치워. 그럼 밝게 살려고 해 봐."

지은이가 발끈 화를 낸다. 그런지도 모른다. 밝게 살려고 노력하면 저 햇살처럼 밝아지는 것인지도.

"이제 가, 오빠. 오빤 왜 그렇게 침울하니?"

"미안해."

"미안하라고 한 얘기 아니야. 기운을 내란 말야."

"널게."

"그래. 나도 화를 내 미안해. 오빠가 너무 안돼 보여서 그랬어. 이제 그만 가자."

"조금만 더 있다가."

내가 모래 바닥에 앉자 지은이도 같이 앉는다.

"나 사실 오빠에 대해 궁금해. 오빠가 원치 않는 것 같아서 묻진 않았지만."

솔직히 말해 버릴까. 아니다. 굳이 말해 봐야 도움될 게 없다. 그렇다고 계속 가르쳐 주지 않을 수도 없고.

"나? 불쌍한 사람. 자신의 의지대로 해 나가지 못하는 바보. 그냥 불쌍한 사람. 존재란 게 필요 없는 있으나마나한 존재."

"또또 그런다. 아니란 말야. 오빠는 그런 침울하고는 거리가 멀다고 생각해 보란 말야. 왜 자신을 자꾸 낮추려고 해."

지은이가 또 펄쩍 뛴다. 언제나 즉각 반응이다. 나도 잘 모른다. 내가 왜 삶을 이렇게 살고 있는지 모르니까. 그러니 낮출 수밖에 없다. 그래, 난 바보다.

"우리 아빠가 그러는데 스스로 세상에서 필요 없다고 생각하면 늘 그렇대. 그러니 자신을 꼭 필요한 존재라고 생각해야 하는 거야. 그리고 이 세상에서 필요 없는 사람은 없어. 매일 놀고 아무 일도 하지 않는 베짱이 같은 사람도 필요하다고 생각해. 다섯 손가락이 막 싸우고 있었대. 엄지가 '내가 제일 커'라고 했대. 검지가 질 수 없어서 '내가 제일 많이 사용되는 손가락이야'라고 하는데 새끼손가락만 가만히 보고 있더니 '나 없으면 병신' 하더래. 오빠도 뭐든 자부심을 가져 봐. 공부도 잘하게 생겼는데 뭘?"

지은이의 말에 난 어쩔 수 없이 고개를 끄덕였다. 지은이는 내게 또다시 미안해했다. 나는 괜찮다는 뜻으로 살짝 미소를 지어 보였다.

"그만 가자. 춥다."

지은이는 집으로 오는 동안 내게 아무 말도 하지 않고 걷기만 했다. 가끔씩 내 얼굴을 돌아보며 하얀 이가 드러나 보이게 활짝 웃을 뿐이었다.

"치현이 어디 갔다 오니?"

아저씨도 어느새 일어나 마당에 나와 있었다.

"해돋이 구경하고 왔어요."

"그래. 보기 좋지?"

"네."

지은이와 함께 안방으로 들어갔다. 지은이 아버지가 텔레비전을 보고 있었다.

"춘삼이, 배 몇 시에 있지?"

"왜, 벌써 갈려고?"

"오늘은 가 봐야지."

"더 있다 가 그려. 집에다는 전화하면 되자녀. 하루밖에 안 있으면 섭섭허잖나. 오늘은 아침 10시 배밖에 없는디. 하루만 더 있다가 가."

"아침 먹고 준비해야 되겠네. 오늘 가야 돼. 다음에 또 오지 뭐."

아저씨는 오늘 가야 되나 보다. 아주 많이 서운하다.

아침을 먹고 방으로 들어왔다. 마음이 뒤죽박죽이다. 하루, 비록 짧은 시간이었다 해도 많은 것을 얻었다. 지은이가 방으로 들어왔다.

"오빠, 난 좀 섭섭해. 아니 아주 많이. 오빠는?"

"나두."

지은이가 조그만 열쇠고리를 내놓았다.

"이게 뭐니?"

"열쇠고리. 마땅히 줄 것도 없고. 내가 가지고 다니던 건데 이걸 가지고 다니면 행운이 있대."

공룡 모양의 인형 열쇠고리였다.

"고마워. 그렇지만 난 줄 게 없는데."

나는 뭔가 줘야겠다는 생각에 머리를 굴려 봤지만 끝내 줄 만한 게 없었다.

"괜찮아. 오빠에게 열쇠고리를 주었으니까 나를 잊지 않을 거고 서로 잊지 않으면 되잖아."

"그래, 잊지 않을게. 아니 못 잊을 거야. 정말 고마워. 그리고 정말 네가 부러워."

가방을 메고 나는 일어섰다. 배를 타야 할 시간이 가까워지고 있었다.

지은이네와 아저씨 그리고 나는 배 타는 곳까지 걸었다.

"다음에 가족들하고 꼭 놀러 와. 학생두."

"안녕히들 계세요. 신세 많이 졌어요."

"오빠, 잘 가. 다음에 꼭 다시 볼 수 있었으면 해."

"그래, 언젠가는 반드시 볼 거야. 잘 있어."

배가 왔다. 지은이와 헤어지는 게 아쉬웠다. 지은이 부모님도 정말 좋은 사람들이다. 그래, 지은이 말대로 중간에서 맺어야 여운이 남을지도 모른다.

드디어 배가 떠난다. 지은이네 가족이 모두 손을 흔들어 준다. 나도 손을 흔들었다. 아무런 이유 없이 눈물이 솟구친다. 마을이 보이지 않을 때까지 계속 눈물을 닦았다.

아저씨께서 그런 나를 빙그레 웃으며 바라본다.

"정말 마음씨 좋은 분들이세요. 지은이도 착하고요. 하루 동안 정말 즐거웠어요. 다음에 다시 오고 싶어요."

"사람들이 참 맑고 깨끗해. 춘삼이하고는 30년 사귄 우정이야. 초등학교 때 만났으니까. 그때나 지금이나 춘삼이는 변한 게 없어. 중학교밖에 나오지 못했지. 공부를 잘했는데 상급 학교에 갈 형편이 아니었어. 춘삼이 부친이 고기잡이를 나갔다가 그만 돌아오지 않으셨거든. 그러니 어린 나이에 가장이 된 거지. 공부고 뭐고 할 여유가 없었던 거야. 그런 어려운 삶을 살아오면서도 항상 자신보다 남을 먼저 생각해 주었지. 정말 대단한 사람이야. 깨끗하다는 말은 춘삼이 같은 사람들 때문에 존재하는지도 모르지."

지은이네 가족들은 모두 어느 것에도 물들지 않은 깨끗함 그 자체였다. 지은이가 정말 부럽다. 자신감과 그 착한 마음씨. 자기 뜻이 아니라면 절대 굽히지 않을 당찬 소신. 정말 그 나이에 그러기 쉽지 않은데……. 그 누구에게건 한번도 자신 있게 말해 본 적이 없는 나와는 완전히 다른 모습이었다.

4. 가출이라는 따옴표

아저씨는 섬에 다녀온 다음 부쩍 얼굴이 밝아 보였다.

"내일 집에 들어가 볼까 해."

"잘 생각하셨어요."

말로는 잘했다고 대답했지만 마음은 왠지 또 우울해진다. 아저씨는 집에 들어가야 한다고 생각했으면서도 막상 진짜 집에 들어간다니 서운하다. 헤어지는 것이 못내 섭섭하다.

아저씨가 지폐를 몇 장 주며 맥주를 사 오라고 했다. 나는 근처의 슈퍼에 가서 마른안주 조금하고 맥주를 몇 병 들고 들어왔다.

"마지막이니까 이별주를 한잔해야지."

아저씨의 마지막이란 말이 마음을 콕콕 찌르는 것 같다.

"저 또 술주정하면 어쩌시려고요?"

"예끼, 이 사람아. 그때는 혼자 소주 한 병을 다 들이켰으니 문제가 생긴 거야."

아저씨는 술을 한 잔 쭉 들이키더니 말을 꺼낸다.

"사람의 인연이란 참 묘한 거야. 이렇게 우리가 만나 함께할 수 있었던 것도 모두 집을 나왔기 때문 아닌가. 그렇지 않았으면 서로 누군지도 모르면서 지냈을 거 아냐, 허허허!"

"아저씨 같은 사람을 만났기 때문에 집을 나온 게 그렇게 후회되지 않아요. 정말 기억에 오래오래 남을 거예요."

아저씨와 함께한 일주일이라는 전혀 짧지 않은 시간이 왜 그리 짧게 느껴지는지 모르겠다.

"앞으로 열흘 뒤면 딸애 고입 시험이야. 내가 빨리 들어가는 이유도 바로 그 때문이야. 딸애가 좋아할 거야. 아비로서 할 수 있는 최소한의 의무는 해야 할 것 같아서. 그 일만 아니면 며칠 더 돌아다니다 들어가도 늦지는 않을 텐데."

"가족들 모두 좋아할 거예요. 아저씨를 무능하다고 생각하지 않을 거예요."

"난 솔직히 애들을 마주 볼 자신이 없어."

"아저씨는 좋은 아버지세요. 저라면 아저씨 같은 아버지를 무척 따를 거예요."

"그렇게 말해 주니 고맙네. 허허!"

"사실 전 우리 아버지도 아저씨 같다면 얼마나 좋을까 생각했어요."

"나도 학생하고 함께 보낸 시간이 좋았어. 그래. 기억하고 싶은 추억을 남길 수 있다는 건 정말 좋은 일이야."

"아저씨, 저 좋은 사람이죠?"

"물론이야. 치현 학생은 아직 순수하고 맑아."

정말 그럴까. 내가 순수하고 맑은 사람일까. 정말 그렇다면 다행이다. 아저씨에게 좋은 사람으로 기억될 수 있어서.

"아저씨, 이제 어떤 일을 할 생각이세요?"

"조그만 빵집을 하려고 해. 다행히 애 엄마가 제빵 자격증도 있고 해서 말야."

그러면서 아저씨는 맥주 한 병을 금세 비운다. 나는 다시 한 병을 땄다.

"치현 학생, 나하고 같이 서울로 올라가는 게 어때? 이젠 집에 들어가야지."

"전 아직 아니에요. 지금은 들어가고 싶지 않아요. 하지만 곧 들어가야죠."

사실 아직은 조금도 집에 들어가고 싶은 마음이 없다. 언젠가는 들어갈 것이다. 그러나 지금은 아니다. 나 하나 때문에 집안이 온통 풍비박산 났다면 그건 죄송한 일이다. 하지만 아직은 이르다. 항복 선언이라도 하듯 집에 들어가 다시 이전의 생활로 돌아가야 한다면 그건 애초에 안 나온 것만도 못하다. 어머니는 나를 가둘지도 모른다. 할아버지는 또다시 유학 문제를 끄집어낼 것이다. 나는 둘 다 싫다. 맘에도 없는 항복이나 유학, 둘 다 싫다. 이제 이

전의 생활로 돌아가기는 정말 싫다. 그건 나를 미쳐 버리게 할지도 모른다.

"그럼 언제 들어갈 거야?"

"아직은 잘 모르겠어요."

"안타까운 일이야. 부모님께 잘 말씀드려 봐. 이젠 생각이 달라지셨는지도 모르잖아. 가출이 길어지면 그건 정말 좋지 않아. 그러지 말고 아저씨하고 함께 들어가."

"죄송해요. 더 이상 망가지진 않겠죠. 물론 저도 때론 가족이 보고 싶어요. 특히 동생 나리가 보고 싶어요. 하지만 지금은……. 지금은 들어갈 수 없어요."

다음 날 우리는 버스 정류장까지 같이 갔다.

"그러면 어디로 갈 거야?"

"대전에요."

"대전에 누가 있어?"

"아니요. 아는 사람이 하나도 없는 곳이 좋아요."

"발길이 떨어지지 않는군. 같이 가야 하는 건데. 그럼 될 수 있으면 빨리 들어가. 언젠가 얘기한 적이 있지? 자식을 사랑하지 않는 부모는 세상에 한 사람도 없다고. 사랑하는 사람들의 마음을 오래도록 아프게 하는 건 자신을 포함한 모두에게 상처가 될 뿐이야."

"그래요. 빨리 들어가도록 노력해 볼게요. 그런데 아저씨 존함을 몰라요."

"나? 박원종."

"잊지 않을게요, 아저씨. 꼭 한번 다시 만났으면 해요."

"인연이 있으면 다시 만나겠지. 그게 삶이란 거야."

아저씨는 무척 낙천적인 편이다.

아저씨는 내 표까지 함께 끊어 왔다. 표를 건네주면서 뭔가 말을 할까 말까 망설이다가 이내 포기해 버리는 눈치다. 어른으로서 가출한 학생을 그냥 두고 간다는 것이 그만큼 마음에 걸릴 것이다. 말하지 않아도 아저씨의 얼굴에는 그런 뜻이 드러나 있다.

"빨리 집에 들어가야 해. 그럼."

먼저 서울행 버스가 와 아저씨가 차에 올랐다. 순간 나는 갈등했다. 그냥 집에 들어가 버릴까. 그러나 이미 버스는 움직이고 있었다. 나는 마음을 다시 가라앉혔다. 그러고는 아저씨에게 손을 흔들었다. 아저씨가 무슨 뜻에서인지 고개를 끄덕끄덕하며 미소를 보낸다. 나도 미소를 지었다.

버스가 떠났다. 아저씨가 그리울 것이다. 병수, 지은이네가 생각나듯이 아저씨도 내 기억 속을 오래도록 맴돌 것이다.

버스가 오려면 20분이나 더 있어야 한다. 걱정이다. 이젠 어떻게 해야 할지 모르겠다.

집을 나와서는 줄곧 누군가와 함께 있었지만 이젠 함께할 사람이 없다. 대전. 이제부턴 나 혼자로 돌아가야 한다. 조금 쓸쓸하겠지만 원래부터 난 혼자였다. 그리 힘들지는 않을 것이다. 집에서부터 늘 혼자였지 않은가.

버스가 왔다. 사람들이 제법 많이 타고 있다. 맨 뒷자리에 앉았다. 아저씨와 보낸 며칠간이 바랜 필름처럼 천천히 되살아난다. 아저씨와 헤어진 지 한 시간도 채 안되었지만 마치 며칠이 지난 것 같다. 만남과 이별에 익숙지 않은 내게 아저씨와 함께했던 며칠간은 삭이기 힘든 슬픔이었다. 버스가 출발한다. 창문을 열었다. 찬바람이 들이닥치고 있다. 다시 창문을 닫았다.

차가 속력을 내는 동안 가로수 아래에 널려 있던 나뭇잎들이 한 무더기씩 날아올랐다가 다시 천천히 떨어지고 있다. 완연한 겨울 분위기다.

기억이 맞다면 오늘은 학년말고사를 시작하는 날이다. 아이들이 신경을 온통 시험에 쏟고 있을 시간이다. 시험지옥에 갇혀 있는 친구들이 안됐다. 한편으로는 집을 나와 이런 생각이나 하고 있는 내가 더 안됐다.

옆에 앉은 녀석이 빤히 쳐다보고 있다. 불량기가 가득한 표정이다. 썩 기분 좋게 생긴 녀석은 아니다.

"너 채치현 맞지?"

이 녀석이 내 이름을 어떻게. 한번도 본 적이 없는 얼굴이다. 누굴까.

"너 쪼다같이 지갑 잃어버렸잖아?"

주머니에 손을 넣었다. 정말 지갑이 없다. 큰일이다. 순간 녀석이 피식 웃으며 내 지갑을 꺼내 흔든다.

"너 돈 많더라? 너 이 돈 어디서 났어? 너도 네 엄마 주머니 센타했지?"

"뭐? 센타? 아무튼 내 지갑이나 내놔."

"어쭈?"

녀석이 잽싸게 학생증을 꺼내더니 읽기 시작했다.

"채치현. K고 1학년 1반. 어쭈, 꼴에 좋은 데 다니네. 너도 집 나왔지? 돈을 그냥 인 마이 포킷할까 하다가 같이 집 나온 처지에 그럴 수 없어 돌려주는 거야. 그러니 고마운 줄 알아. 이럴 땐 나도 참 착한 놈이란 말야. 쥐뿔도 없는 주제에 인정은 있어 가지고."

나는 그 녀석 손에서 달랑거리고 있는 지갑을 빼앗아 주머니에 넣어 버렸다. 화가 머리끝까지 솟구쳐 녀석에게 차가운 경멸의 시선을 한번 주고는 창밖으로 시선을 돌렸다. 녀석이 뭔가 말을 할 듯하다가 체념해 버리는 모습이 차창에 비친다. 상대 못 할 녀석이다. 다른 사람 지갑이나 슬쩍하길 좋아하는 가출 학생, 녀석과 나는 본질적으로 다르다.

약 한 시간을 달려 버스가 대전에 도착했다. 녀석을 쳐다보지도 않고 자리에서 일어나 성큼성큼 출입구를 향해 걸었다. 녀석은 아직도 내리지 않고 그대로 자리에 앉아 있는 듯하다. 버스에서 내린 나는 갈 곳을 정하지 않았으면서도 바삐 터미널을 걸어 나왔다. 그런데 얼핏 뒤를 돌아보니 녀석이 내 뒤를 서둘러 따라오는 모습이 보인다. 정말 웃기는 놈이다.

터미널을 벗어나니 제법 번화한 시내다. 그냥 앞으로 계속 걸어 나갔다. 시계를 보니 1시를 가리키고 있었다.

배가 고파 패스트푸드점 안으로 들어갔다. 햄버거와 콜라를 쟁 반에 받쳐 들고 빈자리를 찾아 앉았다. 햄버거를 막 입에 대는데 누군가 내 앞자리에 털썩 앉는다. 버스에서 만난 그 녀석이다. 나는 신경 쓰지 않겠다는 듯이 그냥 콜라를 마셔 가며 계속 햄버거를 먹었다.

"얘, 너 잘난 척 좀 하지 마. 너도 어차피 집 나온 놈 아니냐. 나나 너나 피장파장이라 이거야. 아무래도 초짜 같아 보이는데 이 선배가 뭐든 다 가르쳐 줄게. 가출 이거 생각하기에는 쉬운 것 같지만 꼬이기 시작하면 한도 끝도 없다는 걸 알아야 된단 말씀이야. 아무튼 만나서 반갑다. 난 김훈이야."

나는 여전히 녀석의 말에 아무런 대꾸도 하지 않고 콜라를 빨아 마셨다. 별로 마음에 들지 않는 녀석이다.

"날 무시하나 본데. 야마에 스팀이 들락날락하는군. 너, 인마. 그래 봤자야. 우리 같은 고삐리 가출쟁이는 행동을 같이하는 게 여러모로 유리하단 말이야. 넌 초짜기 때문에 그걸 모르는 거야. 말하자면 정치적 타협을 하잔 말이다. 서로 원수 같은 사이라 해도 혼자보다는 둘이 낫고 둘보다는 셋이 나은 게 이 짓거리야."

훈이 녀석이 말끝마다 입에 올리는 '우리' 라는 말이 싫다. 아무리 집을 나왔다고 해도 녀석과 동격이긴 싫다. 녀석은 끈질기다. 들은 척도 안 하고 있으니 갈 만도 한데 아직도 퍼질러 앉아 있다. 한데 녀석의 말을 잘 들어 보면 일리는 있다. 떠들기에도 지쳤는지 녀석은 이제야 햄버거를 먹고 있다.

헐렁한 티셔츠를 걸친 데다 단발머리를 한 거나 한쪽 귀에 두 군

데나 귀고리를 한 것까지 완전 불량소년 그 자체다.

"너, 여자냐?"

훈이 녀석을 좀 놀려 줘야겠다는 생각에 말을 꺼냈다. 신경질을 부릴 것이라 생각했는데 완전 빗나가 버린다. 그냥 징그럽게 희죽 웃더니 햄버거를 꾸역꾸역 입으로 가져갈 뿐이다. 입안 가득 베어 문 햄버거를 넘기더니 그제야 한마디 한다.

"어떻게 알았냐? 나 호모야."

훈이 녀석은 웃지도 않고 내 비아냥거리는 말에 보기 좋게 응수한다.

"그런데 넌 아프리카에서 살다 왔냐? 이렇게 튀는 건 처음 본다 이거지?"

"그래, 처음 본다. 어쩔래?"

오히려 마음이 상한 내가 볼멘소리를 한다.

"자식, 거 계집애처럼 삐쳐 가지고. 야, 그러지 말고 나랑 같이 놀아 보자."

놀아 보자는 건 같이 있자는 제안인 것 같다.

"그래, 좋아."

난 그 말을 뱉어 놓고도 잠시 아연할 뿐이다. 왜 그렇게 순순히 그 말이 나왔는지 모르겠다. 하긴 나도 혼자보다는 둘이 나을 것 같다. 아무튼 훈이 녀석이 재미있긴 하니까.

훈이와 난 자리에서 함께 일어섰다. 녀석이 하는 걸 잘 보고 있다가 쓰레기통에다 햄버거를 쌌던 종이와 콜라를 담았던 컵을 버리고 패스트푸드점을 나왔다. 모든 게 익숙하지 않은 동작일 뿐이다. 사실 패스트푸드점에 가 본 적이 없다. 어머니는 그런 것조차 싫어했다. 군것질에 재미를 붙이면 밥맛을 잃어서 결국 몸이 허약해질 테고 그러면 공부에 지장을 초래할 것이라는 생각이었다. 그만큼 매사에 그냥 얼렁뚱땅 넘어가는 게 하나도 없다.

외식이라고는 가족들과 함께 몇 번 가 본 프랑스식 레스토랑이 전부다. 다른 곳은 일체 출입 금지 구역이었다.

"너 촌놈이구나. 생긴 건 아닌데."

녀석이 내가 패스트푸드점을 나올 때 쓰레기를 어떻게 버릴지 몰라 두리번거린 것을 보고 잽싸게 시비를 건다.

"난 지금까지 서울에서 살았어. 네가 보기엔 서울이 촌이니?"

그는 멋쩍은 표정을 짓고는 그냥 걸어 나갔다. 그는 조금 더 걷더니 어느 건물 지하로 날 데려갔다. 출입구에 〈Feel So Good〉이라는 상호가 붙어 있었다. 카페였다. 나는 또 어리둥절이다. 이런 델 처음 들어와 봤기 때문이다. 한데 녀석의 동작에는 나 같은 부자연스러움이 전혀 없다.

"자, 앉아. 뭐 마실래?"

"커피."

"여기 커피 둘이요. 너 이런 데도 처음이냐?"

그렇다고 말해 줬다.

"너 서울에 산 거 맞긴 맞냐? 꼭 깡촌에서 올라온 얼뜨기 같아. 생긴 건 기생오라빈데 말야."

그러는 녀석이 조금은 얄미웠다. 은근히 날 무시하는 것 같았기 때문이다. 그래서 나도 한 방 먹여 줬다.

"이런 데 자주 온다고 도시 놈이냐. 난 고등학생이야. 이런 데 한 번도 못 와 봤다는 게 흉은 아니잖아."

"알았어, 인마. 무슨 말을 못하게 짱알대긴."

커피가 나왔다. 어머니는 커피 또한 몸에 좋지 않다며 못 마시게 했다. 커피를 입에 대 보았다. 그냥 맛이 쓸 뿐이다. 괜히 커피를 시켰나 보다. 더 이상 마시기가 싫어 잔을 내려놓았다.

"잠자리부터 먼저 알아보는 게 좋지 않겠어?"

"이런 촌놈. 돈만 있으면 그런 건 걱정 안 해도 돼. 너 선배 하나 잘 만났다. 이젠 그런 걱정일랑 나한테 맡겨."

"너 또다시 촌놈이란 소릴 하면 가만 안 둘 거야. 앞으로 그 소린 입에 담지 않았으면 좋겠어."

나는 경고하듯 목에 힘을 주고 말했지만 훈이 녀석은 그 말은 또 들은 체 만 체였다.

우린 카페를 나왔다. 거리에는 사람들이 많이 쏟아져 나와 있었다. 자세히 보니 녀석과 비슷한 옷차림을 한 애들이 제법 많았다. 그런 애들을 보고 있으려니 금세 또 머리가 아팠다.

"참 이상한 녀석들이 많구나. 저런 차림새를 하고 어떻게 바깥을 맘대로 나오는 거야."

녀석이 혼잣말을 하는 나를 이상하다는 듯 바라보다 아무 말 않고 걷는다.

녀석을 따라 10분쯤 걷다 보니 여관들이 모여 선 곳이 나왔다. 녀석의 말처럼 한두 개가 아니었다. 여관이 이렇게 많이 모여 있을 줄은 정말 몰랐다. 녀석이 날 그중 한 여관으로 데리고 들어갔다.

"아저씨, 하루 자는 데 얼마예요?"

주인아저씨는 우리들 행색을 자세히 살피더니 인상을 잔뜩 찌푸리며 가격을 말했다.

"야! 어서 돈 내."

당연하다는 듯이 내게 돈을 내라는 녀석이 아니꼬웠지만 그냥 참고 아저씨가 말한 돈을 냈다.

방으로 들어서자마자 녀석은 양말을 벗어 방구석으로 집어 던지며 방바닥에 벌렁 누워 버린다.

"야! 촌놈. 여관도 처음이겠다?"

마침내 내 인내심이 한계에 다다랐다.

"너 이 새끼, 아까 경고했지? 편히 있고 싶으면 조용하는 게 좋을 거야."

말을 내뱉고 씨근덕거리는 나를 녀석은 또 본 체 만 체다. 상대할 가치도 없으니 그냥 내버려 두겠다는 뜻 같았다. 녀석이 가만히 있으니까 오히려 더 약이 올랐다.

"너 한번만 더 까불면 가만 안 둘 거야."

녀석은 그 말에도 들은 척을 하지 않고 텔레비전을 켠다. 꼭 녀석처럼 옷을 입은 애들이 현란한 동작으로 춤을 추며 노래를 하고 있다. 녀석이 일어나더니 그 동작들을 따라 한다.

"야 인마, 앉으란 말야. 먼지 나잖아."

그 말에는 녀석의 눈이 쭉 째진다.

"야, 너 정말 보이는 게 없냐. 내가 뭐 너 따위 녀석이 무서워서 가만히 있는 줄 아나 본데 너 그러다 맞는다."

"뭐야? 그래 그럼 어서 쳐 봐."

싸움은 안 해 봤지만 나도 태권도를 비롯해 검도, 유도 안 해 본 것이 없을 만큼 다 해 봤다. 그만큼 두려움은 없었다. 지난번 병수와 함께 동팔이 녀석을 상대한 이후로 싸움도 별게 아니라는 생각을 한 것이다.

녀석은 싸움깨나 할 것처럼 보인다. 긴 다리에 날렵하게 생긴 몸동작이 그렇다.

"원래 촌놈이 화내면 더 무섭다더니. 알았어. 내가 찌그러질게."

한판 붙을 걸 각오하고 있는데 의외로 녀석은 조용히 앉아 버린다. 나도 그냥 머쓱해져 슬그머니 방에 앉아 버렸다. 왜 이 녀석과 같이 있기를 원했던 것일까. 정말 후회가 된다.

우리들은 한참 동안이나 그렇게 말없이 앉아 있었다. 녀석은 텔레비전 채널을 그냥 잠자코 두지 않고 여기저기로 마구 돌려 보고 있다. 왈칵 짜증이 솟구쳤지만 못 본 체했다. 채널을 가지고 장난치기에도 지쳤는지 녀석이 묻는다.

"보아 하니 너희 집은 되게 빵빵한 것 같은데 왜 나온 거니?"

"뭘 보고 빵빵하다는 거야?"

"지갑에 잔뜩 든 돈하며 니가 입은 옷이랑 가방 모두가 한두 푼

짜리가 아닌 것 같은데?"

"난 그따위에는 관심도 없어. 그냥 싫었어. 집의 모든 게."

"얘기 좀 해 봐. 할 일도 없고 심심한데 집 나온 얘기나 한번 들어 보자."

"난 너처럼 집을 장난삼아 나오진 않았어. 그리고 할 얘기가 없어. 집 나온 얘기를 재미로 할 만큼 난 지금 즐겁지 않아. 다 너 같진 않다는 걸 알아 둬."

"너 비싸게 노는 버릇 어디서 배웠냐? 말끝마다 목에 힘 잔뜩 주고 있는데 그럴 필요 없잖아. 그리고 네가 나를 얼마나 안다고 함부로 나에 대해서 말할 수 있지?"

녀석이 눈을 동그랗게 뜨고 나를 바라본다. 순간 나는 찔끔했다. 그랬다. 이제 겨우 몇 시간밖에 지나지 않았을 뿐이다. 녀석의 말에도 일리가 있다.

녀석은 잔뜩 화가 난 것 같다. 내가 말을 잘못한 것 같다. 어느 누가 장난으로 집을 나오겠는가. 난 나만 비장한 결심으로 집을 나온 줄 알고 있었나 보다. 어느 누가 이런 불편을 감수하며 집을 나오고 싶겠는가. 난 미처 그것을 알지 못한 것이다. 알고 보면 녀석과 나는 정말 비슷한 일로 집을 뛰쳐나왔을지도 모른다. 녀석은 기분이 많이 상했는지 갑자기 침울한 얼굴을 하고 있다. 진짜 실수를 한 것 같다.

"어느 누가 집 나온 걸 장난으로 생각하겠니? 그런 사람은 없을 거야. 홧김에 나왔다 해도 장난은 아닐 거야."

녀석의 목소리가 지극히 가라앉아 있다. 사과를 하고 싶지만 입이 떨어지지 않는다. 그런데 녀석이 먼저 입을 연다.

"아빠는 조그만 중소기업체를 운영하고 있어. 엄마는 레스토랑을 경영하고 잘사는 편이야. 난 가출을 여러 번 했어. 이번이 다섯 번째야. 그렇게 공부를 잘하지는 않았지만 중학교 1학년 초까지만 해도 범생이란 소릴 들었어. 근데 왜 이렇게 되었을까? 항상 난 혼자였어. 친구들은 많았지만 집에 가면 엄마 아빠가 없었어. 두 분 모두 사업을 하느라 시간이 없다는 건 알아. 그래도 좀 너무하는 편이었어."

"어느 점에서? 고의적으로 너에게 관심을 안 두거나 사랑하지 않은 건 아니잖아?"

"넌 이상한 놈이구나. 자식을 사랑하지 않는 부모는 없어. 다만 사랑을 표현하는 방법에 차이가 있을 뿐이야. 넌 너희 부모가 너를 사랑하지 않는다고 보니? 그런 생각이야말로 어리석지."

녀석이 갑자기 달라 보였다. 사랑하는 방법의 차이일 수도 있겠다. 그러면 어머니도 나를 사랑하기는 하는 걸까.

"엄마 아빠 얼굴을 본 적이 별로 없어. 두 분 모두 너무 바쁘니까 돈으로 해결하려 들었어. 나는 돈을 물 쓰듯 쓰고 다녔지. 애들을 끌어모아 나이트에도 다니고 록카페다 클럽이나 마구 다녔어. 그러다 돈이 떨어지면 레스토랑에 가서 손을 벌렸지. 엄마는 그때마다 돈을 듬뿍 집어 주곤 했어."

녀석은 주머니에서 담배를 꺼내 문다. 담배를 피우는 건 처음이다. 담배를 한 모금 깊숙이 빨았다가 휴 하고 내뱉는 녀석의 모습이 왠지 안돼 보인다.

"이젠 아예 집을 나와 버렸어. 그러니까 집에 있는 시간보다 밖에 나와 있는 시간이 많을 정도야. 돈 떨어지면 다시 들어가고 또 다시 엄마 돈을 훔쳐서 나오고. 고등학교도 간신히 들어갔어. 엄마 아빠는 내가 집을 나와야 내 존재를 아시거든. 걱정하고 난리를 피우지. 에이, 젠장. 이런 말은 누구에게도 하지 않았는데. 그래, 난 그래. 그렇게 막 살아온 놈이야. 야, 이젠 네 얘기를 좀 해 봐."

녀석이 새 담배를 피워 물며 말한다.

"너랑 조금은 비슷해. 난 불행하게 친구마저도 없었어. 아무도 나와 사귀려고 하지 않았으니까. 어머닌 항상 내 옆에서 공부만을 강요했어. 무조건 1등만을 바랐지. 2등은 등수로 쳐 주지도 않았어. 어머니의 체면을 살리기 위해 난 늘 내 뜻과는 반대로 행동해야만 했어. 그것이 정말 싫었나 봐. 그래서 집을 나왔어."

"그래, 아까도 말했지? 우린 결국 같은 배를 탄 불쌍한 놈들이야. 안 그래?"

"글쎄."

그 말엔 쉽게 동의할 수 없다. 난 아직 그렇게 망가지기는 싫다. 나를 무작정 내던질 수는 없다.

아무튼 이젠 녀석을 이해할 것 같다. 하고 다니는 것에 비해서는 마음이 맑은 편이다. 사람은 모두들 착한 모양이다. 아무리 불량기가 있어 보이는 녀석도 한 겹 벗고 나니 다 같이 착한 인간일 뿐이다.

우리는 나란히 누웠다. 녀석은 억지로 잠을 청하려 하는 것 같았다. 그런데 뜻대로 되지 않는지 이리저리 몸을 뒤척인다.

집 생각이 난다. 슬프다. 어머니가 성적 때문에 호통을 치는 모습, 좀 더 자고 싶은데 잠을 못 자게 하는 모습 모두가 나쁜 생각만 난다.

밖이 어두컴컴해져 있었다. 훈이 녀석은 아직 세상모르게 자고 있다. 세 시간이 훨씬 지난 것 같은데 계속 자고 있다. 그를 깨웠다. 저녁을 먹으러 가야 했기 때문이다.

"야! 일어나. 저녁 먹으러 가야지."

녀석은 계속 10분만이라고 하며 이불을 껴안은 채 뒹굴고 있다. 이왕 깨우려고 한 거 소리를 냅다 크게 질러 버렸다. 녀석이 웬일인가 싶었는지 깜짝 놀라며 일어났다.

"야, 웬일이야. 왜 소리를 지르고 그래? 깜짝 놀랐잖아."

"네가 안 일어나니까. 그런데 너, 집에서도 10분만이라고 애걸하니?"

"물론이지. 엄마가 깨울 때 10분만 더 잔다고 해."

"엄마가 잠을 깨워 주시니?"

"응. 왜?"

그래도 녀석은 나보다 나은 것 같다. 어머니는 날 깨워 준 적이 없다. 어머니가 깨우기 전에 먼저 일어나 책상 앞에 앉아 있어야만 했다.

"근데 왜 깨운 거야? 오늘 새벽에 집 나오느라고 조금밖에 못 잤단 말이야."

"저녁 안 먹어?"

"너 가출 처음이지?"

"응. 근데 왜?"

"가출한 지 며칠 안됐지?"

"10일 정도."

"집 나온 지 웬만큼 되네? 가출하면 끼니는 대충대충 때워야 해. 하루에 한 끼 먹고 나머진 군것질로 때우는 거야. 나와 같이 생활하려면 저녁은 기본으로 사양해야 되고."

아버지는 하루 세 끼는 반드시 챙겨 먹어야 한다고 했다. 그래서 나는 지금껏 한 끼도 거른 적이 없다. 집을 나와서야 겨우 한두 번정도 식사를 걸렀을 뿐이다.

"너 배고프냐?"

"아니. 하지만 식사를 거른 적이 없거든."

"그래? 난 먹은 적보다 안 먹은 적이 훨씬 더 많아. 집에 혼자 있으면 먹기도 싫었고."

그래. 한 끼 정도는 나도 굶을 수 있다. 가출 선배라는 그의 말을 들어야겠다.

"너희 부모님은 뭐 하시는 분이니?"

"아버지는 의사야. 어머닌 그냥 집에 있고."

"공부는 잘했어?"

"하루에 스무 시간을 공부만 했으니까. 모의고사 보면 전국에서 5등 안에 들었지. 이번에 30등으로 밀려나 어머니에게 꾸중을 들었지만 말야."

"야, 너 다시 봐야겠다. 역시 사람은 생긴 대로 노는 거야. 네 얼굴을 보면 벌써 공부라고 쓰여 있어."

"더 대단한 거 말해 줄까? 어머닌 내가 전국 수석을 하는 게 당연하다는 생각이야. 머리 좋고 뒷받침 잘되고 노력까지 하는데 왜 1등을 못하냐는 거지. 우리 어머니는 전교에서 1등을 했을 때도 나무란 분이야. 그것도 지겹도록 혼났어. 매 시험마다 어머니는 점수하고 등수에 하한선을 정해 놓지. 그걸 통과 못하면 아무리 잘해도 소용없어."

"나보다는 네가 훨씬 더 낫다."

"난 너희 집이 나아 보이는데."

이번에 녀석과 나는 서로 상대편 집이 낫다며 한참이나 말다툼을 했다. 그가 우리 집이 더 낫다고 생각했듯이 나도 그의 집이 차라리 더 낫다고 생각된다. 내가 그였으면 집을 나오지 않았을 거란 생각이다.

"그만! 우리 둘 다 똑같아."

이번엔 그가 맞는 것 같다. 사정은 다르지만 우린 집이 싫어 가출한 똑같은 학생일 뿐이다. 내가 그의 집에서 살아 보지 않은 이상 그를 완벽하게 이해할 수는 없을 거다.

훈이 녀석이 또다시 담배를 꺼내 물었다. 학교에서도 담배 피우는 아이들을 많이 봤다. 아버지는 청소년 시절에 담배를 피우면 어른이 돼서 피우는 것보다 몇 배나 더 큰 해악이 된다고 했다. 그것은 자살 행위나 마찬가지라는 것이었다. 나는 그래서 담배만큼은 꿈에도 피울 생각을 하지 않았다. 내가 이상한 눈으로 쳐다보자 녀석은 담배 한 개비를 건네려 한다. 나는 두 팔을 휘휘 내저으며 거절했다.

"담배는 언제부터 피웠어?"

"중딩 때부터. 요즘 고딩 치고 담배 못 피우는 애들이 어딨냐? 그럼 넌 안 피워 봤어? 가르쳐 줄까? 가출에 있어서 술 담배는 기본이지. 한 대 피워 봐. 괜찮아."

나는 또다시 거절했다. 별로 피우고 싶지 않다.

"그렇게 이상한 눈으로 보지 마. 가능한 만큼 나를 망가뜨리고 싶어. 그래서 모두 잊고 싶어. 대마초도 있으면 할지 몰라. 아직 거기까지는 손이 안 닿을 뿐이지."

녀석이 또다시 무서워졌다.

"학교는 가는 날 안 가는 날 반반이었지. 심심해서 놀러 간 거야. 학교엘 가야 애들을 볼 수 있었거든. 애들을 모아서 매일 밤 클럽 같은 데나 쫓아다녔지. 교문 앞에서 친구들을 기다린 적도 많아. 왕따 같은 애들이 지나가면 불러 가지고 때려 주기도 하고 돈도 뺏고 그랬어. 너 같은 범생은 이해 못하겠지만 난 아무렇지도 않게 그런 일을 했어. 그래야 혼자라는 것을 잊을 수 있었어. 애들을 같이 때려 주는 친구들이 있었거든. 넌 이해 못할 거야, 그런 기분."

조금은 이해가 되었지만 그걸 잘했다고 할 수는 없다.

"엄마는 레스토랑 손님들 앞에서는 그렇게 품위 있는 척하면서 집에 오면 늘 쌍소리를 달고 다녔어. 나를 부를 때도 이 새끼, 저 새끼, 바보 같은 새끼가 기본이었으니까."

다행히 우리 어머니는 욕은 하지 않는다. 그런 점에서는 내가 좀 나은 걸까.

"난 이렇게 말썽을 피우고 다니지만 솔직히 말해 죄책감 따위를 느낀 적은 한번도 없어. 처음에는 조금 비뚤어지면 부모님이 나에게 관심을 가져 줄 거란 생각에서 시작했는데 좀 신경을 쓰는가 싶더니 결국은 똑같아지더라고. 고작 '아이고 저 새끼 때문에 내가 미쳐!'라는 말만 되풀이하곤 했어. 학교에서도 마찬가지였어. 내가 삐뚤어져도 바로잡아 주려는 선생님이 아무도 없었어. 툭 하면 머리를 쥐어박으면서 '정신 좀 차려, 인마' 하는 거였어. 점점 나빠져 가니까 선생님들은 아예 날 인간 취급도 안 하더군."

녀석은 그런 말을 하며 담배 세 개비를 잇달아 피웠다. 녀석이 무서웠다. 담배 연기에 질식할 것만 같았다. 창문을 열었다. 찬바람이 들이닥쳤다. 녀석은 또 생각에 깊이 잠긴 듯했다.

아무튼 훈이가 무섭다. 완전히 자신을 내던지고 있다. 그러나 왠지 타락이라는 말은 입에 담기 싫다. 타락이 아니라 자학에 가까웠다. 그래, 자학이었다. 이제라도 녀석의 자학만큼은 보살펴 줘야 한다. 나라도 그걸 해야 한다.

"나 역시 어른들을 이해 못해. 누가 1, 2등이란 순위를 매겼을까? 항상 1등만 할 수는 없잖아. 1등이 있어야 꼴찌도 있는 거잖아. 다 1등을 하면 누가 꼴찌를 하지? 좋은 학교의 기준이 뭔질 모르겠어. 공부 잘하는 애들이 가면 일류고 못하는 애들이 가면 삼류고."

"우리도 피터팬이 사는 나라로 가자. 예쁜 웬디를 만나 함께 사는 거야. 어때, 내 제안 좋지? 내가 피터팬 할 테니까 넌 후크 선장 해라."

피식 웃음이 나온다. 녀석은 한편으로는 정말 순진한 놈이다.

피터팬이란 동화를 읽은 기억이 난다. 꿈의 마을을 지키기 위해 피터 팬은 후크와 싸운다. 피터팬과 싸우다가 결국 악어 밥이 되어 버리고 마는 후크 선장, 그땐 왜 그렇게 신이 났는지 모르겠다. 나는 오래도록 그 세계를 잊고 있었다.

"난 후크 선장이 제일 좋아. 너는?"

녀석은 조금 유별난 것 같다. 피터 팬이 영웅이고 후크는 악당이었는데도 후크가 좋다니.

"후크 선장은 악역을 맡았지만 난 그 사람도 좋은 사람 같아. 피터팬은 너무 영웅적으로만 표현돼 있어. 그래서 싫어. 그보다는 오히려 악독하지만 허점도 있고 유머도 있는 후크 선장이 좋아. 어른이면서도 동심이 있잖아. 동심이 있었으니 피터팬과 싸운 게 아니겠어? 동심이 없었다면 싸우지 못했을 거야."

녀석의 말을 듣고 보니 제법 그럴듯하다. 후크 선장은 나쁘게만 표현돼 있다. 그렇지만 훈이 말대로 후크 선장은 동심을 가진 재미있는 아저씨다.

훈이 녀석 말대로 조금 나쁜 짓을 했다고 해서 나쁜 아이들이라고 단정해 버리는 것은 옳지 않은 것 같다. 그들이 나쁘다면 그들을 그렇게 만든 어른들은 얼마나 더 나쁠까?

"자니?"

"응."

훈이는 이불에 눕자마자 쉬 잠들고 만다. 새벽에 집을 나왔다고 했지만 잠이 많은 편인 것 같다. 아직 11시도 안된 시간이었다. 훈이는 코까지 골며 깊은 잠에 빠져들어 버렸다. 누운 지 5분도 안돼 코까지 고는 걸 보면 피곤하긴 무척 피곤한가 보다.

누워 있으니 별 생각이 다 든다. 집 생각, 아저씨 생각, 지은이 생각, 병수 생각. 이 여행의 끝은 결국 집으로 들어가는 것일까. 가출하면 결국은 집으로 돌아간다던데, 나도 결국 그렇게 끝나는 걸까. 집으로 돌아갈 자신이 없다. 어머니는 날 받아 주지도 않을 것 같다.

벌써 돈도 떨어져 가고 있다.

다음 날 눈을 떠 보니 훈이 녀석은 그때까지 자고 있다. 나도 제법 많이 잔 것 같다. 어제 몇 시에 잤는지 기억이 잘 나지 않는다. 녀석은 참 어린아이처럼 평화롭게 잠을 자고 있다. 훈이의 얼굴을 가만히 쳐다보았다. 속눈썹이 길고 코는 오똑했다. 입술은 가늘고 전체적으로 갸름한 얼굴이다. 무척 예쁘게 생겼다. 애들 돈을 빼앗거나 술 담배를 하는 애 같지 않다. 그저 천사가 잠들어 있는 것 같다.

그가 눈을 떴다.

"야! 너 지금 뭐 하는 거야?"

그가 큰 눈을 껌뻑이며 말했다.

"너 참 예쁘게 생겼다."

"난 동성연애는 사절이다. 절대 나 넘보지 마. 알았어?"

"내가 어디 아픈 줄 아니? 아서라. 구역질 난다. 내가 먼저 사양
한다."

이제 보니 녀석의 눈도 정말 크다. 녀석의 눈을 보고 있자니 마
치 깊고 맑은 호수를 보는 것 같다. 배가 고프다. 어제 점심은 햄버
거로 때웠고 저녁은 굶었다.

"아침 먹으러 가자. 배고프다."

"대신 네가 사는 거다?"

그와 함께 여관을 나왔다. 마땅히 먹을 만한 것이 없다.

"야, 저기로 가자."

해장국집이었다. 아침이라서 문을 연 곳은 해장국집밖에 없는
것 같다. 우린 식당으로 들어가 해장국 2인분을 시켰다.

"가출 고딩도 엄연히 서열이 있다. 물론 우리 둘 중 내가 선배고
너는 똘마니다. 그러니 선배 말을 잘 들어야 해. 알았지?"

난 피식 웃었다.

"하루 한 끼로 해장국 같은 걸 먹으면 빵 같은 거로 세 끼 먹는 것
보다 훨씬 든든하거든. 그건 정말이야. 내가 경험상 느낀 거니까."

"잘났어. 가출 많이 해 봐서."

"그럼 잘났지, 인마. 우리 세계에선 가출 많이 한 사람을 짱으로 받들거든."

"너희들끼리 많이 해 봐. 나를 그런 데 괜히 끼워 넣을 생각은 말어."

그러면서 내가 미소를 띠자 훈이 녀석은 재미없어서 못해 먹겠다는 듯 해장국을 한입 가득 집어넣는다. 우리는 어제 저녁을 먹지 않아서인지 해장국을 국물까지 완전히 비워 버렸다.

"어디 갈래?"

그가 물었다. 여관으로 들어가기엔 너무 맑은 날씨다.

"오늘 며칠이니?"

"12월 10일."

"녀석들 열나게 시험 보고 있겠네."

이번 주는 학년말고사가 있는 주다. 학교에선 내가 없어진 것에 대해 무어라 말을 하고 있을까.

"PC방에 가서 게임이나 하자."

난 어머니에게 혼이 날까 두려워 PC방 근처에도 가 보지 못했다.

PC방에 들어가 어떻게 해야 될지 몰라 가만히 훈이 옆에 서 있었다. 카운터에 있는 남자가 두 개의 번호를 말해 주었고, 난 훈이가 움직이는 대로 따랐다.

"돈은 안 내?"

"나갈 때 내는 거잖아. 너 PC방 처음 왔어?"

내가 그렇다고 고개를 끄덕이자 훈이가 정말이냐고 되물으며 이해할 수 없다는 표정을 지어 보였다.

훈이는 컴퓨터에 앉더니 게임을 하기 시작한다. 난 할 게 없어서 인터넷 검색을 했지만 곧 흥미를 잃고 가만히 앉아 있었다.

"너도 게임이나 해."

"할 줄 아는 게 없어."

"정말?"

"해 본 적이 없거든."

방에 있는 컴퓨터는 오로지 동영상 강의와 숙제를 할 때만 사용할 수 있었다. 어머니는 평소에는 컴퓨터를 잠가 놓았고, 내가 컴퓨터를 사용하고 있을 때는 어머니가 뒤에서 지켜보았다.

"내가 가르쳐 줄게. 넌 머리가 좋아서 금방 배울 거야."

훈이가 스타크래프트라는 게임 방법을 알려 주었다. 복잡했지만 조금 해 보니 이해가 갔다.

PC방에서 나와 훈이와 시내를 돌아다녔다. 백화점도 구경했고 당구장에 가서 포켓볼도 배웠다. 모든 게 그저 신기할 정도로 재미있었다. 특히 포켓볼이 그렇게 재미있을 줄은 몰랐다.

"범생인 너한테는 우습겠지만 난 매일 이런 걸 해서 사실 별 재미가 없어."

"뭐가 우스워? 나는 재미있기만 한걸."

모든 사람들은 각자 자신의 길을 가고 있다. 이 많은 사람들이 다 어디서 왔는지 그저 신기할 뿐이다. 지금껏 나는 무엇을 사도 꼭 어머니가 대신 사다 주곤 했다. 학용품, 옷, 참고서까지 한번도 내가 산 적이 없다. 어머니는 일일이 다 간섭하길 원했고, 그런 것을 난 당연한 듯 받아들였다. 다른 애들은 그러지 않는다는 걸 알고 나서도 싫다고 할 수 없었다. 사실 나 또한 옷도 내 마음대로 입고 싶었고 참고서도 친구와 같이 서점에 가서 보며 고르고 싶었다. 모든 일이 그런 식이었다. 내 의견은 들어 보지도 않고 일방적으로 어머니 입장에서만 얘기를 했다. 그걸 사랑이라고 말할 수는 없다. 사랑이었다 해도 그건 잘못된 사랑이었을 거다.

"뭘 그렇게 넋을 놓고 있니?"

"어? 집 생각을 좀 하느라고."

"엄마 품이 그리워?"

"아니. 이런저런 생각을 좀 하고 있었어."

그리움이란 감정을 떠올릴 만큼 좋은 기억이 하나도 없다. 왠지 서글프다.

"저녁 먹으러 가자. 근사하게 살게."

"근사한 걸로 사겠다고?"

훈이는 날 데리고 정말 근사한 레스토랑으로 갔다. 학생 둘이서만 오기엔 꽤 부담스런 곳이었다. 더구나 가출을 한 형편으로는. 근데 왜 갑자기 이런 근사한 곳에서 저녁을 산다고 하는지 모르겠다.

"장난이 아닌 것 같은데. 정말 비싸 보여."

훈이는 내 걱정을 웃음으로 넘긴다. 웨이터가 주문을 받으러 왔다. 훈이는 메뉴판을 펴더니 손가락으로 무언가를 짚었다. 그런 다음 나에게도 메뉴판을 넘기고 무엇을 먹을 것인지 물었다. 나는 언젠가 먹어 본 적이 있는 안심스테이크를 시켰다. 훈이가 한껏 거들 먹거리는 모습에 웃음이 나오려고 했지만 참았다.

"이런 덴 사실 나도 체질에 안 맞아."

"근데 왜 여기로 왔어?"

"내 생일이거든."

"미안해. 그런 줄도 모르고……. 그런 줄 미리 알았으면 선물이라도……."

"됐어. 가출한 놈이 돈을 아껴야지. 지금 선물 사서 뭐하겠니? 짐만 되지."

생일을 이렇게 집 밖에서 맞는 기분은 어떨까. 얼마나 슬플까.

"집에 있어 봤자 누구 하나 기억해 주지 않았을 거야. 미역국 한 그릇 얻어먹지도 못했을걸."

생일날 이게 무슨 꼴인가. 훈이 얼굴에 슬픈 그림자가 놓여 있다.

아버지는 한 달에 한 번쯤 나와 나리를 데리고 이런 레스토랑에서 외식을 시켜 주는 것으로 평소에 미진했던 사랑과 관심을 대신하려 했다. 그나마 그 정도도 안 하는 것보다 낫긴 했다.

식사를 마치고 밖으로 나왔다. 저녁을 먹으면서도 훈이는 내내 아무 말도 없었다. 먼저 말을 걸 수가 없을 만큼 훈이는 가만히 앉아서 저녁을 먹었다.

해가 짧다. 겨우 7시밖에 안되었는데 벌써 주위가 어둡다.

"생일날 미역국 한번 못 얻어먹으면 평생 못 얻어먹는다는 거, 맞는 말 같아. 엄마가 레스토랑을 운영하기 시작한 중학교 1학년 때부터 미역국을 한번도 얻어먹어 본 적이 없어. 치현아, 너 술 마실 줄 알아?"

"응? 으응, 조금."

"가자. 술 마시러. 술이나 마셔야겠다."

우린 레스토랑 옆에 있는 호프집으로 들어갔다. 우리 말고도 학생인 듯한 아이들이 더러 있었다. 훈이가 생맥주를 시켰다.

"이런 데도 처음이겠구나?"

"사실 그래. 집 나오기 전에는 술도 한번 마셔 본 적이 없으니까. 집을 나와서야 몇 번 마셔 봤지."

"범생이니까 그렇지 뭐. 걱정 마. 내가 마시는 법을 가르쳐 줄게."

하얀 셔츠를 입은 웨이터가 맥주를 가져왔다. 훈이가 건배를 한 다음 500밀리리터들이 잔에 가득 담긴 맥주의 반을 한꺼번에 마셨다. 그러고는 나보고도 마시라고 했다. 나도 맥주를 한 모금 마셨다. 그는 또다시 잔을 기울여 남아 있는 맥주를 마저 비워 버리곤 한 잔을 더 시켰다.

"넌 모를 거야. 내가 왜 가출을 다섯 번씩이나 해야 했는지. 처음엔 관심을 한번 끌어 보려고 했어. 부모님이 너무 관심을 주지 않아서. 그땐 서울에서만 빙빙 돌았지. 그렇게 일주일 정도 헤매다가 다시 집에 들어갔어. 두 번째랑 세 번째도 비슷했어. 고딩이 되고 나서는 멀리까지 나오게 됐어. 그땐 정말 다시는 안 들어갈 결심이 없어. 초여름이어서 날씨도 따뜻했고 공원 벤치 같은 곳에서 누워 자도 추운 줄 몰랐어. 그렇게 한 달 동안을 돌아다녔지. 그러다가 또 항복 선언을 하고 집에 들어갔어. 학교에서는 자르려고 하더군. 엄마가 학교에 사정해서 휴학 조치를 얻어 냈어. 그런데 이번엔 날 정신병원에 가두는 거였어. 세 달 정도 정신병원에 있었어. 처음에는 정상이었는데 거기 있는 동안 난 정말로 완전히 또라이가 돼 버렸어. 거긴 숫제 병원이 아니었어. 교화소였어. 내 말이라면 아무 것도 믿으려 하지 않았어. 자해를 중학교 때 몇 번밖에 안 했는데도 내가 그런 걸 상습적으로 해서 정신병자가 되었다고 나를 몰아붙였어. 의사는 내게 부모님께서 너무 잘해 주니까 그런 거라고 하더군. 병원에 있는 동안 엄마 아빠는 날 한번도 찾아오지 않았어. 석 달쯤 지났을 때 의사가 집에 가면 다시는 나쁜 짓을 하지 않겠냐고 묻더라. 그래서 그럴 거라고 하니까 그제야 꺼내 주는 거야. 그게 두 주 전 얘기야. 너도 내가 정신병자처럼 보이니? 가출 다섯 번 했다고 자식을 정신병원에 가두는 부모가 어디 있니? 넌 그걸 이해할 수 있어? 난 도저히 이해 못해. 내가 처음 가출했을 때 엄마가 나를 붙들고 울기라도 했으면, 아빠가 종아리라도 때리면서 다시는 그러면 안 된다고 다짐이라도 받았으면 이렇게 되지는 않았을 거야. 그저 무관심뿐이었어. 더 있다 오지 왜 벌써 들어왔냐는 식이었으니까!"

훈이가 그 정도로 깊은 상처를 가지고 있을 줄은 몰랐다. 정신병원이라니? 그저 끔찍할 뿐이었다.

훈이는 500밀리리터들이 생맥주를 다섯 잔이나 마셨다. 그래도 조금밖에 취하지 않은 것 같다. 그와 함께 거리로 나왔다. 날이 어둑어둑해지면서 사람들이 더 많이 거리로 쏟아져 나왔다. 우리는 여관이 있는 쪽을 향해 터덜터덜 걸었다. 훈이의 축 처진 어깨가 한없이 무거워 보였다.

여관에 다 와 가고 있었다. 갑자기 그가 악을 써 대기 시작했다.

"야! 나는 정신병자가 아니다아!"

길 가는 사람들이 걸음을 멈추고 우릴 쳐다보고 있다.

"치현아, 너도 한번 질러 봐. 스트레스가 확 풀려."

나도 한번 고함을 질러 보았다.

"야호!"

훈이 말대로 큰 소리로 소리를 지르니 스트레스가 풀리고 머리가 맑아지는 것 같다. 몇 번 계속해서 소리를 질렀다.

"야, 치현아. 튀어!"

훈이가 갑자기 내 팔을 잡고 여관이 있는 쪽을 향해 뛰었다. 숨을 헐떡이며 여관 앞에 다다라서야 그 까닭을 물었다. 훈이는 재미있는 대답을 했다.

"길거리에서 소리를 지르면 진짜 미친놈 취급받잖아. 그러다 너까지 정신병원에 가면 어떡하니? 너 혹시 혼자라도 절대 그런 짓하면 안 돼. 그러다 큰일 난다. 하긴 서울에 있을 때는 언덕에 올라가서 소리도 많이 질렀는데."

"난 또, 니가 정말 정신병잔 줄 알았잖아."

"이게, 아주 한술 더 뜨네."

훈이가 그러면서 날 때리는 시늉을 했다. 우리는 여관 앞에서 그렇게 오래도록 장난을 쳤다. 밤하늘에 별이 하나둘 떠오르고 있었다. 저 별들 중에 훈이와 나를 지켜 주는 별이 있을까.

또다시 아침이다. 잠을 너무 많이 자서인지 머리가 조금 아프다. 나는 잠을 깨고서도 눈을 감은 채 오늘 할 일이 무엇일까를 그려 보면서 한동안 그대로 누워 있었다.

훈이도 잠을 깼는지 부스럭대는 소리가 간간이 들린다.

"아! 김훈 뭐 해?"

"응? 아, 아무것도 아냐."

훈이가 조금 당황한 음성이다. 무슨 일인가 궁금해서 눈을 뜨고 훈이를 보았다. 내 다이어리를 보고 있었다. 갑자기 울컥 화가 치솟았다. 정말 구제불능인 녀석이다.

"야, 김훈! 너 왜 허락도 없이 남의 걸 보는 거야? 너 같은 애들은 원래 다 그러니?"

녀석이 당황해하며 변명거리를 찾고 있다.

"미안해, 그게 아니라……."

"웃기지 마! 넌 남의 것이나 몰래 훔쳐보는 도둑놈이야. 잠시라도 널 친구로 생각한 내가 잘못이다."

"치현아! 그게 아니라니까. 내 말 좀 들어 보란 말야."

"들어 보나 마나야, 자식아. 너 같은 부류의 애들은 다 똑같아.

넌 좀 다른 줄 알았는데 별수 없는 놈이었어. 남의 물건에 손이나 대고, 훔쳐보기나 하고. 너 내 다이어리 왜 뒤져 보는 거야? 거기 돈이라도 있을 줄 알고 그랬지?"

"야! 채치현. 이 자식이 보자 보자 하니까 아주 사람을 우습게 보네. 내가 그 정도로밖에 안 보여? 넌 뭐 자식아, 특별히 잘난 게 있는 줄 아니? 같은 부류라니? 너도 자식아, 결국 나 같은 부류일 뿐이야. 공부만 시키는 수용소에서 이제 겨우 탈출한 놈이 사사건건 잘난 척하고 있어. 야, 그래 잘난 자식아. 니가 뭐가 잘났는지 한번 보여 줘 봐라. 더러운 새끼야!"

화가 치밀어 머리가 아플 지경이다. 머리에서 '왱' 하는 쇳소리가 난다. 왜 내가 저런 녀석과 나흘 동안이나 함께 있었는지 이해할 수 없다.

"이 자식 이거 안되겠군. 알았어, 새끼야. 그만두자. 너 같은 놈이나 상대하고 있는 내가 병신이다. 내 이럴 줄 알았어. 정신병원이나 들락거리는 놈하고 내가 무슨 친구가 되겠다고……."

내가 생각해도 좀 심했다 싶었지만 이미 내뱉은 말이었다. 하지만 시작은 녀석이 했지 내가 한 게 아니다. 녀석의 눈이 술 취한 것처럼 벌게진다. 어깨가 들썩들썩하며 격한 숨을 막 토해 낸다.

정말 한 대 칠 것 같다. 두렵다. 훈이 같은 꼴통 녀석들은 물불을 가리지 않는다던데. 사람도 눈 딱 감고 죽일 수 있다는데…….

"어쩔 건데? 칠 테면 쳐 봐, 새끼야!"

내 입에서 또다시 왜 이런 험한 말이 나왔는지 모르겠다.

"이 새끼가 아주 죽으려고 심호흡을 하는군. 그래, 어차피 우린 맞는 구석이라곤 없었어. 그래, 나 같은 미친놈이 화나면 어떤 꼴이 되는지 한번 봐!"

그 말이 채 끝나기도 전에 바람을 가르는 소리와 함께 주먹이 날아왔다. 피한다는 것이 관자놀이 부근을 그대로 맞아 버렸다. 안경이 내 눈에서 사라지는 것과 동시에 하얀 빛다발이 쏟아졌다. 순간 아무것도 보이지 않았다. 입에서 찝찔한 느낌이 왔다. 그 순간 어릴 때 수없이 연습만을 거듭했을 뿐인 내 발차기가 녀석의 면상을 향해 날아갔다. 정타는 아니었지만 코끝을 스친 듯했다. 녀석이 코피를 뚝뚝 쏟고 있다. 손등으로 코를 문지른 녀석이 맹렬하게 달려든다. 수없이 주먹이 날아온다. 각기 몇 대를 맞고 때렸다. 다시 서로 몸을 부둥켜안은 채 방바닥을 이리 구르고 저리 구르며 한 10분가량을 투닥거렸다.

"헉! 헉!"

"헉! 헉! 잠깐……. 야, 채치현 좀 쉬었다 하자."

우리는 서로 붙들고 있던 손을 풀고 떨어져 한동안 눈싸움을 벌였다. 녀석의 얼굴이 코피 때문에 흡혈귀처럼 보였다. 내 입안도 피가 흐르는지 쓰리고 아파 왔다. 녀석이 히죽 짧게 웃었다. 나도 웃었다. 우리는 이제 킥킥대며 배를 잡고 웃기 시작했다.

우리는 지쳐 누워 버렸다. 이렇게 피투성이가 될 때까지 싸워 본 것은 난생처음이다. 맞은 곳이 욱신거리며 아파 왔다.

"괜찮냐?"

그가 먼저 말을 걸었다. 그의 화가 조금은 풀린 것 같다.

"응. 넌?"

"나도. 아깐 내가 잘못했어. 그냥 너 같은 범생들은 그런 곳에 무얼 쓰나 궁금했거든."

"미안해. 순간적으로 화가 나서."

나도 망설임 끝에 사과를 했다. 우연찮게 다이어리를 볼 수도 있었을 텐데 너무 과잉 반응을 했던 것이다.

"네가 그 정도로 소중하게 생각하는 것인지 몰랐어. 나는 아직 한번도 그런 걸 기록해 본 적이 없어. 그래서 더욱 궁금했어. 아무튼 내 잘못이야."

"너나 나나 정말 별수 없는 놈들이다. 집 나온 바보들끼리 서로 힘이 되지는 못하고……."

왠지 눈물이 나려고 했다. 한동안 우리 사이에는 아무런 말도 오가지 않았다. 아니, 우리는 서로 어떤 말도 할 수 없었다. 우리의 모습이 너무나 안타까웠기 때문이다.

"야, 채치현! 너 주먹 되게 맵더라. 싸움 못하는 샌님인 줄 알았더니."

"운동을 많이 했거든. 너야말로 주먹이 빠르고 세더라."

"나도 운동을 했어. 아무튼 너 다시 봐야겠다."

"그 정도였어? 하하하."

"얼굴이 썩은 호박처럼 문드러지는 줄 알았다니까."

우린 서로 큰 소리를 내 마음껏 웃었다.

"야, 근데 안경이 깨져서 어쩌냐?"

"괜찮아. 안경 없어도 잘 보여."

사실이었다. 시력이 나빠서 안경을 쓴 건 아니었다. 눈을 가리고 싶었다. 내 눈을 곧이곧대로 남에게 보여 주기 싫었다. 사람들은 가끔 내 눈이 맑다고들 했다. 난 그 소리가 이상스레 듣기 싫었다. 그 말이 왜 나를 기분 나쁘게 했는지 나도 그 이유는 모른다. 그냥 무조건 기분이 나빴다.

그런데 훈이 녀석도 그 '맑은 눈' 타령이다.

"치현아, 너 눈 되게 맑다. 꼭 호수를 보는 것 같아. 안경 벗는 게 훨씬 나아 보여."

이상하다. 이번에는 그렇게 기분이 나쁘지 않다.

안경을 벗으니까 모든 게 새롭다. 익히 보던 사물이 너무나 다르게 보인다. 안경을 썼을 때보다 약간 흐리긴 하지만 더 편한 것 같다.

"배고프지 않냐? 우리 밥 먹으러 가자. 아침, 점심 다 굶었잖아."

5. 도둑질도 공부다

훈이와 함께 있은 지 일주일이나 되었다. 하릴없이 시내를 돌아다니며 PC방에 가서 게임을 하거나 포켓볼을 치다가 시간이 되면 다시 어슬렁거리며 여관으로 돌아오거나 DVD방에 가서 영화를 보기도 했다. 훈이는 할리우드 액션 영화면 보지도 않고 오케이였다.

가끔은 밖에서 맥주를 몇 병 사 들고 들어가 마시기도 했다.

또다시 아침을 해장국으로 때우고 들어오는 길에 훈이는 스포츠신문을 샀고 나는 일간지를 하나 샀다. 집에 있을 때도 수학능력평가시험에 대비해 가끔은 신문을 볼 수 있게 허락되었다. 별로 특별한 기사는 없는 것 같다.

"복잡한 신문을 왜 읽는지 모르겠단 말야. 스포츠 신문은 그래

도 재미있어. 아무튼 난 읽는 건 딱 질색이야. 차라리 텔레비전을
보지."

훈이 말에 대꾸를 해 주려고 하는데 어디서 눈에 많이 익은 얼굴
사진이 보인다. 자세히 보니까 놀랍게도 그건 훈이였다.

〈김훈. 17세. 서울 말씨에 가끔 귀고리를 함. 약간의 정신 질환을
앓고 있음. 찾아 주신 분 후사하겠음〉

다시 한 번 쳐다봤지만 분명 훈이였다. 훈이는 휴대용 오락기를
가지고 게임에 열중하고 있었다.

"훈아! 야, 이거 좀 봐. 여기 나온 사람 너 맞지?"

훈이는 내게서 신문을 빼앗아 내가 손으로 가리키고 있는 부분
의 광고를 보고 나더니 그걸 냅다 집어 던져 버렸다.

"젠장, 이런다고 내가 집에 붙잡혀 들어갈 줄 알아? 또 그 정신
병원에 가두려고 하는 거야. 뭐? 나보고 정신 이상자라고!"

"차라리 내가 너라면 덜 슬프겠다. 너희 부모님은 그래도 널 찾
기 위해 신문광고라도 내고 그러시잖니? 아마 내가 너였다면 들어
갔을지도 몰라. 우리 집에서는 체면이란 것 때문에 내가 집을 나왔
다는 사실조차 쉬쉬하고 있단 말야."

"그렇게 모르겠니? 우리 집에서 내가 예뻐서 광고를 냈다고 생
각하면 큰 오산이야. 나를 잡아다가 정신병원에 가두려고 하는 거
란 말이야. 이제 난 죽어도 정신병원에는 못 들어가."

어머니가 날 찾는 광고를 냈다면 난 아마 집에 돌아갔을지도 모른다. 그런데 한번도 본 적이 없다. 집을 나온 뒤로 계속 신문을 뒤적거리곤 했지만 나를 찾는 광고는 눈을 씻고 봐도 보이지 않았다.

내가 정말 한심하다. 자식이 집을 나온 지 몇 주일이 지나도록 신문에 광고 한번 내지 않는 부모님을 두고 있다니. 정말 울고 싶다.

"야, 채치현! 너 부러워할 걸 부러워해라. 그렇게 궁금하고 약이 오르면 집에 전화 한번 해 봐."

나는 피식 웃고 말았다. 하긴 집으로 전화를 해서 나리에게 물어보면 간단하게 알 수 있을 것이다. 우리 가족 모두가 나를 찾기 위한 아무런 방도도 취하지 않은 채 가만히 있진 않을 것이다. 유일한 아들을 생으로 잃어버릴 부모가 어디 있겠는가. 그렇다면 나를 찾는 일을 은밀하게 진행시키고 있다는 것인데……. 체면 때문에 공개적으로는 찾을 수 없단 말이겠지.

한 시간 정도를 나는 나대로 훈이는 훈이대로 그렇게 침울하게 앉아 있었다.

"치현아, 너 돈 얼마 있나?"

"돈?"

남은 돈이라고는 한 5만 원 정도가 될 것이다. 정말 이제는 막다른 기로에 서 있는 듯하다.

"그래, 돈 말이야."

"한 5만 원쯤."

"큰일이네. 나도 2만 원뿐이 안 남았는데."

일주일 동안 숙박비와 식비를 해결한 데다 시내를 돌아다니며 돈을 썼기 때문에 조금밖에 남지 않은 것이 당연했다. 훈이 역시 생일날 레스토랑에 가서 스테이크를 먹은 게 결정적이었을 거다.

"야, 선배! 너 돈 모자랄 땐 어떻게 했어?"

"남의 주머니 돈 좀 빌렸지. 근데 그건 네가 싫어할 거구."

소매치기가 되긴 싫다. 하지만 아무리 머리를 굴려 생각을 해 보아도 적절한 방안이 떠오르지 않았다. 돈 걱정을 하게 될 줄은 몰랐다. 돈이 모자라게 될 것이라고는 생각지 않았기 때문에 방비도 마련하지 못했던 것이다. 그만큼 나는 세상에 대해 무지했는지도 모른다.

"아! 바로 그거야. 좋은 방법이 있어."

"뭔데? 빨리 말해 봐."

"아르바이트."

"아르바이트라고?"

"너 아르바이트 같은 거 해 본 적 없지?"

"응. 근데 정말 아르바이트하려고?"

"정신병원에 끌려가지 않으려면 돈을 벌어야 할 거 아냐. 카페 같은 데가 괜찮댔어. 어떤 데는 숙식도 제공받을 수 있다더라. 서빙 정도는 초짜도 상관없을 거고. 어때? 기껏해야 음료 좀 날라 주고 청소 같은 것만 하면 될 거야. 조금 힘들겠지만 그나마 우리로서는 최선의 방법이잖니. 당장 집에 돌아갈 수는 없는 상황이고."

"그래, 오케이. 하자, 해."

한번도 해 보지 않았지만 훈이 말대로 어쩔 수 없는 일이다. 이 꼴 저 꼴 보기 싫으면 집으로 들어가든지……. 그렇지만 아직 집에 돌아가고 싶지는 않다. 여기서 집으로 돌아간다면 평생 어머니의 치마폭에서 벗어나지 못할 것 같다.

훈이와 가방을 싸 들고 여관을 나왔다. 시내를 거의 다 싸돌아다녀 보았지만 아르바이트를 구하는 곳은 없다. 낭패 중의 낭패였다. 수도 없이 많은 집에 들러 똑같은 얘기를 반복하자니 입도 아프고 짜증도 이만저만 나는 게 아니었다. 한두 시간 정도를 헤맸을까. 우리 둘 다 지쳐 버려 포기 단계로 들어서는 순간에 비로소 '아르바이트 구함' 이라고 붙여 놓은 집을 찾아냈다.

카페 이름이 〈클로리스〉다. 2층이었고 꽤 널찍한 곳이었다.

"우선 저쪽 자리에 앉으세요."

카운터에 앉아 있는 20세가량 되어 보이는 여자가 빈 테이블을 가리키며 앉으라고 한다.

잠깐 기다리라고 한 다음 여자가 2층으로 올라갔다. 사장을 데려오겠다는 것이었다.

난 머쓱한 분위기가 싫어 훈이에게 말을 걸었다.

"야, 가출했다고 일 안 시켜 주면 어떻게 하지? 여기서도 뻔히 눈치챌 것 아니야. 학생이 이 시간에 왜 여기 있냐고 하면 할 말도 없잖아?"

"그런 걱정은 말어. 이런 데서 일하는 애들은 죄다 우리 같은 고딩들이야. 아니면 학교에서 잘린 애들이거나."

훈이는 조금도 걱정이 안되나 보다.

좀 전의 그 여자와 40대 초반쯤 되어 보이는 아주머니가 함께 내려온다. 40대 아주머니가 사장인가 보다. 눈이 날카롭게 옆으로 째져서인지 조금 무섭게 생긴 얼굴이다. 사장이 엉거주춤 일어선 우리들에게 그냥 앉으라고 손짓한다. 그러고는 자신도 털썩 앉는다.

"아르바이트를 하겠다고? 너희들 집 나왔지?"

역시 우리가 가출한 애들이라는 걸 한눈에 알아맞힌다. 벌써 일하기는 틀린 것 같다. 그러나 내 예상은 조금 빗나갔다.

"그건 그렇고. 얼마 동안 일할 거야?"

"한 달 정도요."

"그래, 좋아. 보아하니 잘 곳도 없을 것 같은데 잠은 여기 내실에서 자."

내가 생각했던 것과는 완전히 다르다. 가출한 것을 알면서도 우릴 받아 주겠다는 태도다. 그러나 우리가 불쌍해서 그러는 건 절대 아닌 것 같다.

"오전 11시부터 밤 12시까지 문 여니까 하루 열세 시간씩 일하는 거야. 어때? 잘 생각해 보고 마음대로 해. 일을 시작하려면 오늘부터 당장이야. 있겠다고? 그럼, 돈은 주급으로 지불할게. 집을 나온 느덜 같은 녀석들은 그래야 한다면서? 애, 보라야! 얘네들 방 좀 안내해 줘라!"

사장은 그 말을 남기고는 계단을 올라 2층으로 사라졌다. 하루 열세 시간을 일하려면 무척이나 힘이 들 것 같다. 보라라고 불린 여자가 우릴 카페 구석에 있는 내실로 데려갔다.

"나를 보라 누나라고 부르면 돼. 그리고 너희들 앞으로 사장님한테 잘 보여야 돼. 저번에 있던 애들 두 명도 집 나온 애들이었는데 사장님한테 말대꾸를 하는 바람에 이틀 전에 잘렸어. 그러니 너희들도 조심하란 말야."

훈이 말대로 이 집은 주로 가출한 학생들을 아르바이트생으로 쓰는 게 틀림없다. 방은 무척이나 지저분한 편이었다. 조금 작은 데다가 아무것도 놓여 있지 않아 을씨년스럽기 짝이 없었다. 붙박이 옷걸이에 앞치마 몇 벌이 달랑 걸려 있을 뿐 그 외에는 아무것도 없었다.

"어쩔 수 없잖아. 우선 있어 보자."

"너 이런 데서 일해 봤니?"

"두 번 정도 해 봤는데 그땐 하루 세 시간씩 하는 시간제 아르바이트였어. 여기도 아마 우리 빼고는 다 시간제일걸?"

가방을 내려놓은 우리는 홀로 나와 보라 누나한테 갔다.

"우린 어떤 일을 하게 되는 거예요?"

"지금은 사람이 별로 없지만 저녁때면 많이들 몰려와. 너희 둘은 아래층 서빙을 맡고 청소를 하는 거야."

"여기서 일하는 사람이 모두 몇 명이죠?"

"너희까지 아홉 명인가 될 거야. 나하고 너희 둘, 그리고 대학생 오빠 이렇게 넷이 아래층 일을 맡고 위층에도 세 명이 더 있어. 나머지 두 명은 주방에서 일해. 근데 너희들 이름이 뭐야?"

"전 김동준이고요. 애는 최정호예요."

내가 훈이를 쳐다보자 아무도 모르게 눈을 깜박해 보인다. 그렇게 하는 게 모든 면에서 유리하다는 판단이 선 게 분명하다. 훈이 나름대로 생각이 있을 테니 그냥 맡겨 두는 게 좋겠다.

드디어 손님이 한 사람 들어온다. 보라 누나는 우리에게 수첩과 펜을 주며 주문을 받아 오라고 일러 준다. 내가 먼저 주문을 받으러 갔다.

"뭐 드시겠어요?"

목소리를 부드럽게 해 보려고 했지만 잘되지 않았다.

잔뜩 긴장한 채 일을 하는 내 모습이 웃겨 보였는지 훈이가 나만 보면 킥킥댔다. 저녁때가 되자 정말 사람들이 많이 몰아닥쳤다.

나와 훈이는 발바닥에 땀이 나도록 테이블과 테이블 사이를 휘젓고 다녀야만 했다. 눈코 뜰 새 없이 바쁜 데다 정말 보통 힘든 일이 아니었다. 다리에 알이라도 밸 것처럼 욱신거렸다.

"수고했어. 문단속 잘하고 잘 자. 그리고 참, 내일 아침에 청소해 두는 거 잊지 말고."

모두들 퇴근한 다음 우리들만 남게 되자 훈이는 서비스용으로 내놓는 팝콘과 맥주 두 병을 가져와 테이블에 쾅 소리가 나게 내려놓았다.

"힘들지? 자 이리 와서 한잔하자고."

"야, 훈아. 근데 아까 여기 온 애들, 우리 같은 학생들 아니야?"

"이런 덴 원래 우리 같은 고딩들 보고 장사하는 거야. 대학생 손님도 있긴 있지만."

어머니가 내가 이런 곳에서 일한다는 걸 알면 어떤 말을 할까? 충격을 많이 받을 거다. 돈이 모자라 카페에서 술이나 날라 주는 날 본다면 어머니는 분명 정신을 못 차릴 만큼 분노할 것이다.

"근데 치현아, 넌 이런 일보다 공부가 더 쉽냐?"

"이런 일도 싫긴 하지만 공부보다는 나아. 너는?"

"나는 모르겠어. 하지만 이런 일이 정말 별로이긴 해."

내가 집을 나온 이유는 공부 때문이지만 공부가 힘들거나 어려워서가 아니다. 공부는 이제껏 해 왔던 것처럼 하면 될 것이다. 내가 집을 나온 건 어머니의 강요가 힘들어서였다. 난 어머니가 만든 창살 없는 감옥에서 탈출한 것이다. 죄수들이 탈옥하는 것을 꿈꾸듯이 난 가출을 꿈꾸었고 죄수들이 탈옥하듯이 난 집에서 탈출했다.

"정말 한 달 동안이나 일할 거야?"

"아니, 일주일만 하면 돈이 조금 될 거야. 그때 그만두자. 여긴 너무 힘들어. 시간제 아르바이트가 낫겠어. 야, 이건 정말 지옥이다. 그리고 방이 이게 뭐니? 음침한 데다 빛이 안 들어오니까 여기서 한 달 있으면 몸이 물러 버릴 거야. 그건 그렇고, 잠이나 자자. 내일 일어나서 청소해야 하잖아."

"훈아? 근데 아까 왜 이름을 틀리게 얘기한 거야?"

"신문에 광고 난 걸 보고 사례비 좀 받아 보겠다고 집에다 신고 전화라도 하면 어쩌니? 영락없이 집에 잡혀 들어가는 거지, 뭐. 그리고 이런 데서는 본명을 안 쓰는 게 좋아."

훈이가 말한 이유 말고도 다른 무엇이 있는 것 같다. 그렇다고
해서 불리할 건 아무것도 없을 테니까 그대로 따르는 게 좋겠다
는 생각을 했다. 아무튼 훈이 옆에 있으면 그렇게 편안할 수가 없
다. 이제껏 훈이만큼 편안하게 해 주는 아이를 만나 보지 못한 것
같다.

잠이 오지 않는다. 훈이는 벌써 잠이 든 것 같다. 녀석은 눕기만
하면 바로 잔다. 몸이 피곤하기는 한데 잠이 오지 않는다. 내일도
다리가 부르트도록 일해야 할 텐데 잠이 안 와서 큰일이다.

갑자기 집 생각이 난다. 차라리 나리에게 편지를 남기고 올 걸
후회가 된다. 나리는 날 얼마나 매정한 오빠라고 생각할까. 편지
한 통 남겨 놓지 않았으니 얼마나 날 원망할까. 나리도 밝게 웃으
며 생활하고 있지만 속마음이야 답답하기 이를 데 없을 것이다. 친
구들은 많지만 어울릴 시간이 없어 오로지 공부만 하고 있을 나리.
나는 그저 밝은 모습만을 보고 나리는 힘들지 않을 거라 생각했었
다. 하지만 지금 생각해 보니 나리는 어쩌면 나보다 훨씬 더 힘들
었을 것이다. 중학교 2학년짜리가 고등학교 1학년인 나만큼 공부
하고 겉으로는 밝은 모습을 잃지 않기 위해 안간힘을 썼을 테니 얼
마나 힘이 들었을까? 남자인 나보다 섬세한 만큼 더 알고 싶고, 놀
고 싶고, 더 돌아다니고 싶었을 것이다. 내가 없으니 나리는 두 배
나 더 힘들 것이다. 부모님이 사랑을 주지 못했다면 나라도 나리를
잘 보살피고 사랑해 줬어야 했다. 하지만 늘 그 반대였다. 나는 나

리에게 무신경한 적이 많은 반면 나리는 언제나 내게 격려와 위로를 보내왔다. 나리에게 미안하다. 왜 이제야 나리가 나보다 얼마나 더 힘들었을까를 생각하는 걸까. 정말 나리가 보고 싶다.

"치현아, 일어나! 10시가 넘었다니까!"

일어나기가 싫다. 눈이 떠지지 않는다. 하품을 크게 내쏟으며 겨우 눈을 떴다.

"어서 일어나라니까."

11시에 문을 열려면 빨리 몸을 움직여야 한다. 세수를 간단하게 한 다음 홀 정리에 들어갔다.

"훈이 넌 걸레를 빨아다가 테이블 위를 닦아. 나는 주방을 정리할게."

주방에 어질러져 있는 컵을 가지런히 정리했다. 컵은 이미 다 닦여 있는 것 같다.

주방 정리를 마치고 바닥을 닦기 위해 바닥 의자를 위로 올려놓았다. 훈이가 아래층을 다 닦을 동안 난 2층에 올라가 다시 의자를 올려놓았다. 벌써 11시가 다 되어 가고 있었다. 몸이 열 개라도 모자랄 만큼 바삐 움직였다. 청소를 다 마쳤을 때는 이미 11시가 조금 넘어 있었다.

청소를 마친 훈이가 힘이 드는지 축 처진 모습으로 의자에 앉아 담배를 피워 물었다. 담배가 무척이나 맛있어 보인다. 누군가 문을 두드린다. 사장님인 줄 알았더니 보라 누나였다.

보라 누나가 제법 마음에 든다는 표정을 짓는다.

"일찍들 일어났나 보구나. 청소도 깨끗이 돼 있는 것 같고. 일단 마음에 들어. 앞으로도 계속 잘해야 한다아!"

누나는 우리가 잠을 자는 내실로 들어갔다. 옷걸이에 걸린 앞치마를 걸치기 위해서인가 보다.

"치현아, 내일부터는 좀 일찍 일어나야겠다. 이거 아침부터 땀을 흘렸더니 기분이 과히 나쁘지는 않은데. 그치?"

훈이가 무척이나 힘들었다는 듯 혀를 쭉 빼고 고개를 좌우로 내젓는다.

그렇게 태만한 자세로 쉬고 있는데 누가 문을 열고 들어왔다. 첫 손님이었다. 훈이가 얼른 뛰어가 주문을 받는다. 이젠 제법 서빙을 하는 자세가 나오는 듯하다.

내실로 들어갔던 보라 누나가 다시 나왔다.

"너희들 주문 잘 받고 카운터에 앉아 있어라. 조금 있으면 사장님 나오실 거야. 난 주방에 들어가 봐야 하거든."

보라 누나가 카운터를 우리에게 맡기고 주방으로 들어갔다. 주방에서 일하는 보라 누나 친구가 조금 늦게 나오나 보다. 아직은 손님이 별로 없다.

점심때까지는 한산한 편이어서 훈이와 나는 음악을 틀어 놓고 카운터 의자에 앉아 제법 여유 있는 시간을 보냈다. 그런데 점심시간이 막 지나면서 갑자기 손님들이 제법 많이 밀어닥쳤다. 식사를 마치고 차를 마시려나 보다. 사장 아주머니는 카운터에 앉아 있지 않고 2층 테이블 하나를 차지하고 앉아 여성지를 뒤적이고 있다.

차라리 우리들에겐 그게 편했다. 눈치를 보지 않아도 되었고 사장 외에는 아무도 잔소리를 할 사람이 없으니까.

자리가 거의 꽉 찰 정도로 손님이 많아졌다. 화장실에 갈 시간이 없을 만큼 바쁘다. 음료 종류만 해도 열 가지가 넘으니 잘못하면 혼동하거나 잊어버리는 경우도 있었다. 그러면 주문한 쪽에서는 빨리 가져오라고 노발대발이다.

저녁 시간이 가까워졌을 때 고등학생인 듯한 여자애 셋이 들어왔다. 미니스커트에 긴 부츠를 신고 화장을 한 여자애들의 모습이 약간 눈에 거슬렸다. 머리에는 노란 물을 들였고 겨울인데도 배꼽이 완전히 드러나는 티셔츠를 입고 있다. 거기다가 앉자마자 연신 담배를 피워 댄다. 근데 어제도 왔던 애들인 것 같다. 이 집이 단골인 모양이다. 정말 상대하고 싶지 않은 애들이다. 저런 모습으로 밖에 나다닐 수 있다는 게 잘 이해가 되지 않는다. 하긴 훈이도 저것에 버금가는 차림새를 하고 있으니까.

그 여자애들에게는 일부러 훈이더러 주문을 받으러 가게 했다. 그런데 방금 손님이 나가 테이블 위의 찻잔을 치우고 있는 나를 훈이가 다시 부르는 것이었다.

"야, 쟤네가 너한테 주문받고 싶대. 너를 불러 달래."

별 우스운 애들 다 보겠다는 생각이 들었지만 할 수 없이 그 자리로 갔다.

"주문하시겠어요?"

"주문은 좀 있다가 하구요. 우린 중3이에요. 그쪽은 몇 살이에

요? 시험이 끝나서 재미있는 일을 좀 찾고 있거든요? 시간 좀 내주
실 수 없어요?"

"그냥 주문이나 하시죠?"

"주문요? 맥주 다섯 병하고 기본 안주로 주세요. 그건 그렇고 고
딩 오빠, 혹시 남는 시간 같은 거 없어요?"

나는 울컥 화가 치밀었지만 무시하고 다른 곳으로 갔다. 내가 몸
을 돌리는 순간 자기들끼리 뭐라고 떠들어 댔다.

"얘들아, 저 오빠 저러니까 더 귀여운데? 그렇지 않니?"

"치이, 열 번만 귀여웠다간 뺨딱지가 남아나지 않겠네. 지가 뭐
라고 무게를 잡고 그래. 난 저렇게 내숭 떠는 애들은 밥맛이야."

나리를 생각해서라도 혼을 내 주고 싶었지만 꾹 참을 수밖에 없
었다. 시험이 끝났다고 저렇게 돌아다녀도 부모들은 가만히 놔두
는 걸까. 정말 세상은 불공평하다. 우리 부모님 같은 경우가 있는
가 하면 저렇게 제멋대로 하도록 놔두는 부모도 있으니.

원종 아저씨 딸도 시험을 봤을 텐데……. 아저씨가 집에는 잘 들
어갔는지 모르겠다.

아저씨 딸이 높은 점수를 받았으면 좋겠다.

"얘! 너 거기서 멍청히 서 있으면 어떡해? 주문 안 받고."

보라 누나가 빽 소리를 질렀다. 손님이 들어온 줄도 모르고 다른
생각에 빠져 있었던 것이다.

11시가 넘자 테이블 곳곳에 빈자리가 보인다.

마지막 테이블이 비자 보라 누나가 우리들을 손짓으로 불렀다.

"정리해. 오늘은 일찍 문 닫자."

12시도 안되었는데 문을 닫는다고 한다. 왜 문을 일찍 닫느냐고 물었더니 내일이 주말이라 바쁠 테니 오늘은 일찍 끝내고 쉬자고 한다.

내일이 토요일인가 보다. 오늘이 금요일인지조차 몰랐다. 오늘이 집 나온 지 며칠째인지 계산해 보던 것도 그만둔 지 오래였다.

사람들이 모두 퇴근하고 나와 훈이만 남게 됐다.

"훈아, 힘들지?"

"처음 하는 네가 더 힘들 거야. 그건 그렇고, 아까 중학생 애들이 뭐라 그러디?"

"걔들 정말 웃기더라. 나보고 남는 시간 있냐고."

"빌어먹을. 어쩐지 하고 다니는 꼴을 보니 그럴 것 같더라. 그런 애들 조심해. 어리다고 얕잡아 보았다간 큰일 나."

"뭘 어쩌는데."

"그런 게 있어. 아무튼 섣불리 상대 안 한 건 잘한 거야."

"오늘은 아예 청소해 놓고 자자. 오늘 아침처럼 그러지 말고."

내일은 일찍 일어날 자신이 없다. 훈이 역시 그런지 내 제안에 찬성했다.

"문 열어! 안에 아무도 없니?"

누가 요란하게 문을 두드린다. 깜짝 놀라 옷을 대충 걸치고 나갔더니 보라 누나였다.

"일찍 오셨네요?"

"너희들 늦게 잤구나. 오늘 사장님 안 오시는 날이니까 다행이지, 사장님 오시는 날이면 어쩔 뻔했어?"

방으로 들어가 훈이를 깨웠다. 좀 더 자야겠다고 이불을 끌어안은 채 몸부림을 치며 뒹굴고 있다. 어제 맥주를 몇 병 마시더니 술이 깨지 않은 모양이다.

"왜 그래? 졸려 죽겠는데."

"야! 11시가 훨씬 넘었어. 사장님 오셨단 말야."

훈이는 사장님이 왔다는 말에 벌떡 일어났다. 그런 다음 시계를 한번 보더니 세수하러 나간다. 보라 누나가 밖에서 앞치마를 달라고 해서 가지고 나와 전해 줬다.

사장은 토요일에는 안 온다고 했다. 정말 다행이다. 만약 우리가 11시가 넘을 때까지 문을 열어 놓지도 않고 자고 있는 것을 알았다면 우린 분명 해고였을 것이다.

2시쯤 되자 카페에 손님이 꽉 찼다. 한참을 테이블 사이를 누비고 다니다 너무 힘이 들어 훈이와 카운터 앞에서 쉬고 있는 중이었다. 훈이가 담배를 한 대 빼어 물고 길게 연기를 내뿜는데 고등학생으로 보이는 낯선 애가 우리를 째려보며 말한다.

"너희 여기서 돈 받고 일하는 거 아냐?"

그 애는 그렇게 말하더니 넓은 테이블을 하나 차지하고 털썩 앉아 버린다.

"쟤 뭐야? 재수 없게."

훈이가 화가 난 목소리로 내뱉는다.

"사장님 아들이야."

보라 누나가 사장 아들이라고 말해 준다. 그리고 조금 있으면 그 애 친구들이 몰려온다고 했다.

"누나, 쟤 몇 살이에요?"

"열일곱인가 그럴걸. 토요일마다 와서는 사사건건 간섭하고 가곤 해. 그렇다고 너희들 쟤 건드리면 안 돼. 성질 더러운 놈이니까."

한 30분이 지났을까. 보라 누나가 말한 것처럼 그의 친구들 다섯 명 정도가 몰려왔다. 더욱 더 꼴불견인 것은 어제 시간 있냐고 물어보던 여중생들이 그 애들과 함께 들어선 것이다. 그 녀석들은 자기가 카페를 전세라도 낸 양 큰 소리로 웃고 떠들어 댔다. 모두들 고등학생이 분명한데 순진해 보이는 애들은 한 사람도 없다. 어떤 녀석은 여중생들과 팔을 엇갈려 끼고 건배를 하다가 입을 맞추기도 한다.

"야! 여기 맥주 스무 병만 가져와."

사장 아들이 훈이와 나를 완전히 반말 조로 부려 먹는다. 훈이가 인상을 잔뜩 찌푸리고 있기에 내가 시키는 대로 맥주 스무 병을 갖다주었다. 그 애들은 눈으로는 차마 볼 수 없는 짓도 서슴지 않았다. 여자애들의 가슴을 마구 더듬기도 하고 어떤 놈은 테이블 밑으로 손을 내리고 있다.

녀석들은 방금 시킨 맥주 스무 병을 금세 한 병도 남기지 않고 다 마셨다. 이제 술기운이 거나해지는 모양이었다. 꼭 술에 취해 난동을 부릴 것만 같았다.

다른 테이블을 치우고 있는데 주인집 아들이 나에게 와 보라고
했다.

그쪽 테이블로 다가가자 시간이 있냐고 물었던 여중생이 나를
보고 윙크를 한다. 나는 못 본 체하고 주인집 아들을 쳐다봤다.

"야, 너 카운터에 가서 30만 원만 가져와."

대뜸 반말을 하는 게 기분이 몹시 상한다. 그 애는 술에 취한 게
분명했다. 불현듯 그런 사소한 심부름까지 해야 하나, 하는 생각이
뇌리를 스치고 지나갔다. 그러나 참기로 했다. 나는 녀석의 말대로
카운터에 앉아 있는 보라 누나에게 가 얘기를 전달했다. 보라 누나
도 한두 번 겪은 일이 아닌지 군말 없이 30만 원을 꺼내 준다.

"사장님도 저런 거 아세요?"

너무 기가 막혀 보라 누나에게 물었다.

"아셔. 과잉보호지. 저 자식을 혼내는 걸 한번도 못 봤어."

8시쯤에 다시 녀석이 왔다. 한참 일을 하고 있는데 함께 아르바
이트하는 대학생 형이 카운터에 가 보라고 한다. 녀석이 나와 훈이
를 보자고 하는 모양이었다. 녀석은 어느새 보라 누나가 앉아 있던
카운터의 자리를 차고 앉아 반말로 우리에게 묻는다.

"너희들 새로 왔지? 몇 살이야?"

"열아홉 살."

"그래? 아까 보니까 일하는 시간에 딴짓을 하고 그러데? 그러면
안 돼. 그리고 너희들 잘리고 싶지 않으면 나한테 잘 보여. 저번에

있던 녀석들은 나한테 잘못 보여서 잘렸거든."

술은 이미 다 깬 것 같지만 아직도 제정신이 아닌 것 같다. 자기가 뭔데 우리를 종업원 부리듯 한단 말인가. 완전히 혼자 잘난 척을 다 하고 있다. 그때 훈이가 녀석의 말을 중단시켰다.

"애, 아가야. 넌 이제 겨우 열일곱 살 아냐? 우리는 열아홉 살이야. 그러니까 자식아, 네 형뻘이야. 어디서 말을 찍찍 깔고 그러냐!"

"아니, 뭐 이딴 새끼가 있어. 재수 없게."

녀석은 그 말을 하기 무섭게 책상 위에 있던 장부 뭉치를 훈이에게 냅다 집어 던진다. 다행히 훈이에게 맞지는 않았다. 그러나 이미 화가 잔뜩 나 있는 훈이가 가만히 있을 리 없다.

"좋아. 내가 오늘 널 죽이지 않으면 병신이다. 이 개새끼, 너 이리 나와."

말이 채 끝나기도 전에 훈이가 녀석에게 주먹을 휘두르며 맹렬하게 달려든다. 녀석이 급히 얼굴을 숙여 피하는 순간 대학생 형과 내가 훈이의 양팔을 잡았다. 훈이는 어깨를 막 뒤흔들며 녀석을 계속 치려고 한다.

"일하기 싫다 이거지. 너, 내일 당장 짐 싸. 넌 당장 해고야."

녀석은 마치 자기가 사장이라도 된다는 듯 말을 내뱉고는 밖으로 나가 버렸다. 훈이에게 맞을까 봐 몹시 두려워하는 기색이 역력했다. 녀석이 나가고도 분을 삭이지 못한 훈이가 녀석을 쫓아 나가려 했지만 보라 누나와 내가 만류하는 바람에 식식거리며 다시 테이블에 눌러 앉았다.

남아 있던 손님들 몇몇이 그 광경이 흥미롭다는 듯이 흘끔흘끔 쳐다본다.

"저런 녀석은 상대하지 않는 게 좋아. 아주 골치 아픈 녀석이니까. 내일이면 패거리를 데리고 와서 널 패려고 할지도 몰라. 쟤 정말 성격 더럽다니까."

대학생 형이 훈이를 말리며 말했다. 훈이는 그때까지도 눈을 희번덕이며 식식거렸다. 만약 형과 보라 누나, 내가 말리지만 않았어도 훈이는 끝까지 그 녀석을 쫓아가 가만두지 않았을 게 분명하다.

보라 누나가 훈이를 방으로 데려다 주라고 했다. 훈이를 방으로 데려가 눕혀 놓고 나는 다시 밖으로 나왔다. 서너 군데의 테이블에만 손님들이 있을 뿐이다. 한두 시간 일을 더하고 사람들은 모두 퇴근했다.

방문을 열어 보니 훈이는 벌써 누워 있기만 할 뿐 아직 자고 있지는 않았다.

"화 많이 났지? 나도 생각 같아서는 녀석을 마음껏 패 주고 싶었어."

"치현아, 지금 당장 여기를 뜨자. 더 이상 못 참겠어. 내일 해고될 게 뻔한데 여기 있으면 뭘 하겠니?"

말이 끝나기 무섭게 훈이는 먼저 방을 나서며 가방을 챙겨 밖으로 나오라고 한다.

"진짜 갈 거야? 좀 참아 보는 게 어떻겠니? 우린 돈이 없어."

"돈? 돈이야 만들면 돼. 걱정 마."

훈이는 자신만만하게 말하더니 카운터가 있는 쪽으로 걸어간다. 카운터에 있는 금고에서 돈을 빼려고 하는 것 같다. 상황이 이렇게 되었으니 말리고 싶지는 않다. 도둑질을 하기는 싫었는데 결국 이렇게 되고 마는구나. 마음이 착잡해 왔다.

그러나 훈이 말처럼 내일 당장 해고될 것이 뻔하다. 주인집 아들 녀석이 가만있지 않을 것이기 때문이다. 그러면 돈이 없어 큰 낭패를 볼 수밖에 없다. 나로서도 훈이를 말릴 수는 없다. 사장 아들이 챙겨 가긴 했어도 아직 돈은 적잖게 있을 거다. 그러나 또 한 가지, 금고 문이 굳게 잠겨 있다는 사실이 걱정이었다.

열쇠는 늘 사장이 갖고 다니는 듯했다.

"열쇠가 없잖아. 그걸 어떻게 열려고?"

그는 걱정할 필요가 전혀 없다는 듯이 씽긋 웃더니 주방으로 갔다. 그러고는 큰 포크와 좀 작은 포크를 가져왔다. 훈이는 그것들을 발로 밟아 납작하게 폈다. 훈이는 납작하게 된 포크를 열쇠 구멍에 넣고 이리저리 돌렸다. 한 5분쯤 지났을까. 금고에다 귀를 대 보기도 하고 포크를 차례로 끼우고 돌려 보는가 싶더니 마침내 문이 철커덕 소리를 내면서 열리는 것이었다. 금고 안에는 만 원권 지폐, 천 원권 지폐가 가지런히 분류되어 있었다. 그러나 돈은 많지 않다. 아까 저녁에 주인 아들놈이 죄다 긁어 간 모양이다. 훈이가 돈을 꺼내 세어 보더니 손가락 세 개를 펼쳐 보인다.

"제기랄, 이거 갖고는 며칠밖에 못 버티겠는걸."

"그런데 너, 어디서 그런 걸 배웠어?"

"엄마 레스토랑. 나 때문에 금고를 몇 번이나 바꿨는지 몰라. 그래도 내 손에 걸리면 뭐든지 열렸어. 차라리 이런 쪽으로 나섰으면 성공했을 것 같다니까. 근데 너 왜 안 말리냐? 이것도 남의 돈 가져가는 거잖아."

"어쩔 수 없잖아. 망나니 같은 자식이 해고시키면 돈 한 푼 못 받고 쫓겨나야 할 것 아냐."

말은 그렇게 했지만 엄연한 도둑질이라 기분이 꺼림칙했다. 훈이가 돈을 대충 반씩 나눠 자신의 지갑에 한 묶음을 넣고 다른 한쪽을 내게 건네준다. 주로 천 원짜리라서 액수에 비해 제법 두툼했다.

"사실 나도 기분이 좋지는 않아. 어쩔 수 없다는 생각일 뿐이야. 우리가 일한 것도 조금 있지만……. 하지만 오늘 그 녀석이 우리를 갈군 얘기를 들으면 사장도 그렇게 열 받진 않을 거야. 열 받아도 할 수 없고."

훈이는 그러면서 담배를 한 대 피워 물었다. 나는 고개를 끄덕여 주는 것으로 훈이의 의견에 동조했다. 우리는 이제 완전한 공범이 된 것이다. 그러나 난 여전히 금고를 턴 게 찜찜했다.

가방을 챙겨 들고 거리로 나왔다. 한겨울로 접어든 날씨가 매우 차가웠다. 새벽이라서 사람들이 별로 눈에 띄지 않았다. 귓불이 떨어질 것만 같은 강추위였다.

"어차피 잘됐어. 애초에 일주일만 하려고 했잖아. 언젠가는 이렇게 나왔어야 할 건데 잘된 거야. 훔치긴 했지만 지갑에 돈이 생

기니 기분 좋은데 그래. 이제 이곳을 뜨는 거야. 한곳에 너무 오래
머물렀어."

"그래, 기분 풀자. 이미 엎질러진 일인걸, 뭐. 근데 이제 어디로
가지? 갈 데 있어?"

"응."

"어딘데?"

"오늘은 일단 여관에 가서 잠을 자고."

택시를 잡아탄 우리는 대전 인근에 있는 유성으로 갔다. 훈이는
그곳이 온천으로 유명하다고 했다.

주로 숙박업소가 밀집한 지역이었다. 우리는 어렵지 않게 방을
하나 잡았다. 기껏해야 몇 시간만 자면 아침을 맞을 것이다.

다음 날 우리는 느지막하게 잠자리에서 일어났다.

"내 친구가 여기 살아. 지금은 학교에 갔을 텐데."

"어떤 친구?"

"전학 간 친구."

"친해?"

"물론. 너 여기서만큼은 내가 무슨 짓을 하든 아무 말도 하지 마.
아니, 놀랄 것까진 없을 거야."

녀석의 말이 심상치 않아 보였다. 미리 다짐받듯 하는 걸 보니
이상한 짓을 하려나 보다. 왠지 불안했지만 무슨 일이 있을까 싶어
다시 캐묻지는 않았다.

여관을 나온 우리는 훈이 친구와 만나기로 한 노래방으로 갔다.

노래방은 훈이 친구 삼촌이 운영하는 곳이라고 했다.

"야, 김훈!"

"강성현! 정말 오랜만이다."

"또 나왔냐?"

"응. 넌 많이 변했는데?"

"얜 누구야?"

그가 나를 턱짓으로 가리키며 누구냐고 묻는다.

"야, 너희 서로 인사해."

"난 강성현이야."

"나는 채치현."

키는 별로 크지 않고 약간 말라 보이는 체격인데 불량기가 가득한 음산한 눈빛이다.

"너희 마침 잘 왔다, 야. 아르바이트생 구할 동안 우리 노래방에서 일해라."

그는 말을 마치고는 우리를 맨 끝에 있는 방으로 데려간다. 우리를 앉혀 놓고 그가 다시 방을 나가더니 캔 맥주를 가지고 돌아왔다.

"이번엔 왜 나온 거야?"

"씨발, 정신병원에 갔었어. 엄마 아빠가 강제로 집어넣었지. 그 얘긴 나중에 하고, 일단 마시자."

"그러니까 자식아. 자해 좀 그만하라고 했잖아."

"몇 번 안 했다니까?"

"근데 너희는 같은 학교 학생이야?"

"아니. 집 나와서 만났어."

"얘는 범생처럼 보이는데."

"범생은 가출하지 말라는 법 있냐? 그건 그렇고, 너 안 나갈래?"

"그래, 나가서 신나게 놀아 보자."

"치현아, 가자."

"너희들이나 다녀와. 몸이 불편해서."

"그래? 그럼, 넌 여기서 좀 쉬어라."

그러더니 둘은 밖으로 사라졌다. 왠지 강성현이라는 아이의 느낌이 별로 안 좋다. 성현이를 본 훈이의 말투가 금세 거칠어졌다.

"오빠, 문 열어. 빨리."

방에 누워서 쉬고 있는데 누군가 문을 두드린다. 두드리든 말든 신경 쓰지 말고 내버려 두어야겠다.

"빨리, 문 안 열고 뭐 해, 오빠!"

분명 여자애들 목소리다. 성현이를 찾아온 것 같다. 문을 마구 쳐 대는 통에 어쩔 수 없이 밖으로 나가 문을 열었다. 고등학생 정도 돼 보이는 여자애 두 명이다.

"성현이 없는데요."

"어디 갔어요, 성현 오빠?"

"모르겠어요. 좀 전에 나갔는데요."

말을 채 끝내기도 전에 여자애들이 내가 방금 전에 있던 그 방으

로 성큼 들어간다. 껌을 소리 나게 씹으며 다리를 건들대는 폼이
보기에 안 좋다.

"좀 잘 테니까 성현 오빠 오면 말해 줘요. 우리는 여기서 아르바
이트하는 애들이니까 눈 동그랗게 뜰 필요 없어요."

그 말을 하고는 그중 한 애가 문을 '꽝' 소리가 날 만큼 세게 닫
아 버린다. 나는 졸지에 쫓겨난 신세가 돼 버렸다. 처음 보는 애들
이지만 하는 짓이 영 재수 없다.

아르바이트생이라니. 저런 여자애들이 할 만한 게 아무것도 없
어 보이는데 이상한 일이다. 아까, 분명 성현이는 우리보고 아르바
이트를 하라고 그랬는데.

소파에 앉았다. 실내가 햇빛이 들어올 틈이 없이 완전히 밀폐돼
있어 어두컴컴하다. 불을 켜자 천장에 달린 사이키 조명이 함께 반
짝거리며 돈다. 기분이 스산해져 다시 불을 껐다. 소파에 기댄 채
눈을 붙이고 있는데 훈이와 성현이가 들어온다.

"어, 문이 열려 있네?"

"누가 왔어."

"누가?"

성현이가 궁금한지 방이 있는 쪽으로 간다. 훈이 어깨를 툭 치며
물었다.

"너, 나가서 뭐 했어?"

"그냥, 여기저기 돌아다녔어. 넌 뭐 했어?"

"아무것도."

성현이와 여자애 둘이 밖으로 나왔다. 여자애들은 옷을 갈아입은 모습이다. 허벅지가 훤히 드러나는 미니스커트에 가슴과 등 부분이 깊게 파인 파란색 원피스다. 거기다가 무스로 떡칠을 한 머리가 금방이라도 하늘로 날아갈 듯 삐죽삐죽 서 있다. 뒤집어진 입술에 루주를 진하게 발라 보기 흉할 만큼 투박해 보이는 데다 몸을 움직일 때마다 향수 냄새가 풀썩풀썩 코를 자극한다.

"너희, 인사해. 얘는 내 친구 김훈이고 여기는 채치현. 맞지? 그리고 얘네는 이은진, 김혜린이야. 너희 중3이지?"

"에이, 오빠? 꼭 그걸 밝혀야 돼!"

"안녕."

훈이가 먼저 그 애들에게 인사를 한다. 여자애들도 고개를 까딱한다. 여전히 다리를 건들건들 흔들어 대고 있다.

"오늘부터 훈이와 치현이가 같이 일할 거야. 얘네들은 예전부터 여기서 아르바이트를 했어."

"성현아, 우린 어떤 일을 하면 돼?"

훈이가 묻는다.

"카운터 보다가 손님들 나가면 청소하고, 술이나 음료수 같은 거 갖다주고."

"여기 술도 파냐?"

"그럼, 몰래."

"저 여자애들은 뭘 하는데?"

"노래 부를 때 분위기 띄워 주는 애들이야."

분위기를 띄우다니? 도대체 뭔 말인지 모르겠다.

노래방을 찾는 사람들 중에는 학생들이 제법 많았다.

카운터를 지키는 일은 생각보다 쉽지 않았다. 손님들이 연신 불러 음료수를 갖다 달라, 맥주를 갖다 달라 볶아 댔다. 훈이도 별로 흥이 나지 않는지 아까부터 계속 시계만 들여다본다.

벌써 11시를 넘어서고 있다. 40대쯤 돼 보이는 아저씨 두 명이 들어온다. 성현이가 직접 그들을 다른 방보다 큰 곳으로 안내한다. 곧 은진이와 혜린이가 양주와 풍성한 안주가 담긴 접시를 들고 그 뒤를 따른다. 이미 술이 꽤 취한 아저씨들이다. 단골인 듯했다. 그런데 은진이와 혜린이가 한참을 기다려도 나오지 않는다. 그 방은 완전 밀폐가 된 방이라 아무런 소리도 흘러나오지 않고 있다. 무슨 일일까. 이상하다.

일을 끝내고 훈이가 먼저 방으로 들어왔다. 좀 있다가 은진과 혜린이 술을 마셨는지 발그레한 얼굴로 방으로 왔다.

"더러워서. 쩨쩨하게 3만 원이 뭐야. 혜린아, 넌 얼마니?"

"이하동문. 이럴 줄 알았으면 못 만지게 하는 건데, 에이 재수 없어."

성현이가 맥주를 들고 와 같이 마시자고 했지만 싫다고 거절했다. 기분이 우울하다. 방구석에 자리를 깔고 누웠다. 그 후로도 한참 동안이나 그들은 술을 마시며 시시덕거렸다. 훈이 자식이 얄밉다. 이런 델 왜 오자고 했을까. 나쁜 자식.

난 그 아이들이 보기 싫어 바깥으로 나왔다.

눈이 와 있었다. 나리와 함께 눈사람을 만든 기억이 난다. 어린 내 키보다 더 큰 눈사람을 만드느라 손을 빨갛게 물들이면서도 그렇게 재미있을 수가 없었다. 눈사람이 추울 거라며 나리는 옷까지 벗어 주자고 했다. 나리와 함께 만들었던 그때 그 눈사람이 그립다.

눈 쌓인 길을 걸었다. 조금 걷다 보니 어린이 놀이터가 나왔다. 아이들이 눈사람을 만들어 놓고 장난을 치고 있다. 미끄럼틀 꼭대기로 올라갔다. 아이들은 표적이라도 되는 양 나에게 눈을 뭉쳐 던져 댔다. 나는 그걸 피하지 않고 그대로 맞았다. 왠지 까닭 모를 눈물이 솟았다.

하릴없이 거기를 쏘다녔다. 여긴 너무 답답하다. 가방이나 찾아 혼자 어디론가 떠날 생각을 하며 돌아오는데 훈이가 노래방 앞에 나와 담배를 피우고 있다. 나를 기다린 모양이다.

"너, 이 자식 어디 갔다 오는 거야?"

나는 들은 척도 하지 않고 안으로 들어가 곧장 방으로 가서 가방을 챙겨 들었다. 성현이는 은진이와 혜린이를 데려다 주러 나갔다고 했다.

"너 여기 있기 싫으냐?"

나는 아무 대꾸도 하지 않았다.

"그래, 지금은 성현이가 없으니까 나중에 연락하기로 하고 우리 우선 여길 뜨자. 성현이 오면 잡히니까 지금 가는 게 좋겠어. 치현아, 동해 바다 어때?"

바다라면 마다하고 싶지 않다. 큰길로 나온 우리는 택시를 잡아

타고 시외버스 터미널로 갔다. 동해 바다로 가기 위해서였다. 하지만 새벽 1시에 버스가 있을 리 없다. 그래서 PC방에 가서 시간을 때우자고 했다. 훈이가 이끄는 대로 따라갔다. 터미널 광장을 벗어나 얼마 안 가자 PC방 간판이 보였다. 허름한 건물 지하였다. 좁은 계단을 내려가면서 보니 여기저기 술을 마시고 토한 흔적이 있고 어디에 고장 난 화장실이 있는지 이상한 냄새가 물씬 풍겨 왔다.

PC방 안에 담배 연기가 자욱했다. 컴퓨터를 사용하는 사람들보다 의자에 앉아 쉬고 있는 사람들이 더 많았다. 잠시 추위를 피해 들어온 사람들로 보였다. 의자에 등을 붙이고 잠을 청하는 사람과 게임을 하는 사람 반반이었다.

벽 쪽에 설치된 스팀이 있어 춥지는 않다.

훈이는 애초에 게임에는 관심도 없다는 듯이 의자에 앉아 등받이에 몸을 기댔다. 우리 옆쪽에 앉은 애들은 연신 담배를 피워 대며 자기네들끼리 큰 소리로 떠들어 댄다. 모두들 인상이 별로 안 좋은 애들이다. 우리 또래의 고교생 같기도 하고 어떻게 보면 학교를 잘려 건달 노릇을 하고 있는 애들 같기도 하다.

녀석들 중 검은색 모자를 눌러 쓴 놈이 우리가 들어선 다음부터 계속 기분 나쁘게 흘끔흘끔 쳐다보고 있다. 어디서 굴러먹던 놈들이냐는 식이다. 이젠 아예 노골적으로 눈싸움이라도 하겠다는 듯 훈이를 자꾸 째려본다.

30분쯤의 시간이 흘렀을까.

"야, 귀고리! 너 눈 못 내리깔래?"

끝내 모자를 쓴 녀석이 시비를 건다. 다행히 훈이가 발끈하지는 않는다. 그러나 눈에서는 여전히 힘을 풀지 않고 있다.

"귀고리, 꼽냐?"

"꼬울 건 없지만 왜 그러는데?"

드디어 훈이의 눈이 희번덕이며 위로 째진다. 참으라는 뜻으로 내가 훈이의 팔을 잡아당겼다. 그러나 이미 녀석들이 하나둘 의자에서 일어선다. 그러더니 훈이와 내가 앉아 있는 데로 다가온다. 모두 세 명이다. 그들 중에서 모자를 쓰고 있는 애는 눈빛이 진한 붉은색이다. 술을 한잔 한 것 같다.

모자를 쓴 애가 씹어뱉듯 말한다.

"너희들 처음 보는 애들인데 어디서 왔냐?"

"어디서 왔든."

"수상하단 말야. 이 새벽에 집을 나온 꼬락서니들 하며."

"니들이 상관할 건 아니잖아."

"뭐라고, 니들?"

"그럼 내가 귀고리냐?"

모자와 훈이가 눈싸움을 벌인다. 뒤에 서 있던 녀석들이 가소롭다는 뜻인지 피식피식 웃는다.

"아아, 씨발 정말. 좀 내버려 둬. 피곤하게 굴지 말고."

훈이가 정말 피곤하다는 듯이 고개를 내저으며 성깔을 부린다.

"이 새끼, 말하는 것 좀 보게."

말이 끝나는 동시에 '짝' 소리와 함께 모자를 쓴 녀석의 손이 훈이의 뺨을 갈긴다. 나도 가만히 앉아 있을 수 없다. 훈이가 일어서며 모자를 쓴 녀석의 턱을 올려친다. 빗나갔다. 뒤에 있는 녀석들이 우르르 가세해서 훈이를 마구 걷어찬다. 훈이가 이리저리 피했지만 한 대 걷어차이고 맨바닥으로 쓰러졌다.

장내는 금세 아수라장이다. 마음이 급했지만 어떻게 할 바를 모르고 있는데 문 옆에 있는 대걸레 자루가 눈에 띈다. 그걸 집어 들고 걸레 부분을 뜯어낸 다음 녀석들에게 돌진했다. 나에겐 별로 신경을 쓰지 않고 있던 녀석들이 내가 대걸레 자루를 마구 휘두르자 당황하는 눈치다. 사정없이 휘두르는 걸레 자루에 등허리 쪽을 맞고 모자 쓴 녀석이 바닥에 뒹군다. 다른 녀석들은 뒷걸음질을 치며 피했지만 허리와 어깨 부분을 한 차례씩 얻어맞고 PC방 구석 쪽으로 달아난다. 녀석들 중 한 명이 잭나이프를 꺼내 든다. 그러고는 나에게 천천히 다가온다. 대걸레 자루를 죽도처럼 앞으로 내세우고 녀석의 머리를 공격하는 척하면서 옆구리를 베듯이 후려쳤다. 옆구리를 스쳐 맞은 녀석이 주춤하는 사이 손목을 가격하자 잭나이프가 바닥에 떨어진다. 아픈지 녀석이 손목을 움켜쥐고 인상을 잔뜩 찌푸리고 있다.

어느 결에 훈이도 일어나 있다. 다른 녀석들은 내 눈치를 살피면서 몸 둘 바를 모르고 있다. 칼을 떨어뜨린 녀석이 허리를 굽혀 집으려는 걸 훈이가 달려가며 공을 차듯이 정강이를 차 버리자 녀석이 다시 바닥에 쓰러져 버린다.

우리가 싸움을 벌이고 있는 동안 주인아저씨는 경찰에 전화도 하지 않고 흥미롭다는 듯이 그저 지켜보고 있다. 자주 이런 일이 벌어지는 모양이다.

그사이 난 가방을 집어 들었다. 훈이가 그런 나를 놀란 눈으로 쳐다보고 있다. 나는 눈짓으로 훈이에게 문 쪽으로 가라고 했다. 대걸레 자루로 위협을 하며 빙글빙글 돌아 출입구 쪽을 향해 등을 대고 섰다. 훈이도 출입구 바로 앞에까지 가 섰다. 나는 여전히 대걸레 자루로 위협을 가하며 외쳤다.

"훈아, 튀자!"

훈이가 먼저 계단을 향해 뛰었다. 나도 대걸레 자루를 든 채 뒤따라 뛰었다. 뒤에서 녀석들의 외침 소리가 들린다.

"거기 안 서, 새끼들아!"

계단을 올라온 훈이가 터미널 광장 쪽으로 달리고 있다. 나도 훈이의 뒤를 맹렬하게 따랐다. 녀석들은 더 이상 따라오지 않는 것 같다.

터미널 주변이어서인지 여관이 여러 개 있다. 그중 한 여관으로 들어섰다. 다행히도 남은 방이 있었다. 나는 그제야 들고 있는 대걸레 자루를 버렸다. 훈이가 배가 고프다며 여관 옆에 있는 편의점에서 컵라면과 삶은 계란을 몇 개 사 가지고 왔다. 컵라면은 이미 뜨거운 물이 담겨 있어 먹기만 하면 되었다. 라면을 국물까지 비운 훈이는 담배 한 대를 피워 물며 피곤한지 머리를 벽에 기댔다. 얼굴이 붉게 물들어 있다.

"치현아, 너 아주 쌈꾼이더라?"

"쌈꾼은…… 검도를 초등학교 때부터 배웠으니까. 피곤할 텐데 좀 자. 내가 깨어 있을게. 나는 잠이 안 와."

"그래. 그럼 5시에 꼭 깨워야 한다."

훈이는 그렇게 말하더니 옆으로 비스듬히 쓰러져 잠이 들었다. 잠 하나만큼은 어느 곳에서나 잘 자는 그가 부럽다.

몸은 피곤했지만 잠이 쏟아지지는 않았다. 혼자 깨어 앉아 있자니 불안감이 물밀듯이 밀어닥친다. 이러다간 정말 소년원이나 기웃거리는 꼬락서니로 전락할지도 모른다. 그렇다고 집에 들어갈 수는 없다. 물론 무릎을 꿇고 용서를 비는 게 싫어서만은 아니다. 용서를 빌 때 빌더라도 어머니에게 내 뜻만큼은 분명히 전달해야 한다. 예전처럼 그렇게 공부에 얽매여 살 수는 없다.

어머니는 무조건 공부를 잘해야 된다고 밀어붙인다. 하지만 그렇게 공부를 하기 위해서는 신체 구조를 인간이 아닌 기계로 바꿔야 한다. 사실 난 기계나 다름없었다. 하루 종일 생각 없이 어머니가 시키는 공부만 하는 기계였다. 일단 연료만 집어넣으면 잘 돌아가는 기계였다. 기계는 시간이 지나면 녹이 슨다. 나는 이미 녹이 슬기 시작했는지도 모른다. 내 공부를 하는데 주변에서 지나치게 다그친다는 건 옳지 않다. 어머니를 설득하자면 시간이 좀 더 필요할 것 같다. 하지만 내가 살아 있다는 것만큼은 알려 줘야 할 것 같은데……. 좋은 방법이 떠오르지 않는다. 이번처럼 돈이 떨어지면 그것도 문제다. 또다시 도둑질 같은 걸 할 수는 없다. 그러니 차라리 죽어 버리는 편이 낫다.

6. 슬픔의 고개 너머

터미널 광장은 바람이 더욱 세차다. 몸이 공중으로 솟아오를 것
만 같다. 너무나 추워 이빨 부딪치는 소리가 들릴 정도다. 훈이도
추운지 외투 깃을 최대한 끌어올린다.

"여기서 빨리 벗어나는 게 좋아. 아까 그놈들이 있나 잘 살펴야
해. 여차하면 튀어야 하니까. 알았지?"

훈이 녀석은 무슨 첩보원이라도 된 듯이 눈을 번들거리며 내게
주의를 준다.

"알았어. 야, 버스가 저기 있다. 빨리 올라타자."

우리는 후다닥 뛰어가 버스에 올랐다. 버스 역시 금방 히터를 틀
었는지 온기가 별로 없다. 그나마 바람이라도 막아 주니 추위는 훨
씬 덜했다.

"훈이 너 동해에 가고 싶었니?"

"그냥, 바다가 보고 싶어. 탁 트인 넓은 바다가."

"너도 바다를 좋아하는구나. 집 나온 애들은 왜 그렇게 바다를 보고 싶어 하는 걸까?"

"바다에 갔었니?"

"여기 오기 전 서해에 갔었어. 정말 좋았어."

"여름방학 때 반 아이들이 동해 해수욕장에 다녀왔다고 하면 그렇게 부러울 수가 없었어. 엄마 아빠를 졸랐지. 바쁘다고 안 데려다 주셨어. 겨우 1년 전에야 엄마 돈을 훔쳐 가 봤지."

"바다에 나가 소리라도 크게 지르면 답답함이 가시겠지?"

"그렇겠지."

이제 슬슬 졸리다. 어젯밤엔 한숨도 자지 못했다. 눈이 막 감긴다. 동해까지는 다섯 시간이 넘게 걸린단다.

"치현아, 치현아. 일어나 봐."

얼마를 잤을까 훈이가 날 깨운다.

"저 눈 좀 봐라. 정말 굉장한걸."

훈이 말대로 바깥에선 정말 주먹만 한 눈발이 퍼붓고 있었다. 차는 어느새 산간 지방에 들어서 있다. 세상이 온통 하얗게 뒤덮였다. 버스가 거북이걸음을 하고 있다. 정말 이렇게 많이 쏟아붓는 눈은 처음 본다. 하늘이 내리는 눈 때문에 내려앉아 버린 것 같다.

"야, 이러다가 버스가 못 가는 거 아냐? 길이 미끄러우니까 차가 영 움직이질 못하잖아."

"아니야. 아까 네가 잘 때 오르막길은 모두 통과했어. 이제부터는 얼마 남지 않았대. 아까 너 잘 때 운전사 아저씨가 그러는데 이 정도는 눈이 온 것도 아니래."

"저렇게 많이 왔는데?"

"여긴 보통이 1미터라는데."

버스는 어느새 고개를 내려서고 있었다. 거북이걸음으로 살살 내려가고 있다.

고개를 다 내려와서 얼마를 더 가자 드디어 멀리에 드넓은 바다가 보였다. 서해와는 다른 느낌의 짙푸른 빛깔의 바다다. 바다를 보고 있는 훈이의 모습이 꼭 첫눈을 맞는 어린아이 같다.

드디어 터미널에 버스가 도착했다. 눈은 여전히 오고 있지만 고개에서보다는 훨씬 적은 양이다. 터미널에서는 바다가 보이지 않는다.

"으음, 이 바다 냄새!"

훈이를 보니 꼭 내가 서해에 처음 도착했을 때 기뻐하던 모습 같다. 훈이는 우선 바다로 나가자고 했다. 급한 모양이다.

광장으로 걸어 나와 택시를 탔다.

"제일 푸르고 깊은 바다로 가 주세요."

훈이가 운전사 아저씨에게 말했다. 훈이와는 반대로 아저씨는 뭔가 뚱한 표정이다. 하긴 아저씨는 훈이 같은 외지인을 매일 대해야 할 것이다. 그러니 턱없이 감동을 하는 모습에 짜증이 앞설지도 모른다.

아저씨가 내려 준 곳은 모래사장이 있는 해수욕장이다. 의외로 사람들이 많다. 고무공으로 축구를 하는 아이도 있다. 훈이가 신을 벗어 양손에 쥐고 백사장을 마구 뛰어갔다. 나는 그보다는 조금 느리게 달렸다. 바닷가에 다다른 훈이가 파도가 쳐 옷을 적시는 것에도 아랑곳없이 즐거워한다.

"그렇게 좋아?"

"응. 좋아."

훈이의 모습이 천진난만하다. 아무것도 모르는 세 살배기의 웃음이다. 훈이가 바닷물을 손바닥에 담아 내게 뿌린다. 그러고는 소리를 마구 내지른다.

"바다야! 정말 좋구나!"

그 소리는 얼마 못 가 파도가 철썩이는 소리에 잠겨 버린다.

훈이가 돌을 들어 바다를 향해 내던진다. 하얗게 부서지는 파도가 훈이의 얼굴에까지 튀어 오른다. 이제 훈이의 옷은 흠뻑 젖다시피 했다. 그런 훈이를 보고 있는 게 즐겁다. 그러나 또다시 걱정이 몰려온다. 훔친 돈으로 우리가 즐기고 있는 것은 아닌지.

"만약 우리가 카페 주인에게 잡혔으면 어떻게 되었을까?"

"경찰서에 갔겠지. 그렇지만 그깟 돈 30만 원에 뭐 소년원까지야 들어가겠니. 그런 생각은 차라리 빨리 잊는 게 좋아. 치현아, 우리 점심이나 먹으러 가자. 이미 지나 버린 일이야."

어제는 별로였는데 나는 이상하게 찜찜하다. 다음에 기회가 생기면 꼭 돌려줘야겠다. 아니, 꼭 갚겠다. 그래야 마음이 편할 것 같다.

식당이라고는 횟집밖에 없다. 훈이가 회를 먹자고 했다. 여러 개의 횟집 중에 훈이는 사람이 제일 많은 큰 곳으로 가자고 했다. 사람이 많은 곳에서 먹어야 맛도 나고 바가지도 안 쓴다는 거였다.

광어회를 시켰다. 회보다는 나중에 나오는 매운탕이 맛있다. 오래간만에 매운탕 국물에 밥을 말아 맛있게 식사를 했다.

이제 잘 곳을 구해야 할 것 같다.

"여관보다 민박집이 더 나을 거야. 돈도 아껴야지. 식사를 해결해 주는 데가 있으면 좋겠는데."

해변을 조금 벗어나자 눈에 띄는 민박집이 많다. 그중에 〈하나민박〉이란 곳이 마음에 든다. 훈이보고 그곳으로 가자고 했다. 훈이는 바닷가로 나가기가 더 수월한 곳으로 가자고 했다. 그렇지만 내가 끝까지 우겨 그냥 〈하나민박〉이 좋을 것 같다고 했다. 결국 내 고집이 이겼다.

"치현아, 근데 우리처럼 '미' 자여서는 곤란하거든."

"'미' 자가 뭔데?"

"미성년자."

"그럼 거짓말을 하게?"

"난 미대생 할 테니까 넌?"

"꼭 그래야만 하니?"

"어차피 대학생도 '미' 자이긴 하지만 그래도 그건 괜찮아. 원래 '미' 자에게 방을 주면 주인이 걸려."

"그럼, 난 의대생이라고 할게."

훈이는 미술을 좋아하나 보다. 그런데 내가 왜 의대생이라고 했는지 모르겠다. 그렇게 싫어하는 의대생이라니. 내 머릿속에는 의예과밖에 들어 있지 않나 보다.

〈하나민박〉으로 들어갔다.

"형들, 방을 쓰시게요?"

중학생 정도 되어 보이는 한 남학생이 나왔다. 주인집 아들인가 보다.

"응. 그런데 너밖에 없니?"

"아니요. 엄마? 민박하러 왔는데요!"

중학생이 부르고 얼마 안 있어 온화한 표정의 아주머니가 문을 열고 나온다.

집은 무척 깨끗하다. 잔디가 깔린 조그만 정원이 있는 2층집이다.

"이리로 오세요. 숙박하게요?"

"네."

"며칠 동안 있으려고요?"

"닷새 정도 있을 건데요."

"대학생인가 보죠?"

"아뇨. 고3인데, 이번에 수시로 대학 붙고 놀러 왔어요."

별 의심 없이 그대로 믿는 눈치다. 그렇지만 거짓말을 밥 먹듯이 해야 하는 나로서는 그다지 기분 좋은 일이 아니다.

"아주머니, 식사도 해결할 수 없을까요? 돈은 더 드릴 테니까."

"물론 식사도 돼요. 이 추운 날 어디서 밥을 먹겠어요. 그건 걱정 말아요. 가만있자, 저쪽 전망 좋은 방을 드릴게요. 우진아, 2층 방으로 형들 안내해 줘라. 그 방에서는 바다가 잘 보이니까. 그럼, 가서 쉬세요."

아주머니 말대로 창문을 통해 바다를 바라볼 수 있는 방이었다. 방은 둘이 쓰기에 클 만큼 넓었다. 이제까지 집을 나와 자던 곳 중에서 가장 넓은 방이다.

훈이도 맘에 들어 하는 표정이다.

"괜찮지? 아주머니도 좋으신 분 같고 말이야. 치현이 네 말 듣길 잘했다."

훈이는 바닷물에 젖어 축축한 옷을 바닥에 벗어 던지고 피곤하다며 누웠다. 볼수록 좋아지는 녀석이다. 꽁하는 법이 없이 활달하고 마음씨도 그 정도면 착하고 얼굴도 예쁘장하게 잘생겼고, 생각보다 심성이 착한 녀석인데……. 훈이의 부모님이 조금은 원망스럽다. 이런 착한 아이가 왜 집을 나와야만 했는지. 훈이 부모님이 사랑과 관심을 조금만 보여 주었다면 세일이처럼 건실하게 자랐을지도 모른다. 아니면 병수처럼 마음을 고쳐먹고 효도를 하는 아이가 되었을지도.

훈이의 자는 모습이 너무나 아름답다. 훈이의 마음을 되돌리고 싶다. 병수처럼 내 말을 잘 듣는다면 반드시 되돌려 놓고 싶다. 그런 계기가 있었으면 좋겠다. 아니, 훈이는 스스로 돌아갈 것이다. 훈이는 다른 아이들과 다르다. 특히 나와는 너무나 다르다. 반드시 스스로를 제자리에 옮겨 놓을 것이다.

　나도 이제 졸음이 온다. 버스에서 다섯 시간을 잤지만 몸이 많이 피곤하다. 카페에서의 일이 다시 무겁게 내 마음을 짓눌러 온다. 도둑질이나 하려면 차라리 어머니에게 잘못했다고 용서를 빌고 들어가는 게 나을 것 같다. 훈이를 말리기는커녕 박수를 보낸 것이 끝내 후회될 뿐이다. 바늘 도둑이 소 도둑 된다는 속담도 있지 않은가.

　아버지 생각이 난다. 아버지는 내가 어릴 때 이솝우화를 사 주셨다. 그때만 해도 아버지는 나와 나리의 교육에 관심이 많은 편이었다. 이솝우화에도 바늘 도둑이 소 도둑 되는 이야기가 나온다. 작은 것을 훔치는 아들을 나무라지 않은 부모는 결국 아들이 큰 도둑이 돼 마침내 형장의 이슬로 사라지는 대목에 이르러서야 탄식을 한다. 한편 목을 매달기 전 아들도 어머니에게 원망을 쏟아붓는다. 어릴 때 자신이 작은 것을 훔쳐 왔을 때 왜 나무라지 않았냐는 것이었다.

　이솝우화를 생각하니 더욱 우울해진다.

　훈이 옆에 누웠다. 비로소 잠이 오는 것 같다.

　"형! 일어나요. 저녁 식사 다 되었어요."

　우진이라는 중학생 남자애가 우릴 깨운다. 벌써 저녁때인가 보다. 그 남자애는 식사하란 소리만을 하고 사라졌다.

　"훈아! 일어나! 저녁 먹어야지."

　다행히도 훈이는 몸을 뒤척이지 않고 쉽게 일어난다. '밥' 이야기만 나오면 잘 일어나는 것 같다.

훈이는 지갑을 챙겨 나온다. 숙식비를 내려나 보다.

"얼마 정도일까?"

"글쎄. 이런 덴 처음이라서. 여관보다는 비싸겠지?"

거실로 나왔다. 아주머니가 거실에 앉아 있다.

"저쪽 주방에 가서 어서 식사해요."

"아주머니 숙식비 계산을 해야죠."

"아, 그래요. 나도 자식을 키우는 사람이니 조금만 받을게요. 아직 비성수기이기도 하고. 학생들이 무슨 돈이 있겠어요."

아주머니는 여관에서 묵는 것과 같은 가격을 부른다. 정말 싼 편이다. 우리는 닷새치의 돈을 아주머니에게 건넨다. 그런 다음 주방으로 왔다. 우진이가 먼저 와 앉아 있다. 우리 셋밖에 없다.

"아주머니께서는 안 드셔?"

"누나 오면 같이 드신대요."

"누나가 학교에서 늦나 보지?"

"예? 아, 예."

이 집 딸은 학교에서 늦게 끝나는가 보다. 열심히 공부하는 학생인가 보다.

훈이는 배가 고팠는지 쩝쩝 소리를 내며 열심히 먹고 있다. 우진이는 남자답지 않게 얌전하게 밥을 먹는 편이다. 우리 집 식사 시간처럼 침묵이 흘렀다. 그래도 우리 집보다는 나은 것 같다. 지금은 그런 억압의 분위기보다는 훈이가 배가 고팠기 때문에 말을 하고 있을 틈이 없는 것이다.

식사를 마치고 물을 마시는데 웬 여학생이 거실로 들어서는 모습이 보인다. 우진이가 말했던 누나인가 보다.

"에이, 씨발. 담탱이가 또 뭐라잖아. 지가 뭔데 상관이야? 내가 지한테 뭐 피해 준 거 있어? 완전 재수 없으려니까."

"하나야! 여자애가 무슨 말버릇이 그러냐! 남들이 욕해, 들으면."

"열 받게 하잖아. 내 머리가 긴 게 지랑 무슨 상관이야."

아주머니가 험한 말을 하는 딸을 더는 못 보겠다는 듯이 거실 문을 열고 밖으로 나간다. 〈하나민박〉이라는 이름은 이 여자애 이름을 따서 붙인 것인가 보다.

"누나, 밥 먹어."

"알았어. 오늘은 정말 재수 없어."

여자애는 아주머니나 우진이와는 완전히 다른 모습이다. 그 여자애는 곧 방으로 사라졌다. 옷을 갈아입으려나 보다. 주방 안쪽에 있는 우리를 미처 못 본 것 같다.

방으로 들어가려고 주방을 나서는데 그 여자애가 들어왔다.

"어! 민박하러 왔나 보네. 너희들 민박하러 왔어?"

"예."

그 여자애는 당당하게 반말을 하는데 훈이는 우리 또래로밖에 안 보이는 그 여자애에게 이상스레 존댓말을 쓴다. 그 여자애가 무서운 것일까. 주방에서 나오면서도 훈이는 그 여자애한테 꾸벅 인사를 하고 나온다. 나는 그 모습에 하마터면 웃음을 터트릴 뻔했다. 한번도 본 적이 없는 녀석의 기죽은 모습이었기 때문이다. 마치 깡패를 만나 겁에 질린 아이의 모습 같다.

여자애의 옷차림은 훈이 뻗칠 정도다. 귀고리를 몇 개씩이나 하고 있고, 교복 치마는 허벅지가 훤히 보일 정도로 짧고, 화장까지 한 상태다.

우리는 때마침 밖으로 나갔던 아주머니가 들어오기에 인사를 하고 방으로 들어왔다. 훈이는 방에 들어오는 순간까지도 기가 죽어 있는 모습이다. 왜일까. 너무나 웃긴다.

"왜 웃어, 인마? 저런 애들이 진짜 무서운 애들이란 말이야. 교복 줄인 거 봐라. 말투도 괄괄하잖아. 저런 애들이 대부분 일진이란 말이야. 넌 14세기에 살아서 몰라. 여자 일진이 얼마나 무서운지 아니? 병 조각을 씹어 뱉는단 말이야."

"너도 무서운 게 다 있었냐?"

"인마, 장난이 아니라니까!"

훈이는 그러면서도 여전히 넋 나간 얼굴이다.

"똑똑."

그러는데 누군가 문을 두드렸다. 우진이가 과일이 담긴 접시를 들고 서 있다.

"형, 과일 드세요."

"우진아. 난 김훈이야. 얘는 채치현이고."

"전 이제 중3이에요. 형들은요?"

"우린 내년에 대학생 돼. 이번에 수시 붙고 놀러 온 거야. 훈이는 홍익대 서양화과고 나는 연세대 의예과."

그 과들의 수시 전형이 있는지 없는지 모르겠다. 아니, 아직 수시를 안 뽑았을 수도 있다. 하지만 이미 엎질러진 물이다. 재수가 좋으면 다행히 맞을 것이고 그렇지 않다면 의심받을 것이다.

"시험 끝나 속이 후련하겠네요? 야, 정말 좋겠다."

그렇게 말하며 제 일처럼 활짝 웃는 우진이 얼굴이 참 귀엽다. 170센티미터 정도밖에 되지 않는 아담한 키에 약간은 여자처럼 생긴 얼굴, 입고 있는 흰색 셔츠에 그려진 귀여운 스누피가 그와 너무 잘 어울린다.

"야, 너 이제 우리한테 말 놔. 어린놈이 그렇게 말을 깍듯이 쓰니 우리가 늙은 사람처럼 생각되잖아."

훈이가 우진이의 어깨를 가볍게 두드리며 말했다.

"정말 그래도 돼요?"

"아, 이 자식이 말귀를 못 알아듣네. 말 확 놔 버리라니깐."

훈이가 눈을 찡긋해 보이며 우진의 등을 토닥인다.

"저, 그럼 말 놓을게, 형."

훈이가 심심한지 텔레비전을 켰다. 우리 셋은 텔레비전을 향해 등을 벽에 붙이고 앉았다. 세 개 방송에서는 뉴스가 나오고 한 방송에서는 드라마가 나온다. 뉴스도 드라마도 별로 재미없다.

"너희 누나 일진이지? 너랑 좀 다른 것 같던데."

"누날 그렇게 말하는 건 싫어. 우리 누나, 나쁘지 않아. 잠시 저러는 거야. 예전에는 공부도 잘하고 성격도 좋았는데 작년에 아빠가 돌아가신 다음부터 완전히 변했어."

우진이는 그러면서 더 이상 말을 잇지 못한다. 우진이네 아빠가 돌아가셨을 줄은 미처 생각 못했다. 우진이는 급기야 울상을 짓는다. 괜히 누나 이야기를 꺼냈나 보다.

"우리 가족은 정말 행복했어. 엄마 아빠 두 분 모두 선생님이셨 거든. 부족한 게 없을 만큼 좋은 집이었어. 그때까지만 해도 누나는 얼굴도 예쁘고 착해서 누구나 좋아했어. 악마가 있나 봐. 악마의 장난이 아니고서는 우리 집에 이런 일이 일어나지 않았을 거야. 교통사고로 아빠가 돌아가셨어."

"미안해, 우진아. 난 또 그런 줄도 모르고……."

훈이가 우진에게 사과를 했다.

"괜찮아. 하지만 앞으로 우리 누나를 그런 식으로 말하진 마. 그러면 내가 미칠 것만 같아."

"아빠가 언제 돌아가셨어?"

"작년 크리스마스였어. 우리에게 줄 케이크랑 선물을 들고 건널 목을 건너다가 길이 미끄러워 미처 정지를 하지 못한 차에 치였어. 한겨울이라 길이 얼어붙어 있었나 봐. 아빠가 돌아가시고 누나는 이상해졌어. 끔찍할 정도로 아빠를 따랐거든. 처음 한동안은 밥도 안 먹고 침울해했어. 한 달 동안이나 말이 없었어. 엄마와 나는 누나에게 그건 돌아가신 아빠도 바라는 일이 아니라고 하며 달랬어. 그러다 어느 날부턴가는 말을 하기 시작했어. 엄마와 나는 다행이라고 여겼어. 누나가 슬픔을 잊으려나 했거든. 그런데 안 하던 행동을 하기 시작하는 거야. 이상한 애들이랑 어울리며 못된 짓을 하지 않나, 정말 요즘은 우리 누나가 아닌 것 같아."

"아직 슬픔에서 헤어나지 못했기 때문일 거야. 나중에는 괜찮아지겠지."

"누나가 이러다가 학교도 졸업하지 못할 것만 같아서 걱정이야. 결석을 밥 먹듯이 하거든. 처음엔 누나가 충격을 받아서 잠시 그러는 거겠거니 했는데 점점 더 심해지는 거야. 집에 안 들어오는 날도 많아. 지금도 집을 나갔어. 엄마가 속상해하는 걸 볼 수가 없을 정도야. 그렇지만 난 누나를 믿어. 예전처럼 착하고 공부도 잘하는 누나로 돌아올 거라고. 모든 사람들이 안 믿어도 나는 믿어. 누나는 정말 바보야. 엄마와 내가 누나를 얼마나 사랑하는데……."

우진이는 또 눈가가 붉어진다. 우진이가 자기 누나를 생각해 주는 마음이 정말 예쁘다. 우진이가 바라는 일이 꼭 이루어졌으면 좋겠다.

"우진아, 이제 그 얘기는 그만하고 과일 먹자. 응? 귤 참 맛있겠는데?"

훈이가 분위기를 바꾸려고 애를 쓴다.

"우진이 넌 그래도 마음씨 좋은 엄마가 계시잖니. 누나도 곧 좋아질 거고."

"그렇지? 나도 엄마가 좋아. 형들, 내일 우리 시내 나가자. 내일은 학교가 일찍 끝나거든. 바다만 보는 것도 좀 지겹잖아."

"그럴까. 그래, 그거 참 좋은 생각이다."

나는 사실 속으로는 별로 내키지 않았지만 우진이를 위로해 주고 싶은 마음에 그러마고 약속했다.

우진이가 문을 열고 나간 다음 우리는 아무 말도 하지 못하고 방에 그대로 누워 있었다. 정말 착한 아인데 안돼 보인다.

"훈아, 자니?"

"아니, 넌?"

"이런 바보. 당연히 안 자니까 말하지. 네가 웬일이니? 누웠다 하면 30초도 안 걸리는 애가?"

"우진이가 너무 가엾지 않니. 어린놈이 생각도 깊고. 근데 우린 뭐니. 이렇게 집을 나와 헤매기나 하고."

"내가 우진이였다면 누나를 미워할 거야. 넌 안 그래?"

"그건 그래. 그래서 우진이가 대단하다는 거야. 걔는 누나를 미워하지 않잖아. 우리는 부모가 미워서 집을 나왔는데."

"맞아. 우린 사랑에 굶주린 환자야. 잠이 왜 이렇게 안 오는지 모르겠네. 수면제라도 있었으면."

집을 나온 다음 병수, 원종 아저씨, 지은이, 훈이와 만나면서 내가 얼마나 사랑을 필요로 하는지 알 수 있었다. 사랑이란 사람이 살아가는 데 제일 우선하는 생명수가 아닐까. 어머니는 날 사랑하기는 하는 걸까. 내가 어머니의 사랑을 발견하지 못한 건 내 눈이 비뚤어져서일 수도 있지 않을까.

"애, 치현아. 너 무슨 생각을 그렇게 하니?"

"아무 생각도."

훈이도 아직 자지 않고 있나 보다.

"우리 만난 지 벌써 열흘이다. 그치? 가출해서 이렇게 오랫동안 알고 지낸 친구는 네가 처음이야."

"난 네가 정말 싫은걸. 너하고 있으니 집에 들어가기가 싫잖아."

훈이가 내 옆구리를 꼬집는다.

"정말 그렇다면 큰일이네. 당장 내일부터라도 내가 사라져 줘야겠다. 내가 착한 애 하나 버려 놓는 것 같잖아."

"자식, 농담도 못하겠네. 그건 아니야, 인마."

"아니야. 농담 안에 진실이 담겼다는 말이 있어."

"농담이래도. 이 자식 오늘 왜 이러지."

"그래, 알았어. 인마, 농담이다, 농담이야. 아니, 그래도 난 네가 집에 들어갔으면 해. 어차피 계속 이럴 수는 없잖아."

정말 그건 훈이 말이 맞다. 계속 이럴 수는 없다.

"훈아."

불러도 대답이 없는 걸 보니 잠이 들었나 보다.

조금 눈을 붙였다 뜨니 벌써 날이 하얗게 새 있다. 겨우 한 시간도 못 잤을 것 같다. 화장실에 가는데 우진이 누나 목소리가 들린다.

"엄마, 나 오늘 늦게 올 거야."

"엄마, 형들 깨워요?"

이번엔 우진이 목소리다.

"더 자게 놔둬. 피곤할 테니까."

벌써 학교 갈 준비를 하나 보다.

어머니가 운전을 하며 학교에 가던 길이 생각난다. 가끔 운전대를 잡고 있는 어머니의 옆모습을 보곤 했다. 어머니는 아침인데도 선글라스를 끼고 있었다. 선글라스 안에 들어 있는 눈은 언제나 냉정하게 정면만을 바라봤다. 얼굴에는 아무런 표정이 없었다. 어머니는 가끔 물었다.

"치현아, 선생님들 중에 실력이 모자라는 선생 있니?"

"아니, 없어요."

"그래도 조금 실력이 달리는 사람은 있을 거 아냐?"

"아니요. 다 실력이 뛰어나요."

"그럼 다행이구. 하지만 그런 게 있으면 엄마한테 지체하지 말고 얘길 해야 한다. 담당을 바꿔 줄 테니깐."

어머니에겐 그게 사랑이었는지도 모른다. 사랑을 그런 식으로 생각했는지도.

중학교 때 공부를 잘하는 한 아이가 있었다. 나 때문에 늘 2등을 했다. 그런데 그 애는 실업계를 택했다. 선생님들이 만류하고 애들이 이상한 아이라고 놀렸는데도 그 애는 뜻을 굽히지 않았다. 선생님은 설득하다 지쳐 그 애의 부모님을 설득해 인문계로 보내려 했다. 그러나 그 애 부모님도 그의 선택을 그냥 받아들였다. 집이 가난해서라면 이해하겠지만 그렇지도 않았다.

그 애는 컴퓨터에 관심은 물론 자신이 있었던 것이다. 인문계에 진학하면 공부에 시간을 뺏겨 컴퓨터를 할 시간이 없을 거라는 게 그 애가 실업계를 선택한 이유였다. 그때는 그를 이해하지 못했다. 대학에 가서도 충분히 컴퓨터 공부를 할 수 있지 않겠냐는 게 내 생각이었다. 나뿐만 아니라 그 누구도 이해하지 못했다.

이제야 그를 이해할 수 있을 것 같다. 그는 자신의 길을 좀 더 빨리 찾고 싶었던 것이다. 그 애 부모님의 선택도 훌륭하다.

화장실에 다녀오니 훈이가 깨 있었다.

"언제 일어났어?"

"아까. 벌써 10시가 넘었잖아."

"그래? 근데 뭐 했어?"

"그냥 아무 것도."

"너 잠을 제대로 못 잔 얼굴인데. 내가 코를 많이 골았나 보지?"

"하늘이 들썩할 만큼."

"정말이니?"

"농담이야."

"자식, 싱겁긴."

"그나저나 빨리 나가 세수해. 우진이 올 때 됐어."

"그래? 그러지, 뭐. 나도 시내 나가면 살 게 있어."

훈이가 사고 싶은 게 무엇인지는 묻지 않았다.

누군가 2층 현관문을 여는 소리가 들렸다. 손님이 왔나 보다. 우진이는 11시가 넘어야 온다고 했다. 그렇다면 올 사람이 없는 것 같다. 문 밖으로 나가 보았다. 우진이었다. 왜 그렇게 일찍 왔냐고 묻는 말에 그냥 웃더니 자기 방으로 들어가 버렸다. 훈이가 옷을 갈아입고 나왔다.

"누구야? 누가 왔는데 그래?"

"우진이. 11시가 넘어야 온다고 했는데 이상한걸."

훈이는 뭐 별일 있겠냐는 표정이다. 옷을 갈아입고 우진이가 나왔다.

"우리 반만 한 시간 일찍 끝났어."

"시내 나가자며? 지금 나가도 되겠니?"

"나가려고 준비해서 나왔어."

시내로 나가는 버스에서 우진이가 물었다.

"형들은 같은 고등학교 다녔어?"

"응? 으응. 3년 내내 같은 반이었어."

"무척이나 친한 사인가 봐. 형들은 무척 좋겠어."

훈이가 괜한 거짓말을 해 신경을 쓰게 만든다. 녀석은 연기자로 나가면 대성하겠다. 능청스럽기가 이루 말할 수 없다. 어쩌면 그렇게 있지도 않은 일을 잘도 꾸며 댈까. 내가 병수에게 거짓을 꾸며 냈을 때보다 훨씬 더 능수능란하다.

그 말을 곧이곧대로 믿은 우진이는 우리를 진심으로 부러워하는 눈치다. 거짓이란 게 알려지면 어떡하려고 그러는지 모르겠다. 우진이가 우리의 가짜 모습을 끝까지 의심하지 않았으면 좋겠다. 이왕 이렇게 된 바에야 그것만이 우진이를 실망시키지 않을 테니까.

"우선 시내 나가면 점심부터 먹자. 배고프다."

훈이는 배가 고픈가 보다. 나도 배가 고프다. 아침에 아무것도 먹지 않았기 때문이다. 우진이가 맛있는 음식점을 우리에게 소개해 준다고 했다. 우진이를 따라 걸었다.

"여기야. 내가 잘 가는 곳."

지하 레스토랑이다. 테이블이 여러 개다. 구석에 있는 테이블로 가서 앉았다. 이른 시간이어서인지 손님이라고는 우리밖에 없다. 종업원이 와서 주문을 받는다. 미트 스파게티로 통일해 시켰다. 우진이가 그게 제일 맛있다고 했다.

우진이 말처럼 정말 맛있다. 양식을 별로 좋아하지 않는 편인 내 입에도 잘 맞는다.

음식점을 나오자 우진이가 우리 둘 사이에 끼어 어깨동무를 한다. 우리 키가 커서 자세가 어색한데도 계속 그러고 걷는다.

"형, 이제 우리 어디 갈까?"

"글쎄다. 잠깐만. 여기 좀 들렀다 가자."

지나는 길에 화방을 본 훈이가 미술 용품을 사려는지 들어가 보자고 한다. 훈이가 이것저것 들춰 보더니 팔레트와 수채화 물감 그리고 붓을 몇 개 산다. 스케치용 연필도 두 개를 샀다. 이젤도 필요한지 손으로 만지작거리다가 그것도 하나 산다. 아까 살 게 있다고 했던 게 미술 용구인가 보다. 웬일일까. 미대생이란 것을 증명해 보이려나 보다.

초등학교 다닐 때 한 3년간 미술 학원을 다닌 적이 있다. 미술에는 별로 흥미가 없었지만 어머니가 등을 밀어 억지로 다녔다. 그림은 별로 잘 그리지 못했는데 사생 대회에 나가면 꼭 상을 받았다.

그림이 형편없었는데도 학원에서 제일 잘 그리는 아이보다 더 좋은 상을 받곤 했다. 어머니는 그 상장을 액자에 넣어 공부를 1등해 받은 것들과 함께 내 방에 걸어 두었는데 난 그걸 어머니 몰래 떼어 버렸다. 상장이 많다 보니 다행스럽게 어머니에게 들키지는 않았다. 그것만큼 부끄러운 기억이 없다.

상을 받으러 나가는 동안 뒷덜미에 느껴지던 뜨거운 시선과 상을 받고 돌아와 애들과 줄을 맞춰 섰을 때 들리던 아주머니들의 속삭임은 오래도록 내 마음을 떠나지 않고 괴롭혔다.

"저 아이가 그 아이야. 엄마가 심사위원들한테 선물을 돌렸대."

"저 아이 할아버지가 무슨 학교 이사장이라며?"

"그러니 우리 아이만 불쌍한 거야."

그때만큼 부끄러운 적은 없었다.

"가자, 다 샀어."

훈이는 미술 용품을 일단 가게에 맡겨 놓았다. 생각보다 용구가 많았다.

"그림 그리면 꼭 보여 줘야 돼."

"바다를 그리고 싶었어. 살아 있는 느낌의 바다, 사진으로는 전달되지 않는 그런 바다를 꼭 한번 그리고 싶었어."

우진이는 건물 1, 2층이 모두 당구장인 곳으로 우리를 데려갔다. 카페와 당구장을 겸하고 있는 곳이다.

그러나 깡패들도 많이 온다는 우진이 말이 조금 걱정이다. 훈이가 또 싸움에 말려들지도 모르기 때문이다. 종업원이 주문을 받으러 온다. 나와 훈이는 커피, 우진이는 콜라를 시켰다.

"조심해. 깡패들이 시비를 걸지도 모르니까."

작은 목소리로 조심조심 말하는 우진이의 모습이 귀엽다. 깡패들이 들을까 봐 작은 소리로 말하는 것 같다. 마치 수업 시간에 짝꿍에게 몰래 담임 선생님 험담을 하는 아이 같다.

커피가 나왔다. 이젠 익숙해져서 커피 향이 정말 좋다. 훈이를 처음 만났던 날은 커피를 제대로 마시지 못했다. 향이 좋은지 나쁜지도 몰랐고 그렇게 쓸 수가 없었다. 이젠 커피 한 잔 정도는 마실 수 있게 되었다.

"지하는 PC방이고 3층은 노래방이야. 그래서 애들이 많이 찾아. 깡패들이 많아 겁나긴 하지만 이런 곳은 여기밖에 없거든."

모두가 포켓볼을 치는 당구대다. 주위를 둘러보니 당구를 치는 사람은 그리 많지 않다. 모두들 음료를 마시며 재잘재잘 떠들고들 있다. 손님들 대부분이 학생이다. 깡패처럼 보이는 애들도 있고 훈이 같은 차림을 하고 있는 학생도 꽤 많은 편이다.

우진이가 커피도 다 마시기 전에 당구를 치자고 훈이를 조른다. 우리는 당구를 치기 위해 자리에서 일어섰다. 순서를 정하고 우진이가 먼저 쳤다. 그도 훈이만큼 당구를 잘 치는 것 같다.

"치현 형은 별로 안 쳐 봤어?"

"당구를 별로 안 좋아하거든."

"정말? 얼마나 재미있는데."

첫 번째 게임에서 내가 꼴찌를 했다. 망신스러웠다. 중학생인 우진이도 저렇게 잘 치는데.

몇 번이나 꼴찌를 한 다음부터는 아예 치고 싶은 생각이 없어져 버려 큐를 놓고 아까 그 자리에 앉았다.

한참을 그러고 있는데 어떤 사람 둘이 훈이에게 내기 당구를 치자면서 말을 붙였다. 대학생 정도 돼 보였는데 조금은 무섭게 생긴 사람들이었다.

"한판 칠 거야, 안 칠 거야?"

그중 하나가 다그치듯 묻자 훈이가 보지도 않고 되물었다.

"그래? 너희들 얼마씩 치는데?"

"얘, 너 몇 살이니?"

분명 자신들보다 어려 보이는데 반말을 하자 기가 막힌 모양이었다.

"나, 그냥 먹을 만큼 먹었어. 대학교 1학년이야. 너희들은?"

훈이가 말한 나이가 미심쩍다는 표정들이었지만 이내 광대뼈가 불룩 튀어나온 사람이 말했다.

"그래? 좋아. 그건 그렇고 한 판당 3만 원씩이다."

두 명씩 편을 갈라 당구를 쳤다. 나는 처음에 앉았던 자리에서 음악을 듣다가 가끔 일어서서 구경을 하기도 했다. 그들이 상대를 잘못 고른 것 같다. 짧은 시간에 훈이네가 몇 번 이겼다. 그러나 그들이 왠지 일부러 안 치고 있다는 느낌이 들었다. 그들이 이제부터는 6만 원 내기로 치자고 했다. 훈이와 우진이는 몇 판을 이겨 기분이 좋은지 그 요구에 쉽게 응한다. 난 다시 자리에 가서 앉았다.

그리 재미있지도 않았고 계속 서 있으려니 다리가 조금 아팠다.

계속해서 로커의 귀를 째는 듯한 음악이 흐르고 있다. 자꾸 듣고 있으려니 괜찮다는 느낌이 든다. 다시 당구 치는 쪽을 보았다. 또다시 판이 끝났나 보다. 그들과 무슨 말인가를 주고받더니 훈이와 우진이가 내가 앉아 있는 쪽으로 걸어온다.

"그만 칠 거야?"

"깡패한테 걸렸어. 저 자식들, 이제부터 본색을 드러낼 것 같아."

무슨 말인지 몰라 어리둥절하는 내게 훈이가 말했다.

"3만 원짜리로 네 판, 6만 원짜리로 한 판을 쳐서 우리가 18만 원을 벌었잖아. 쟤네는 이제부터 10만 원짜리를 하재."

"하면 되잖아. 너희들이 또 이기면 되고."

"형은? 쟤네들은 깡패라니까. 처음에는 져 주는 척하다가 마지막에 큰돈을 걸고는 원래 실력대로 한단 말이야."

"할 수 없다, 그럼. 도망가자."

"도망?"

둘이 동시에 놀란 토끼 눈이다. 왜 도망이란 말을 꺼냈는지 나 자신도 모르겠다. 여기에서 그만하겠다고 하면 저 깡패 녀석들이 우리를 가만두지 않을 건 뻔하다. 우리에게는 도망치는 방법밖에 없다.

그 녀석들도 불안한지 훈이와 우진이를 부른다. 걱정이다. 좋은 방법이 떠오르지 않는다. 그만 치자고 할 수도 없고.

"애, 치현아. 넌 밖에서 기다리고 있어. 우리 둘은 조금 같이 쳐

주다가 화장실 간다며 도망칠 테니까."

애들이 걱정되긴 했지만 훈이가 시키는 대로 난 당구장을 나왔다. 벌써 5시가 넘어 해가 뉘엿뉘엿 기울고 있었다. 훈이와 우진이가 어떻게 대처할지 초조했다. 시간이 좀 지났는데도 둘은 나오지 않고 있다.

한 10여 분이 지났을까.

"야! 빨리 뛰어!"

훈이와 우진이가 문을 열고 허겁지겁 뛰어나왔다. 훈이가 앞장서서 달렸다. 마치 경찰을 피해 내달리는 은행 강도같이 힘껏 뛰었다. 우진이도 날쌘돌이였다. 앞서 뛰던 훈이가 화방으로 들어간다. 우리도 화방 앞에 이르러서야 숨을 돌렸다. 숨이 무척이나 가빠 왔다.

훈이가 아까 맡겨 놓은 용구들을 갖고 나왔다.

우리는 빠른 걸음으로 버스 정류장을 향해 걸었다. 훈이가 불안한지 가끔씩 뒤를 돌아본다. 마침내 버스 정류장에 도착했다. 그때까지도 훈이는 계속 주위를 두리번거린다. 잠시 후에 버스가 왔다. 버스를 탔다. 그런 후에야 안심이 되는지 훈이가 큰 소리로 웃음을 터트렸다. 나와 우진이도 호탕하게 따라 웃었다.

"걔네들, 오늘 재수에 옴 붙은 날이겠는데."

"닭 쫓던 개 지붕 쳐다보는 꼴이겠지."

아주머니가 현관문을 열고 들어서는 우리를 보고 재미있었냐고 묻는다. 난 재미있었다고 하고는 인사를 꾸벅 한 다음 방으로 들어왔다. 훈이는 아직도 비몽사몽인지 아주머니에게 인사를 하는 둥 마는 둥 하고는 나를 따라 방으로 들어온다. 훈이는 이불도 제대로 펴지 않고 자리에 눕는다. 무척 피곤한가 보다.

내가 이불을 폈다. 훈이를 깨우니 잠결에 이불 위로 올라간다. 훈이의 자는 모습을 보고 있으니 나도 모르게 잠이 오는 듯하다. 시내를 돌아다니느라 피곤했는지 금세 잠이 온다. 오늘 저녁 식사는 건너뛰어야겠다. 그때 바로 '쨍그랑' 유리창 깨지는 소리가 들려 나는 자리에서 벌떡 일어났다.

아주머니가 무엇을 떨어뜨려 깼나 했지만 그런 것 같지는 않다. 이 집 딸 하나인 것 같다. 계속 무잇인가 깨지는 소리가 멈추질 않는다. 그 소리에 훈이가 잠에서 깨어났다.

"무슨 일이야? 누가 싸워?"

"쉿, 조용히 해. 우진이 누나 같애."

우리는 다시 귀를 쫑긋 모았다.

"하나 때문에 아주머니가 많이 힘들겠어. 그치?"

훈이가 걱정되는지 작은 소리로 말한다. 그러는 중에도 소리는 좀처럼 그치지 않는다.

"그만하지 못하겠니!"

아주머니 목소리다. 그러더니 '꽝' 하며 방문이 닫히는 소리가 들린다. 잠시 동안 밖은 정적이 흐른다. 하나가 또다시 집을 나갔나 보다. 훈이는 다시 눕는다. 나도 누웠다. 우리가 듣고 있었다는 것을 안다면 우진이가 조금은 수치스러워할지 모른다. 우진이가 불쌍하다.

새벽 5시에 눈이 떠졌다. 아직 아무도 일어나지 않았나 보다. 어제 저녁에는 우진이가 걱정돼 몸을 뒤척이다 늦게 잠이 들었다.

아침 8시가 되어서야 밖에서 우진이의 목소리가 들린다. 학교 갈 준비를 하고 있는 듯했다. 나는 훈이를 깨웠다. 우진이가 수치스러워하지 않게, 어제 일찍 잤다는 것을 증명해 보여야 한다. 훈이는 다행히도 쉽게 일어난다. 훈이도 내가 깨운 의미를 미루어 짐작하나 보다. 훈이와 함께 방을 나왔다. 아주머니는 주방에서 음식을 만드는지 보이지 않는다. 나와 훈이는 욕실에 들어가 세수를 했다. 그런 다음 주방으로 가 보니 우진이가 식사를 하려는지 나와 있었다.

"아주머니, 안녕히 주무셨어요?"

물어보나 마나다. 아주머니 얼굴이 푸석푸석하다. 한숨도 자지 못한 얼굴이다.

"배고프겠네. 어젯밤에는 그냥 굶었잖아. 어서 앉아 식사해요."

의자에 앉았다. 아주머니가 아침을 차려 주었다. 우진이는 우울한 표정으로 말없이 밥을 먹고 있다.

"어제 방에 들어가자마자 잠을 잤더니 머리가 아파 죽겠어요. 정말 피곤했나 봐요. 열두 시간을 넘게 잤으니……."

내 말에 아무도 대꾸를 하지 않는다.

우진이와 아주머니는 곧 집을 나갔다. 우리는 다시 방에 들어왔다. 훈이는 또다시 눕는다.

"또 자게?"

"아니. 바다에 가자. 바다가 보고 싶어."

"그래, 그게 좋겠다."

훈이는 어제 산 미술 용구를 챙기고 있다. 그림을 그리려나 보다. 그냥 미대생 티를 내기 위해 폼으로 산 미술 용구는 아닌가 보다.

훈이는 제법 화가 지망생 티를 내고 있다. 이젤을 받치고 그 위에 화판을 올려놓는다. 그러고는 4B연필을 꺼내 스케치를 하기 시작한다. 훈이가 그림을 그리고 있는 걸 보니까 진짜 예비 미대생 같다. 무엇을 그리나 봤더니 바다를 그린다. 멀리 보이는 바위섬과 바다. 그런데 정말 잘 그린다. 깜짝 놀랄 만한 솜씨다.

스케치를 마칠 무렵 훈이가 내게 말을 꺼낸다.

"넌 꿈이 있니? 하긴 그런 것이 없는 사람은 없겠지. 너, 설마 의사가 꿈은 아니겠지? 난 화가가 되고 싶었어. 초등학교 때 선생님이 그림에 소질이 있다고 그래선지 몰라도 누가 꿈이 있냐고 물으면 화가가 되고 싶다고 말했어. 그림 그리는 걸 정말 좋아했으니까 사실 거짓말은 아니었어. 더구나 집에 혼자 있을 때가 많다 보니 심심하면 그림을 그렸어. 생각나는 대로. 오랜만에 그림을 그려 보는 거야. 친구들과 어울려 놀다 보니까 꿈까지 잃어버렸어. 피카소나 고흐처럼 되고 싶었는데, 이젠 포기했어. 화가? 나한테는 안 어울려. 이젠 내게 꿈 따위는 없어."

훈이는 그 말을 하더니 계속 그림을 그려 나갔다.

"나도 꿈이 있긴 해. 물론 의사는 아냐. 해군 제독이 되고 싶어.

항상 넓은 바다를 동경했거든. 바다에서 살고 싶었어. 너무 오랫동안 답답한 공간에 갇혀 공부만 강요당하다 보니 그런 생각을 한 건지도 몰라. 난 늘 바다를 꿈꿔 왔어. 정말 그 답답한 공간에서 벗어나고 싶었어."

"해군이라? 넌 박사 학위를 여러 개 갖고 있을 사람이 될 거 같은데."

훈이가 팔레트에 먼저 흰색 물감을 짠다. 물감의 흰색이 오늘따라 너무나 깨끗해 보인다.

"엄마 아빠 이혼을 할 거야. 내 가출 때문에 매번 기회를 놓치고 있지. 그러고 보면 난 엄마 아빠가 이혼하려는 기미를 보일 때마다 집을 나오곤 했어. 내가 집을 나오면 두 분은 용케 힘을 모아 나를 찾으려고 했거든. 각자 방을 쓴 지도 오래됐어. 내가 집이라도 나와야 내 핑계를 대고 말이라도 하고 지낸다는 걸 난 잘 알아. 두 분이 정말 어떻게 결혼까지 했는지 모르겠어. 넌 놀랄 일이다만 두 분은 애인까지 따로 있어. 레스토랑에 갈 때마다 그 남자를 보곤 했어. 엄마 애인. 엄마가 그렇게 즐거워하는 걸 본 적이 없어. 그 앞에서는 연신 웃고 떠드는 거야. 그러다 내가 쳐다보면 다가와 돈을 주고는 어서 나가라고 손짓했지."

쓴웃음을 짓는 훈이의 모습이 안타깝다. 우린 왜 이렇게 살아야 하는 걸까. 화가 난다.

"우리 집은 정말 조용해. 너무나 조용해서 미칠 것 같은 곳이지. 아버지는 집보다 밖의 일이 더 중요한 분이고 어머니는 나와 내 동생 나리를 감시하는 교도관이고. 나와 나리는 공부만 해야 하는 기계고. 가족 모두가 따로따로야. 대화가 없는 집이야."

"지금, 우리 여기서 뭐 하지? 서로 자기 집 욕이나 하고. 하여튼 우리는 재수도 없는 놈들이다. 하고 많은 집 중에서 하필이면 그런 집에서 태어날 게 뭐람. 팔자라고 생각하고 참는 것밖에 도리가 없나 봐. 그치?"

"팔자? 너 아주 징그러운 말만 골라 하는구나."

훈이가 흐물흐물 웃었다. 그게 웃음인지 울음인지는 모르겠다. 만약 웃음이라면 속으로는 울고 있을지도 모른다.

그림이 거의 다 완성돼 가고 있다. 뛰어난 그림이다. 적어도 내가 보기에는 그렇다. 파도가 일렁이는 바다의 모습이 마치 살아서 움직이는 느낌이다. 금방이라도 그림에서 하얀 파도가 부서질 것 같다.

"야, 너 정말 잘 그린다. 예술이다, 예술."

"빈말일 테지만, 아무튼 고맙다."

"아니야, 정말이야. 내가 본 그림 중에 최고야. 야, 너 내가 보기에는 화가가 되려는 꿈 포기하면 안 되겠어. 네가 꿈을 포기하면 그건 정말 불행한 일이겠어. 농담이 아니라니까."

"됐어, 이 자식아. 오래간만에 그림 좀 그렸더니, 쑥스럽게. 아주 판을 깨려 그러네. 좋다. 애교로 봐주겠다. 자리 좀 옮기자. 한 장 더 그리게."

훈이는 이젤을 들고 조금 더 앞쪽으로 갔다. 정말 그림 그리는 폼이 예사롭지 않다. 아름답기까지 하다. 정말 폼뿐만 아니라 그림을 잘 그린다. 미대는 거뜬히 합격할 만한 수준의 그림이다. 적어도 내가 보기에는 그렇다. 이렇게 잘 그리는 사람을 처음 본다. 중학교 때 우리 미술 선생님보다도 낫다. 왜 한 장을 더 그리려는지 모르겠다. 훈이가 그림 그리는 모습이 너무나 아름답다.

그림 두 장이 완성되어 가고 있다. 한 장의 그림은 백사장과 포효하는 바다가 함께 그려져 있고 다른 한 장의 그림에는 그냥 잔잔한 바다만 드넓게 펼쳐져 있다. 훈이는 그림 오른쪽 아래에 작게 '김훈'이라는 사인과 오늘 날짜를 써 넣는다. 그렇게 하고 보니 정말 화가가 그린 그림 같다. 그림 두 장을 그리고 나서도 훈이는 좀처럼 일어나려고 하지 않는다.

다 저녁에 돌아와 보니 우진이가 주방에서 뭔가를 분주하게 만들며 수선을 피우고 있었다.

"라볶이 만들어 줄게. 잠깐만 기다려, 형."

야채를 다듬고 떡과 어묵을 썰기도 하며 일하는 모습이 제법 일류 요리사 같다.

드디어 라볶이가 다 된 듯했다. 냄새가 그리 나쁘지는 않다.

라볶이를 먹으면서 나는 어쩌다가 아주머니가 해 주던 떡볶이를 떠올렸다. 우진이가 한 게 아주머니가 한 것보다 더 맛있다.

우진이가 하나도 남겨선 안 된다고 호통을 치는 바람에 라볶이를 억지로 다 먹고 우린 방으로 들어왔다. 우진이가 과일을 가지고 뒤따라 들어왔다.

"난 요리하는 게 무척 좋아. 요리가 취미이자 특기지. 어, 맛있었어? 난 최고의 요리사가 되는 게 꿈이야."

훈이와 난 웃음이 나오려 하는 걸 꾹 참았다. 요리사가 꿈이라는 것이 우스워서가 아니다. 누가 들을까 봐 바로 옆에 있는 우리도 간신히 들리게 말하는 우진이의 모습이 너무나 귀여워서였다. 과일을 한참 먹고 있는데 우진이가 다시 말문을 연다.

"형들 어제 무슨 일이 있었는지 알지? 일부러 모른 척해 준 것 알아."

"무슨 일이 있었는데? 훈이 너 어제 무슨 일 있었는지 알아?"

"그렇게 큰 소리가 나는데 깨지 않을 사람이 어디 있어? 우리 누나 어쩌다가 가끔 그래. 아빠 1주기가 다가오니까 요즘엔 더 그래. 어제 집을 나가 안 들어왔어. 누나가 집에 안 들어올 땐 어디에 가 있는 줄 모르겠어. 한 달에 한두 번 정도는 집에 안 들어와. 누나를 못 믿겠어. 가끔씩은 나도 누나처럼 살고 싶어. 하지만 엄마만 생각하면 그런 마음이 사라져. 우리 누난 그래도 가출은 한번도 안 했어."

"가출하는 거, 안 좋게 생각해?"

"당연하지. 가출하는 게 얼마나 나쁜 일인데. 난 부모님 속을 그렇게 썩이는 애들을 이해할 수 없어. 가출하는 애들치고 올바른 애들 없더라, 뭐."

나도 예전엔 가출하는 아이들을 이해 못했다. 다른 애들이 가출하는 걸 볼 때마다 정신이 약간 나간 애들이라고 생각했다. 선생님들도 가출한 아이들을 벌레 보듯 했다. 그리고 가출한 애들이 돌아오면 그 애들을 감싸 주기보다는 다른 애들에게 물을 들이지 않을까 걱정하기 일쑤였다. 그게 불과 몇 달 전의 일이다.

드디어 훈이가 졸리다며 자리에 눕는다. 어제 잠을 설쳐 피곤한가 보다. 우진이도 하품을 하며 눕는다. 나도 그냥 누워 있는 게 편해서 따라 누웠다. 둘은 금세 잠이 들었다. 난 자지 말아야겠다. 지금 자면 너무 일찍 깰 것 같다.

집을 나온 지 20일이 넘었다. 짧은 시간은 아니다. 처음에는 집에서 날 찾지 않고 있다고 생각하면 화가 났는데 지금은 아니다. 이젠 아무런 느낌도 없다.

오늘은 수어회 모임이 있는 날이다. 어머니는 내가 집을 나온 후로는 그 모임에 참석하지 않을 게 틀림없다.

훈이가 깨어났다. 기지개를 한 번 켜더니 날 쳐다본다.

"너 집 생각나서 그러지?"

"네가 집에 가고 싶은가 보구나? 그 얘길 하는 거 보니까."

내가 골똘하게 무엇을 생각하는 게 이상하게 보였나 보다.

"너 어쩔 거야? 집에 정말 안 갈 거야?"

"훈이 너 정말 집에 가고 싶은가 보구나. 자꾸 묻는 걸 보니?"

"난 사실 그러고 싶을 때가 많아."

"그럼, 들어가면 되잖아."

"너는? 너도 이제 그만 돌아가."

"난 정말 돌아가고 싶지 않아."

훈이는 나를 걱정해 주고는 있지만 아직도 우리 집 환경을 이해 못하는 것 같다. 훈이는 나에게로 돌려 누웠던 몸을 다시 바로 한다.

"잠이 안 와. 수면제라도 있었으면."

"수면제? 너 그거 잘못 먹으면 죽을 수도 있어."

"그건 어디서 팔아? 요즘 잠이 너무 안 와."

"보통 약국에 다 있어. 조금씩밖에 안 팔아. 위험하니까. 옛날에는 죽을 결심으로 수면제를 사 모았어. 약국을 여러 군데 돌았지. 100알 정도를 구했어. 한 집에 다섯 알씩."

그때 아주머니가 돌아오셨는지 우진이를 찾는 소리가 들린다. 우진이를 흔들어 보았지만 깊이 잠든 모양이다. 훈이가 우진이의 귀에 대고 크게 소리를 지르자 그제야 일어났다. 우리는 다 같이 밖으로 나갔다. 주방에는 언제 들어왔는지 하나가 앉아 저녁을 먹고 있다. 훈이의 몸이 또다시 굳어지는 것 같다. 우리는 식탁에 앉았다. 라볶이를 먹어 배가 고프지는 않았다. 하나는 우리를 쳐다도 보지 않고 밥을 먹는다.

"오빠들 이제 대학 들어간다고 했지?"

"응. 내년에."

"무슨 과야?"

"난 의예과고 얘는 미대 갈 거야."

"의사? 오, 정말 싫어. 미술은 더 싫어."

"화가가 되는 게 꿈이었어. 너는 싫어할지 모르지만."

훈이가 갑자기 정색을 하자 하나는 조금 미안한 모양이었다.

"미안해. 그건 그렇고 오빠는 공부 잘했나 봐. 의대를 가게."

하나는 밥을 한 숟가락 뜰 때마다 질문을 한 가지씩 한다. 훈이가 모범생처럼 꼬박꼬박 일일이 대답해 준다. 정말 웬일인지 모르겠다.

우리도 밥을 조금씩 더 먹었다. 먼저 식사를 마친 하나가 먼저 들어가겠다며 손을 들어 가볍게 흔든다. 보기에는 그렇게 나쁜 애 같지 않다.

하나가 나가자 우진이가 말한다.

"요즘 들어 저렇게 말을 많이 하는 건 처음 봐요. 형들이 마음에 드나 봐요."

"내가 아니라 훈이겠지."

내 말에 훈이 얼굴이 벌게진다. 진짜 하나를 좋아하나 보다.

방으로 돌아온 우리는 다시 자리에 누워 텔레비전을 봤다. 오랜만에 훈이가 담배를 한 대 피워 문다. 하나와 얘기를 나누고 난 다음부터 좀 이상해 보인다.

노크 소리가 나더니 하나가 우리 방에 들어왔다.

"내 방 텔레비전이 고장 나서 그러는데 여기서 좀 봐도 되지?"

하나가 리모컨으로 채널을 돌렸다. 텔레비전에는 요란한 동작으로 춤을 추는 가수가 나오고 있었다. 나만 빼고 셋은 모두 넋 나간 듯이 텔레비전을 보고 있다.

"쟤네들이 유명한가 보지?"

내 말이 채 끝나기도 전에 우진이와 하나가 날 외계인 쳐다보듯 한다.

"오빠, 농담치고 너무 썰렁해."

하나는 내가 농담을 하는 줄 알고 있나 보다. 나는 정말이지 처음 보는 가수다.

하나가 정말 처음 봤냐고 묻는다. 나는 그렇다고 대답했다. 하나가 입을 딱 벌리고 다물 줄을 모른다. 그렇지만 나는 하나가 놀라는 게 오히려 이해가 안된다. 나는 텔레비전을 본 적이 별로 없기 때문에 당연히 그들을 처음 본 것이다. 아니 이전에 봤더라도 그 애들이 그렇게 유명한 가수인 줄은 몰랐을 것이다.

하나와 우진이는 도무지 영문을 몰라 하는 표정이다. 훈이가 그런 그들을 보고 웃음을 터트렸다. 이래저래 나만 이방인 신세가 됐다.

"치현이는 의대 가려고 공부만 해서 그래. 너희들이 이해해 줘라. 오락 프로도 안 좋아하고."

"아무렴. 해도 너무하는 거 아닐까? 그놈의 공부가 뭔지. 공부 엄청나게 열심히 했나 봐, 오빠?"

하나는 그러면서 혀를 끌끌 찬다.

"그래, 난 그랬어. 가수들 이름 외우는 데도 흥미가 없었고."

"흥미 없어도 외워지는 거 아냐? 애들이 하도 떠드니까."

"난 애들하고 떠들지도 않았고 듣지도 않았어. 그러니까 좀 이해해 줘. 됐니?"

나는 좀 짜증스럽게 그렇게 말하고는 자리에 누워 버렸다. 정말 담배라도 한 대 피우고 싶다.

"오빠, 화났어?"

"화 안 났어. 신경 쓰지 마."

우진이도 보기가 안됐는지 그럴 수도 있다며 내 편을 든다.

"형은 좋아하는 가수 없어?"

우진이가 묻는다. 귀찮지만 대답해 줘야겠다.

"있어, 서태지."

다들 놀란 표정으로 날 쳐다본다. 도대체 언제 적 가수냐는 반응이다.

세일이가 알게 한 가수다. 조금 오래된 노래지만 〈교실 이데아〉라는 노래와 〈Come Back Home〉이란 노래를 들었는데 무척이나 좋았다. 그때부터 나도 서태지를 좋아하게 되었다. 지금 생각해 보니 〈Come Back Home〉이라는 노래는 훈이와 나처럼 가출한 아이들을 위해 부른 노래다. 세일이는 서태지 노래 중에서 좋아하는 노래만을 CD로 구워 나에게 선물했었다.

기나긴 날 속에 버려진 내 자신을 본 후
나는 없었어 그리고 내일조차 없었어
YOU MUST COME BACK HOME

뜻도 모르고 그 노래를 따라 했었다. 지금 집을 나와 새삼스럽게 생각해 보면 정말 아찔한 노래다. 나도 언젠가는 집으로 돌아가야 할 날이 있기는 있을 텐데. 또다시 마음이 우울해 왔다.

세일이는 서태지를 무척 좋아했다. 서태지에게 직접 받았다는 사인을 보물로 간직하고 있을 정도로 그를 좋아했다. 나 역시 서태지의 음악을 무척이나 좋아했다.

텔레비전에서 쇼 프로그램이 끝났다. 하나는 졸리다며 나갔다. 나는 이불을 펴고 피곤하다면서 먼저 누웠다. 누워서 억지로 잠을 청했다. 오늘 낮잠을 자지 않은 것이 천만다행이다.

"채치현, 자니?"

훈이가 날 부른다. 1시가 조금 안된 시간이다. 훈이는 아직 자고 있지 않았나 보다.

"우진이는?"

"방금 갔어. 근데 너 아까 삐친 거야? 하나랑 우진이가 미안해 하던데?"

"삐친 거 아냐. 그냥 남들 다 아는 것도 모르는 게 답답해서."

"너 그 정도니? 그렇게 갇혀 산 거야? 너희 부모님이 생각보다 더 심한 분들이었구나."

난 그냥 씁쓸하게 웃어 줬다. 눈물이 나려고 했다. 내 갇힌 삶을 훈이는 전부 못 믿었나 보다. 아니, 믿지 못했을 거다. 훈이는 미안한지 눈을 꼭 감고 있다.

"내일 가야지?"

"응. 가야지. 어디로 갈 거야?"

"글쎄? 내일 생각하고 그만 자자. 오늘 일 너무 마음 상해하지 마. 그럼 잘 자."

이곳에서 지낸 지도 내일이 벌써 닷새째 되는 날인가 보다. 신세도 많이 졌고 긴 시간이었다. 내일은 또 어디로 가야 할지 모르겠다. 훈이랑 함께여서 두렵지는 않다. 훈이는 벌써 잠이 들었다. 이곳을 떠나고 싶지 않다. 내일 떠날 때는 무척 서운할 것이다.

왠지 잠이 오지 않는다. 내일 이곳을 떠나야 한다고 생각하니 자기가 싫다.

7. 마지막은 슬픈 것이다

아침 일찍 우진이가 우리 방에 왔다. 나쁜 일이 있는지 표정이 어둡다.

"형, 외할머니가 위독하대. 많이 아프신가 봐. 어떻게 하지? 엄마가 그래서 서울에 올라가신대."

"학생들, 잠깐만 볼 수 있을까?"

아주머니가 방 밖에서 우리를 부른다.

"저기 말이야. 우진이 외할머니가 편찮으시다고 해서 그러는데 하루만 더 있어 주면 안 될까? 우진이 혼자 두기가 그렇고 해서."

"예. 그러지요. 근데 많이 위독하시대요?"

"괜찮으실 거야. 그럼, 그렇게 좀 해 줘. 미안해. 학생들."

"아니에요. 다음 목적지도 아직 정하지 못했어요."

아주머니는 급히 짐을 챙기더니 서둘러 집을 나갔다. 제발 별일이 없었으면 좋겠다.

"외할머니가 돌아가시면 안 되는데……."

우진이가 울상을 짓는다. 훈이가 그런 우진이를 달래 준다.

저녁때가 다 되어 가는데 하나가 들어오지 않는다. 아까 전화가 왔을 때 우진이가 외할머니 이야기를 하며 분명 빨리 들어오라 했는데. 그리고 아주머니가 그 일로 서울에 올라간다는 얘기를 들었는데도 일찍 들어오지 않는다.

"형! 누나가 아직도 안 들어와. 어떻게 하지? 분명 외할머니가 위독하다는 말을 들었으니 들어올 텐데."

우진이가 걱정이 많은가 보다. 누나를 무척 생각하고 있다.

"찾으러 가자. 학교가 이 근방에 있다며. 이 근처 어디엔가 있지 않을까?"

"훈이 형, 그게 좋겠다. 아마 학교 근처에 있을 거야."

10분 정도 걸으니 학교가 보였다. 우진이네 집에서 그리 멀지 않았다.

어두컴컴한 학교 옆길에서 싸우는 소리가 들렸다. 훈이가 자꾸 그쪽으로 가자고 한다.

"야, 이게 전부야? 겨우 2만 3천 원이란 말이지. 허! 이 언니들이 아주 날 웃기네. 야, 너 더 뒤져서 나오면 알지?"

"야, 그만둬라. 이게 다겠지. 얘가 설마 감히 우리한테 거짓말을 하려고."

우리는 느티나무 아래에 몸을 숨기고 싸우는 소리가 들리는 쪽을 훔쳐보았다. 밤이어서 그런지 목소리의 주인공들이 잘 보이지 않는다. 모두 여자아이들이 분명했다.

"어쭈! 얘들아 이것 봐. 필통에 15만 원이 더 있어. 어머머머. 이 미친년. 이년 아주 죽여 달라는데. 야, 안 되겠다. 뜨거운 맛을 못 본 모양인데."

"안 돼, 제발. 그건 학원비란 말야."

"야, 우린 학원 좀 다니면 안 되냐? 나도 학원 좀 같이 다니자."

여자 깡패 애들이 한 여학생의 돈을 뺏고 있는 게 분명했다. 마침내 여학생의 비명 소리가 들린다. 여학생을 때리고 있는 게 틀림없다.

"야, 그만해."

어떤 여자애가 그만두라고 한다. 하나다. 하나의 목소리가 분명하다.

"겨우 이 정도로? 너 요즘 왜 그래? 되게 착해졌다. 범생이었던 생활이 그립냐?"

"닥쳐, 이 씨발년아. 오늘은 여기까지만 해. 야, 너. 이제 가 봐. 더 맞을래?"

"아, 아냐."

"그래? 그럼 가 봐. 꼰질러도 돼. 그건 네 맘이야."

돈을 빼앗긴 여학생이 허둥지둥 도망가는 소리가 들린다. 우진이가 그 깡패들이 있는 쪽으로 달려갔다.

"아까 개, 하나 맞지?"

내가 훈이에게 물었다.

"그런 것 같아."

그 목소리의 주인공은 하나가 분명했다. 훈이와 나도 우진이가 간 쪽으로 뛰어갔다.

"누나! 왜 또 이러는 거야? 다시는 안 그러겠다고 했잖아. 누나!"

우진이가 와락 울음을 터트렸다.

"에이, 씨발 재수 없게. 야! 오늘은 여기서 찢어지자. 너희들 낼 9시에 거기로 나와."

다른 애들이 아무 말도 못하고 사라진다.

"누나! 왜 그래? 제발 정신 차리란 말야."

"야, 새끼야. 너 창피하게 이럴 거야? 집에 가서 말해."

하나라고는 생각하지 못했다. 혹시나 하면서도 하나가 아니길 바랐다. 하나는 아무렇지 않은 듯 그냥 걷고 있다. 하나가 이 정도 인 줄은 몰랐다. 어젯밤에만 해도 그냥 착한 아이였을 뿐인데. 우진이는 눈물을 그치지 않고 계속 울고 있다.

집에 돌아온 우진이가 슬프다며 술을 마시자고 했다. 술을 마시면 괜찮아질 거라고 했다. 거실에서 술을 마시는데 하나가 나오더니 같이 마시자고 한다. 이럴 때 보면 아까 돈을 뺏던 하나의 모습이 아니다. 쌍욕을 마구 지껄이던 여학생이 아니다.

나는 하나가 가련한 마음에 원종 아저씨와 마신 이후로 처음으로 폭음을 했다. 하나가 불쌍해 보인다. 왜 그 지경까지 되었는지 알 수 없다. 무엇이 하나를 그렇게 만든 것일까. 갈피를 잡을 수 없을 만큼 취했지만 다행히 주정을 하지는 않았다. 모두가 각자의 고민에 빠져 말 한마디 하지 않고 술을 마셨다.

새벽에 눈을 떠 보니 훈이가 웃옷을 벗고 이불도 덮지 않은 채 자고 있다. 이불을 덮어 주니 계속 걷어 낸다.

속이 아파 물이라도 한 잔 마시려고 주방으로 나왔다. 불을 켜 보니 하나가 주방에 앉아 있다. 나는 깜짝 놀라 그 자리에 주춤 멈춰 섰다. 잠을 자지 않았는지 눈이 몹시 충혈돼 있다.

"웬일이야? 이 새벽에 안 잤어?"

"일어난 거야. 엄마 안 계시니까 내가 아침 해서 우진이 학교 보내야지."

저게 하나의 원래 모습일 텐데. 거실을 보니 깨끗하게 치워져 있다. 하나가 그렇게 한 것 같다.

"술을 많이 마셨잖아?"

"아니야. 조금밖에 안 마셨어."

"아주머니는 언제 오신대?"

"오늘. 할머니가 다행히 괜찮으시대."

나는 냉장고에서 물을 찾아 벌컥벌컥 들이마셨다. 속이 후련해지는 것 같다. 다시 방으로 가려는데 하나가 할 말이 있는 듯한 표정으로 쳐다본다.

"무슨 할 말이라도 있는 거니?"

"너 사실대로 말해 봐. 몇 살이야? 열일곱?"

난 순간 찔끔했지만 사실을 말할 수는 없다.

"너 아직 술 안 깼어? 새벽부터 웬 농담이니?"

하나가 빤히 쳐다보며 다시 말한다.

"너희들 가출했지? 안 봐도 다 알아. 내가 누군데 속이려고 하니?"

분명 넘겨짚은 건 아닌 것 같다. 확신을 가진 듯 분명한 말투다. 정말 낭패가 아닐 수 없다. 우진이가 깨기 전에 어서 이곳을 떠야겠다. 아주머니와 우진이가 얼마나 실망할까.

"어떻게 알았지? 거짓말해서 미안해. 하지만 어쩔 수 없었어."

"걱정 마. 다른 사람한테는 비밀로 해 줄 수 있어. 근데 넌 물이 달라. 우리 같은 날라리가 아니란 말야. 넌, 범생이야. 적어도 집을 나오기 전까지는. 집을 왜 나온 거야?"

"그건 알 필요 없어. 이유란 다 있는 거잖아. 하나야, 그건 그렇고 너는 왜 어젯밤처럼 그러고 다녀? 나는 너하고는 달라. 너는 적어도 너를 사랑하는 동생과 어머니가 있어."

"다른 게 뭔데? 너희 집에서는 너를 사랑하지 않는다는 거야, 뭐야?"

"내가 너라면 이러진 않았을 거야. 난 그것만은 자신해."

"내가 어떤데? 넌 나한테 그런 말할 자격이 없을 텐데?"

"자격이 없는 건 나도 알아. 하지만 말할 건 해야겠어. 제발 엄마, 동생 속 좀 그만 썩여라. 외박이나 하고 애들 돈이나 빼앗고.

넌 우진이보다 못해. 근데 네가 뭘 안다고 함부로 지껄여! 너 정도라면 나는 집을 나오지 않았을 거야."

하나는 더 이상 말을 하지 못하고 식탁만 바라보고 있다. 내가 너무 심했던 것 같다.

"너야말로 뭘 안다고 지껄여? 아빠가 왜 돌아가셨는 줄 알아? 사람들은 크리스마스 날 선물을 사 오다가 사고가 난 것으로 알고 있지. 그게 아냐. 내가 아빠를 돌아가시게 한 거야. 그날 아빠랑 싸우고 화가 나서 집을 나갔어. 아빠는 날 찾으려고 헤매다가 트럭에……. 트럭에 치었단 말야. 그런 나보고 아무렇지도 않게 살라고? 모범적으로? 아빠는 결국 나 때문에 그렇게 된 거야. 너 같으면 온전하게 잘 살 수 있을 것 같아? 말해 보란 말이야!"

하나는 말을 마치고는 식탁에 머리를 박으며 어깨를 들썩였다. 그런 사연이 있을 줄은 몰랐다. 하나의 들썩이는 어깨를 감싸 주고 싶다. 그런 상황이라면 나로서도 잘 살 수 있을지 장담할 수 없을 것이다.

"세상 사람들 모두가 널 욕한다 해도 너희 어머니와 우진인 절대 그러지 않을 거야. 넌 가족들의 사랑을 팽개친 나쁜 아이야. 어디선가 너를 지켜보고 계실 아버지를 생각해서라도 더 좋은 딸이 되도록 노력해 봐. 될 거야. 네가 괴로워하는 건 이해가 돼. 그렇지만 사고는 우연이었지 너 때문은 아니야. 그건 정말 억지야. 너와 다투었다고 교통사고가 난 건 아니란 말야. 그런 괴로움은 빨리 잊는 게 좋아. 아주머니와 우진이를 생각해서라도. 네가 계속 이런 행동을 한다면 아버지를 두 번 돌아가시게 하는 거야."

하나는 의미를 알 수 없는 눈빛으로 식탁을 뚫어지게 바라보고 있다. 아니 사실은 아무 데도 보고 있지 않다. 괴로움은 이해가 된다. 그렇지만 정말 사고는 우연이었지 하나 때문에 일어난 건 아니다.

"고마워, 치현 오빠."

방으로 향하던 발길을 돌려 하나를 쳐다보았다. 그러고는 짧으나마 밝게 웃어 주었다. 하나가 예전의 착한 아이로 돌아간다는 뜻이었으면 좋겠다. 방에 들어와 이불 위에 누웠다.

나는 소리를 죽여 울었다. 하나의 슬픔보다는 내 슬픔 때문에. 하나에게 한 말은 나 자신에게도 한 말이다. 하나의 말처럼 그런 말을 할 자격이 내겐 없다.

내일 떠나려면 잠을 좀 더 자 두어야겠다. 누웠더니 금세 잠이 온다. 눈물을 흘렸기 때문인지도 모른다.

"치현아, 일어나. 9시 30분이야."

훈이가 날 흔들어 깨운다. 일어나기가 싫다. 간신히 눈을 떴다. 훈이는 가방을 챙기고 있다. 여기에 머문 지도 벌써 엿새째다. 오늘은 가야 한다. 너무 오래 있었다.

세수를 하기 위해 욕실로 갔다. 그러면 정신이 좀 날 것 같다.

"훈이 넌 어디로 갈 거야?"

"집에 돌아가야겠어. 네 말대로 들어가는 게 좋겠어."

어제는 종일 훈이에게 돌아가라고 했지만 그 말은 충격이다. 훈이는 돌아갈 수 있겠지만 나는 아직 돌아갈 자신이 없다. 하지만 같이 있어 달라고 훈이를 잡을 수는 없다.

"잘 생각했어. 넌 꼭 돌아가야 돼."

어쩔 수 없이 난 그렇게 말했다. 훈이로서는 잘된 일이다. 돌아가지 말라고 할 수는 없다.

"치현아, 네가 그랬지. 네가 가장 바라는 게 내가 집에 들어가는 거라고? 너도 이제 집에 들어갔으면 해. 가자, 너 안 가면 나도 못 가."

훈이에게 어떻게 말해 줘야 할지 모르겠다.

"나도 그래. 가자! 서울로."

훈이는 활짝 웃었다. 어쩔 수 없다. 훈이를 집에 보내려면 나도 집으로 간다고 해야 한다. 훈이가 우리 집까지 따라오지는 않을 거다. 서울에서 헤어지면 그만이다. 지금으로서는 훈이에게 집에 간다고 하고 들어가지 않는 방법밖에는 없다. 언젠가는 들어갈 테니 거짓은 아니다.

"기차 타고 가자. 그게 재미있지 않겠니?"

"그래."

훈이는 웃으면서 가방을 챙겼다. 그의 웃음이 참 맑아 보인다.

훈이가 바닷가에서 그린 그림 중에서 한 장을 내게 준다.

"이 그림 너 줄게. 한 장은 우진이 주고."

여기를 떠나야 한다고 생각하니 너무나 서운하다. 훈이 말대로 정이 많이 들었다. 우진이, 하나. 특히 하나가 잘돼야 할 텐데.

대문이 열리는 소리가 들린다. 우진이가 벌써 왔나 보다. 훈이와 거실로 나갔다. 들어온 사람은 우진이가 아닌 하나였다. 하나는 고등학교 1학년이라 학교가 일찍 끝나지 않을 텐데 이상한 일이다. 아직 11시밖에 안되었다.

"수업받기 싫어서 일찍 왔어. 왜 그렇게 쳐다봐? 오빠들 때문에 일찍 온 건 아니니까 안심하고 신경 꺼."

"땡땡이가 특긴 거 잘 알지."

훈이가 하나의 말을 짓궂게 받는다. 수업받기 싫어 왔다 해도 집으로 올 리가 없다. 하나는 우리가 가는 걸 보고 싶었던 거다. 하나는 원래 그렇게 정이 많고 착한 아이였나 보다.

"왜 자꾸 그런 눈으로 봐?"

하나는 우리가 빙글빙글 웃는 눈으로 쳐다보니까 어색한지 신경질을 내고 방으로 들어가 버린다. 쑥스러운 모양이다.

우진이가 아주머니와 함께 들어온다. 밖에서 우연히 만난 길인가 보다. 우진이는 교복을 벗어 놓으려고 방으로 들어간다.

"고마워요. 우리 애들하고 같이 있어 줘서. 학생들이 없었더라면 우리 애들 둘이서 무서웠을 텐데."

"아니요. 저희가 감사해요. 저희들은 오늘 가려고요. 오래됐잖아요."

"형, 정말 오늘 갈 거야?"

우진이가 방에서 나오며 묻는다. 우진이는 아쉬운 표정이다.

"오늘이 벌써 엿새째야. 이젠 가 봐야 해. 부모님이 기다리셔."

훈이가 또 둘러댄다. 거짓말은 아니다. 그는 집에 들어가니까.

"형, 그래도 딱 하루만 더 있다가 가. 딱 하루만."

어느새 나온 하나까지 하루만 더 있으라고 한다. 그래도 오늘 가야 한다고 말할 수밖에 없다. 눈물이 나려고 했다. 아주머니가 점심이라도 먹고 가라기에 우리는 어쩔 수 없이 자리에 앉았다.

우리는 방으로 들어갔다. 우진이와 하나도 뒤따라 들어왔다. 훈이가 그림을 우진이에게 건넨다. 우진이가 무척이나 좋아한다.

"서울로 갈 거지? 버스 타고 갈 거야?"

"아니, 기차. 기차 타 본 지 오래됐거든."

"기차역은 여기서 버스 타고 20분 정도 걸려. 오빠들 내가 데려다 줄게. 그 쪽으로 갈 일도 있고."

하나가 우리를 데려다 준다고 한다.

식사를 마친 우리는 가방을 들고 나와 아주머니에게 작별 인사를 했다. 아주머니는 다음에 꼭 다시 한 번 놀러 오라는 말을 잊지 않는다.

집을 나오면서 다시 한 번 돌아봤다. 잊지 못할 집이다. 다시 올 땐 아주머니와 우진이에게 용서를 구하겠다.

버스 안에서 우리는 별로 말이 없다. 하나는 귀에 이어폰을 끼고 음악을 듣고 있다. 하나의 눈이 오늘따라 슬퍼 보인다. 우진이도 아무 말 없이 앉아 있다.

"우진아! 다음에 꼭 올게."

훈이가 우진이를 달랬다.

"꼭 다시 와야 돼? 형!"

우진이가 다짐을 받듯 한마디 한마디를 천천히 말한다. 우진이가 입을 실룩거리며 울려고 한다. 나도 눈물이 흐르려 한다.

버스가 멈춰 섰다.

"다 왔어. 오빠, 여기야."

우리는 버스에서 내려 역사를 향해 걸었다. 모두 발걸음이 무거워 보인다. 우진이가 제일 그런 것 같다. 역사 안으로 들어갔다. 우진이가 기차가 몇 시에 있는지 매표소에 가 물어본다.

"2시 20분이래. 이제 겨우 10분 남았어."

훈이가 매표소에서 기차표 두 장을 끊었다. 무궁화호 열차였다. 그때 하나가 내 옆에 와서 속삭인다.

"오빠, 새벽에 있던 일은 절대 비밀이야. 오빠 말을 듣고 많은 생각을 했어. 그래, 괴롭긴 하지만 아빠를 위해서라도 열심히 살아야겠어. 그래야 아빠가 나를 용서하실 것도 같고. 아무튼 고마워. 오빠도 집에 들어가. 그래서 우리 진짜 대학 가서 만나. 그땐 거짓말하지 말아야 해."

정말 기분 좋은 일이다. 하나가 예전의 모습으로 돌아간다니. 그 모습을 언젠가 꼭 보고 싶다.

기차를 타러 플랫폼으로 나갔다. 멀리서 기차가 기적을 울리며 달려오고 있다. 기차가 달려옴에 따라 내 마음은 점점 더 막막하고 불안한 터널 속으로 빠져 들어가는 듯했다. 기차가 '끽' 하는 쇳소리를 내며 멈춰 섰다. 그 순간 나는 이별이란 단어를 떠올렸다. 훈이가 무거운 발걸음을 기차의 계단에 걸치고는 아쉬운 듯 주위를 두리번거린다. 기차를 타고 창밖을 내다보니 하나와 우진이가 개찰구가 있는 곳에 서 있는 게 보인다.

우진이가 소리친다. 그 소리는 너무 멀어 잘 들리지 않는다. '잘 가'라고 하는 것도 같고 '다음에 또 와'라고 하는 것도 같다.

드디어 기차가 출발하려고 한다. 우진이가 흔드는 손도 점점 더 빨라진다. 기차가 출발하고 얼마 안 있어 우진이와 하나의 모습은 끝내 보이지 않는다.

훈이는 기차가 출발하고 나서도 계속 창밖을 바라보고 있다. 우는 것도 같고 무엇인가 골똘히 생각하는 것도 같다. 모든 건 다시 그리워질 것이다. 아름다운 바닷가의 집, 거기에 사는 마음씨 착한 아주머니와 우진이, 하나. 그 어느 날엔가는 문득 그리움의 세계를 열 것이다. 아니 벌써 그리워지는 것 같다. 헤어진 지 불과 10분도 채 지나지 않았음에도.

무엇인가 골똘한 생각에 잠겨 있던 훈이가 나에게 말을 건다.

"치현아, 정말 좋았던 곳이었어. 잊지 못할 거야, 우리 꼭 다시 오는 거다. 반드시!"

"그래, 꼭 그럴 수 있길 바래."

훈이가 다시 어떤 결심을 담은 눈빛으로 말한다.

"나 화가가 될 거야. 늦었는지 몰라도 그만큼 두 배로 열심히 할 거야. 밀린 공부도 하고 그림도 열심히 그릴 거야. 포기하기에는 아직 너무 이르잖아. 그러면 너무 억울하잖아."

"그래, 아직 포기라는 말은 너무나 일러."

"마지막 가출이 될 거야. 널 만나 잃어버린 꿈을 찾았어. 넌 참 좋은 놈이야. 네가 아니었다면 난 아마 지금 같은 생활에서 벗어날 생각을 하지 못했을 거야. 이제 엄마 아빠 핑계는 대지 않겠어. 내게 아무런 관심을 주지 않는다 해도 또다시 방황하진 않을 거야. 이번에 집에 들어가면 또 정신병원에 갈지도 몰라. 하지만 이번에 정신병원에 들어가면 거기서 내 방황의 날들을 확실히 정리하고 나오려고 해."

"그래. 확실히 고쳐 봐. 정신병원에 빈자리 있으면 나도 불러 주고. 나 또한 그래. 집에 있었으면 평생 모르고 살았을지도 모르는 좋은 사람들을 많이 만났어."

훈이가 화가가 되기로 결심한 것은 내가 얻어 낸 가장 값진 결실이라 할 수 있다. 나를 만나 꿈을 찾은 친구가 있다는 건 정말 기쁜 일이다.

"치현아, 너도 집에 들어가서 잘할 수 있지? 만약 너희 어머니가 이전처럼 하길 원해도 말야. 나도 하는데 네가 못하겠냐?"

"그래, 자신 있어."

그러나 난 사실 자신이 없다. 계속 그런 생활을 버텨 나갈 자신도 없지만 더욱 자신 없는 건 집에 들어가는 일이다. 어머니는 날 받아 주지 않을지도 모른다. 날 받아 준다면 이전의 열 배, 스무 배는 더 가두려고 할지도.

그걸 이겨 낼 자신이 없다. 훈이에겐 자신 있다고 얘기했지만 솔직히 난 그렇지 않다. 훈이를 집으로 가게 하는 방법이 그것밖에 없을 뿐이다. 훈이에겐 미안한 일이다. 이번 역시 다른 때와 마찬가지로 선의의 거짓말이라 생각하며 나 자신을 달랜다. 여기서 자신 없다 말하면 훈이도 자신을 잃을지도 모르기 때문이다.

훈이가 활짝 웃고 있다. 훈이를 보며 난 같이 웃어 줬다. 훈이라면 잘 견디어 낼 수 있을 것 같다.

서울에 도착했다는 방송이 나온다. 우린 가방을 메고 일어섰다. 우리가 역전 광장 앞에 섰을 때는 시계가 6시를 가리키고 있었다.

훈이가 서운한 표정을 지으며 묻는다.

"내가 너희 집까지 데려다 줄까?"

"아, 아니야. 택시 타고 가지, 뭐."

"우리 그냥 헤어지기 섭섭한데 커피나 한잔 마시고 헤어질까?"

훈이가 집까지 데려다 준다는 말에 난 조금 당황해 택시를 타고 간다고 말했다. 우리는 커피숍이 있나 주변을 둘러보았다. 그리 멀지 않은 곳에 커피숍 간판이 보였다. 훈이와 난 그곳으로 들어갔다. 밖은 굉장히 추운 날씨인데 실내는 무척 따뜻했다.

커피를 시키고 기다리는 동안 훈이가 메모지를 꺼내더니 무언가를 적어 내게 건넨다.

"이거 우리 집 주소하고 전화번호야. 너희 집 주소랑 전화번호도 좀 적어 줘."

나도 우리 집 주소와 전화번호를 적어 훈이에게 주었다.

"우리가 함께 있었던 날이 열흘이 넘었지?"

"꽤 오랫동안이었지."

훈이가 커피를 한 모금 마신다.

"우리 약속해. 2년 뒤에 좋은 대학 가서 만나기로. 아까 우진이네와 헤어졌던 그곳서 만나기로. 넌 해군사관학교 생도가 되고 난 미대 가서 화가의 꿈을 키우고 있기로. 2년 뒤 바로 이날 6시야. 내 제안 어때?"

"좋아. 그때 1분이라도 늦게 오는 사람 혼나기야. 알았지? 넌 잘할 수 있어."

"너도 그래. 틀림없이 넌 잘할 수 있을 거야."

우린 큰 소리로 웃었다. 사람들이 쳐다보았지만 아무렇지도 않은 듯 더 크게 웃었다. 한참 웃고 있는데 훈이가 지갑을 꺼내더니 내게 건넨다.

"이건 뭐야?"

"돈. 전번에 우진이와 깡패들하고 당구 쳤을 때 딴 돈이야. 조금밖에 안돼. 난 이제 돈이 필요 없으니까. 너도 필요 없겠지만 조금만 넣어 둬."

훈이의 지갑을 받아 외투 주머니에 넣었다. 어쩌면 훈이는 내가 곧바로 집으로 돌아가지 않을 걸 이미 알고 있는지도 모른다. 그래서 이 돈을 주는지도.

하긴 내 주머니에는 비상금 몇만 원밖에 남아 있지 않다. 훈이가 주는 돈을 받지 않는다면 난 집으로 돌아갈 수밖에 없는 형편이다. 아직은 생각해 봐야 할 것도 있고 지금 당장 집에 들어갈 수는 없다.

"나가자."

밖으로 나오니 이미 날이 어두워져 있다. 세찬 바람이 광장 쪽에서 불어온다.

"치현아, 우리 이제 여기서 헤어지자. 생각해 볼 게 많으면 저기 여관 있으니까 오늘 거기서 자고 내일 집에 들어가. 내일 너희 집에 연락했다가 없으면 나도 다시 나와 버릴 거다."

우리는 굳게 악수를 나누고 그래도 모자라 한번 포옹을 한 다음 서로 반대쪽으로 걸어갔다. 훈이의 어깨가 왠지 축 처져 있다. 얼마를 걷더니 훈이가 다시 내가 있는 쪽으로 뛰어온다.

"채치현, 넌 참 좋은 녀석이야. 난 널 믿어. 내일 꼭 들어가야 돼. 나 그럼 진짜 간다."

훈이가 이젠 마구 뛰어간다. 훈이에게 소리쳤다.

"김훈! 넌 정말 좋은 녀석이야!"

벌써 겨울 해는 종적도 없이 사라져 있었고 인파 속으로 사라진 훈이의 모습은 이젠 보이지 않는다. 마지막까지 훈이는 날 챙겨 주고 떠난 것이다. 나는 훈이가 가르쳐 준 여관이 있는 쪽으로 걸어갔다. 훈이를 통해 많은 것을 배웠다. 커피를 마시는 법에서부터 당구, 게임까지 녀석은 내가 모르던 것을 많이 가르쳐 주었다. 내 자신에게도 하지 못했던 말을 녀석에겐 할 수 있었다. 나와 훈이는 가족에게 받지 못했던 사랑을 서로에게 주었다.

8. 천사는 왜 날개가 있는가

    초저녁부터 나는 잠자리에 누웠다. 너무 허전하다. 누군가 항상 옆에 있었는데 이젠 아니다. 난 어느새 혼자다. 훈이가 보고 싶다. 헤어진 지 몇 시간도 채 안되었지만 마치 몇 년은 더 된 것처럼 보고 싶다. 지금부터 뭘 해야 할지 모르겠다.

    어떻게든 결론을 내려야 한다. 머리가 너무 복잡하다. 먼저 산책이라도 하고 나서 어떻게 해야 할지 생각해 봐야겠다. 여관방 문을 잠그고 거리로 나왔다.

    어디로 가야 할지 모르겠다.

    머리가 너무나 아프다. 집을 생각하면 할수록 머리가 점점 더 아프다. 모든 걸 잊고 싶다.

    무작정 버스를 타고 자리에 앉아 시내를 돌았다. 차창 밖을 거니는 사람들의 모습을 보고 있다가 나도 그들처럼 걷고 싶어졌다. 버스가 섰다. 내렸다. 여기가 어딘지 잘 모르겠다. 사람들이 많이 나와 있다. 여기저기 불을 밝히고 서 있는 빌딩들이 날 더욱 초라하게 만드는 것 같다. 무작정 걷다가 옷 가게로 들어갔다. 옷을 살 생각은 없지만 그저 구경이라도 할까 해서였다.

"손님, 뭐 보시려고요?"

상냥한 미소의 누나가 바짝 옆에까지 다가와 묻는다.

"바지 좀 보려고요."

"그럼, 이쪽으로 오세요."

왜 바지를 사겠다고 했는지 모르겠다. 누나는 나를 바지들이 있는 쪽으로 안내한다. 훈이가 입고 있던 요즘 유행이라는 청바지도 있다. 누나는 그 옷이 요즘 제일 잘 팔리는 옷이라고 한다.

"저기, 흰색 바지하고 흰색 셔츠 주세요."

아주 깨끗한 흰색으로 갈아입고 싶다. 옷 가게를 나와 패스트푸드점으로 갔다. 배가 몹시 고팠다. 사람들이 많았다. 햄버거와 콜라를 시켰다. 훈이를 처음 만난 날이 생각난다. 훈이 생각을 하자 또 까닭 없는 슬픔이 몰려온다. 패스트푸드점을 나와 또다시 무작정 걸었다. 거리에 캐럴이 울려 퍼지고 있다. 밝고 맑은 소리다. 대형 산타가 인자하게 웃으며 선물 보따리를 들고 선 그림이 늘어뜨려진 백화점 앞에서 난 또 걸음을 멈추었다. 연말을 맞아 선물을 사러 나온 사람들로 인산인해를 이루고 있다.

사람들을 보고는 갑자기 선물 생각이 났다. 크리스마스만 되면 매년 선물을 보내 주시던 할아버지가 보고 싶다. 할아버지는 나를 무척이나 귀여워했다. 무조건 주려고만 했다. 할아버지가 없는 크리스마스를 맞아 보기는 처음이다. 하긴 아직 며칠 남아 있긴 하다. 그러나 그 전에 집에 들어갈 수 있을지 모르겠다. 할아버지만은 내 의견을 늘 들어 주었고 인자한 미소로 나를 대하곤 했다. 봄에 할아버지 댁에 다녀온 후로 한번도 보지 못했다. 할아버지의 선물을 사야겠다. 할아버지는 겨울이면 꼭 머플러를 하고 다니신다. 오늘도 머플러를 하고 계실 거다. 새 머플러를 사 드려야겠다. 3층으로 갔다. 남성복 전문 매장이었다. 여러 가지 색깔의 머플러가 있다. 적색, 흑색, 밤색이 그중 마음에 든다. 셋 중에서 밤색을 샀다. 머플러를 아까 산 옷들과 함께 쇼핑백에 집어넣고 백화점을 나왔다.

손에 손을 잡고 걷고 있는 가족들을 보자 눈물이 나려 했다. 아직 한번도 어머니 손을 잡고 쇼핑을 나와 본 적이 없다. 그들을 보자 갑자기 가족들 선물을 사야겠다는 생각이 불쑥 솟았다. 오던 길을 되돌아가 난 다시 백화점으로 들어갔다.

아버지는 컴퓨터보다는 아직 만년필을 애용한다. 컴퓨터 사용을 못하는 것도 아닌데 꼭 만년필을 사용한다. 에스컬레이터를 타고 6층으로 올라가 싸지만 디자인이 세련된 만년필을 골랐다. 나리 것으로는 아주 두꺼운 다이어리를 샀다.

다시 1층으로 내려왔다. 어머니 것을 사야 하는데 무얼 사야 할지 모르겠다. 어떤 것이 알맞은지 모르겠다.

초등학교 2학년 때일 것이다. 어머니 생신이었다. 할아버지가 준 용돈이 있어 어머니 선물을 무엇으로 할까 한참이나 고민하다 귀고리를 사기로 했다. 난생처음 학교 앞 팬시점에 가서 귀고리를 샀다. 그때 난 어머니에게 무엇인가 줄 수 있다는 마음에 얼마나 설레었는지 모른다.

귀고리를 포장해 편지와 함께 어머니 화장대 위에 올려놓았다. 외출했다가 돌아온 어머니가 귀고리를 봤는지 날 다급히 불렀다. 그때 난 어머니가 기뻐할 것을 상상하며 서둘러 안방으로 갔다. 그러나 내 기대와는 달리 어머니는 평소보다도 냉랭한 얼굴이었다. 그러고 나서 큰 소리로 호통을 치는 것이었다. 어머니는 도금 귀고리는 귀에 알레르기가 생긴다며 화를 벌컥 냈다. 그다음 어머니의 행동에 나는 정말 경악했다. 귀고리와 편지를 내가 보는 앞에서 쓰레기통에 버리는 것이었다.

어린 마음에 나는 얼마나 큰 충격을 받았는지 모른다. 그 일은 두고두고 잊히지 않았다. 그 일이 있은 후 나는 어머니에게 줄 선물을 산 적이 없다. 물론 어머니도 바라지 않았다. 자식의 정성을 그렇게 무참하게 짓밟아 버릴 수 있는 냉혹한 어머니, 그때의 일이 다시금 생각나 나는 또 망설이고 있다.

그래도 이번만큼은 사야겠다. 내 마음은 알 수 없는 혼돈 속으로 빠져들고 있었다. 눈물이 나려고 했다. 어머니와의 따스한 기억 하나 되새길 수 없다는 건 정말 슬픈 일이다. 시계가 진열되어 있는 곳으로 갔다. 눈물이 고인 눈으로 나는 시계를 골랐다. 알람이 있

는 시계로 사야겠다. 어머니는 잠을 잘 때 꼭 작고 맑은 소리가 나
는 알람 시계를 머리맡에 두곤 했다.

알람 시계를 하나 골랐다.

백화점을 나오니 날이 이미 어두웠다. 그만 들어가 쉬고 싶다.
피곤하기도 하고 서러운 생각이 자꾸 들었다.

여관 앞에서 내린 나는 멀리 약국이라 쓰인 간판을 보고는 주춤
걸음을 멈췄다. 그 순간 결론을 내렸다. 집에 들어가는 게 자신 없
다. 난 기계가 아니다. 누가 시키는 대로만 사는 기계가 아니다. 난
생각을 가지고 있는 인간이다. 내가 하고 싶은 것이 있고 하기 싫
은 것이 있다. 누군가에게 강요를 받으며 무엇을 하긴 싫다.

훈이가 얘기한 적이 있다.

'수면제를 많이 먹으면 위험해.'

그 말이 나를 약국 앞에 멈춰 서게 했다. 나는 무엇에 끌리기라
도 하듯 약국 문을 열고 들어섰다.

하얀 가운을 걸친 약사가 무얼 찾느냐고 물었다.

"공부하는 학생인데요, 시험이 끝나 수면제를 먹고 푹 자려고요."

"수면제를 너무 자주 먹으면 안 좋은데. 하루에 두 알 이상 먹지
않는 게 좋아요."

약국이란 간판이 붙은 곳을 정신없이 쫓아다녔다. 주머니에 조
금씩 사 모은 수면제가 불룩할 정도가 되었다. 이제는 분명한 선택
을 할 수 있겠다. 이상하게 마음이 놓였다.

나는 서둘러 여관을 향해 걸었다.

9. 눈뜨고 보아라

꿈을 꾸었다. 정말 원치 않던 꿈이었다. 땀에 흠뻑 젖은 채 일어나 보니 겨우 한 시간이 흘러 있었다. 너무나 무서운 꿈이었다.

꿈속에서 나는 집에 들어갔다. 생각대로 어머니는 날 용서하지 않았다. 무엇보다 나를 두렵게 한 건 무관심이었다. 내가 현관문을 열고 들어서는데 아무도 아는 체를 하지 않았다. 어머니는 그렇다 치더라도 아버지, 나리, 아주머니까지 본 체 만 체였다.

얼마 안 있어 어머니가 아버지에게 호통을 쳤다.

"당신 뭐 해요. 밧줄로 저 사탄을 묶지 않고. 쟤는 우리 집안을 망하게 할 사탄이에요."

아버지가 밧줄을 가지고 와 나를 묶는 것이었다. 밧줄이 얼마나 두껍고 질긴지 살갗이 벗겨져 나갈 것처럼 아팠다. 나는 그렇게 묶인 채 매일 내 방에 갇혀 지냈다. 밥도 손을 사용하지 않고 입으로 먹어야 했다. 그렇게 친절하던 아주머니도 밥을 주러 와서는 내 뒤통수를 철썩 때리고 사라졌다. 나리는 가끔 문을 빼꼼 열어 보고 침을 뱉고는 도망을 쳤다.

나는 하루하루 말라 갔다. 조금씩 정신도 이상해졌다. 결국에는 훈이가 갔던 정신병원으로 옮겨졌다. 난 완전히 갇힌 채 사람조차 볼 수 없게 되었다. 아무도 나에게 와 주지 않았다. 그 속에서 난 조금씩 죽어 가고 있었다. 그러다가 병실 창살을 조금씩 구부려 유리를 부수고 뛰어내리면서 잠에서 깨어났다.

죽음이란 게 뭘까? 한번도 구체적으로 생각해 보지 않았다. 죽는 사람들을 보면 한없이 불쌍해 보였고 자살하는 사람들은 한심해 보이기만 했다. 나로서는 정말 이해가 안 갔다. 이제야 비로소 이해가 간다. 지금 난 죽음이 두렵지 않다.

세일이가 했던 말이 생각난다. 세상에서 가장 끔찍한 일은 죽음보다 사는 것이 더 무서울 때라고. 지금 내가 그렇다. 예전에는 죽음이 세상에서 가장 무서운 것이었는지 모르지만 지금은 아니다.

정리를 해야겠다. 이 세상 모든 것에 대해. 어떻게 정리를 해야할지 모르겠다. 내 삶을 여기서 마쳐야 한다고 생각해도 전혀 안타깝지 않다.

먼저 어머니께 편지를 써야겠다. 유서가 아닌 편지를. 그러면 모든 게 정리될 것이다. 다이어리를 꺼냈다. 어떻게 써야 할지 모르겠다.

어머니께.

집을 나온 지 20일이 넘었군요. 먼저 어떤 말부터 해야 할지 모르겠습니다. 태어나서 두 번째로 어머니께 편지를 씁니다. 아무런 연락도 없이 여기저기를 떠돌아다녔습니다. 어머니에 대한 원망도 많았고 저 자신에 대한 후회도 많았습니다.

이제 새삼 어머니가 저를 사랑했다는 걸 느낍니다. 제가 받길 원했던 사랑과 어머니가 저에게 베풀려는 사랑 사이에 놓인 거리, 그걸 알지 못했던 게 다만 저에게는 슬픔입니다.

매일 아침 등교 시간이나 하교 시간, 잠을 잘 시간이나 깨어나는 시간을 어머니는 매일같이 저와 함께했습니다. 지금 생각해 보면 그건 어머니의 사랑입니다. 어머니 자신도 큰 고통과 희생을 감내한 것이니까요.

하지만 어머니의 그런 사랑이 불행하게도 저의 발목을 묶었습니다. 어머니의 호된 질책을 받아들이기 힘들었습니다. 이제야 모든 게 제 심약한 마음 때문이라는 걸 느낍니다. 그걸 이제야 깨닫습니다.

집을 나와 많은 사람을 만났습니다. 상처와 고통을 안고 살지만 서로 아껴 주고 사랑하는 마음으로 돌아가는 모습이 정말 보기 좋았습니다. 저도 이제야 어머니의 사랑을 받아들일 수 있습니다.

어머니에 대한 미움이 남아 있다면 집에 들어가서라도 풀어야겠지요. 하지만 이젠 그럴 필요가 없습니다. 아무도 미워하지 않습니다. 미워하지 않기에 전 새로운 곳으로 떠나려 합니다.

어머니, 제 부탁 몇 가지만 들어주세요. 처음이자 마지막 부탁입니다. 나리만큼은 제발 하고 싶은 일을 시켜 주셨으면 합니다. 나리의 꿈은 디자이너입니다. 나리는 의사가 되는 것보다 디자이너가 되는 게 훨씬 좋을 듯합니다. 나리가 잘해 나갈 거라 믿습니다.

그리고 제가 가족들 선물을 샀어요. 어머니 걸로는 알람 시계를 샀습니다. 부디 흔쾌히 받아 주세요.

그리고 참, 어머니. 전 이번 여행을 통해 훈이라는 아주 소중한 친구를 사귀었어요. 저에게 사랑이 뭔지를 가르쳐 준 친구예요. 그 친구가 집으로 연락을 할지 모르겠어요. 그러면 그때, 제가 이 세상 사람이 아니라는 걸 말하지 않았으면 해요. 열심히 공부하고 있으니 전화하지 말라고 해 주세요.

전 지금 무척 행복해요. 모든 미움을 버리게 되었으니까요.

나리한테 저 이제 웃을 줄 안다고, 웃는 법을 배웠다고 전해 주세요. 이제 세상 모든 것에 감사를 느낍니다. 지금 제가 죽고자 하는 건 이렇게 행복할 때 세상을 떠나고 싶기 때문입니다. 그냥 남들보다 조금 일찍 갈 뿐이니까요.

정말 시간이 다 되었습니다. 이제 집에서는 자지 못했던 잠을 영원히 잘 수 있을 겁니다. 그리고 어머니, 전 정말 행복해요.

이만 펜을 놓겠습니다. 안녕히 계세요. 마지막으로 사랑한다는 말을 하고 싶습니다.

아들 치현 올림.

P.S. 대전에 있을 때 〈클로리스〉라는 카페에서 돈을 훔쳤습니다. 그게 저는 가슴이 아픕니다. 어머니, 제 마음속으로 그것만은 반드시 갚을 생각이었습니다. 대신 갚아 주셨으면 합니다.

편지가 눈물에 얼룩져서 조금은 너덜너덜하다. 참으려고 해도 눈물이 그치지 않는다. 주체할 수 없을 정도의 많은 눈물이 흐른다. 병수, 지은, 원종 아저씨, 우진이, 하나, 훈이의 얼굴이 주마등처럼 스쳐 지나간다. 정말 고마운 사람들이다.

편지 쓰는 데 많은 시간이 흘렀다. 밤 12시가 지났다. 주위가 어둠에 잠겨 고요하다. 멀리에서 지나가는 차들의 경적 소리가 간혹 들릴 뿐이다. 마지막이란 것이 전혀 슬프지 않다. 다만 병수에게 여관으로 다시 찾아가겠다고 한 약속, 지은이와 다시 만나기로 한 약속, 원종 아저씨에게 집으로 돌아가겠다고 한 약속. 〈클로리스〉에 돈을 갚겠다던 나 자신과의 약속. 우진이에게 다시 찾아가겠다고 했던 약속, 하나에게 좋은 대학 가서 만나자고 한 약속을 지키지 못해 미안할 뿐이다. 그리고 훈이와의 약속을 지키지 못해 너무나 안타깝다.

훈이가 내가 세상을 떠난 것을 몰랐으면 한다. 어쩌면 훈이의 모처럼의 결심이 흔들릴지 모르기 때문이다. 나와 모든 것을 스스럼없이 이야기할 수 있었던 훈이를, 날 생각해 주었던 훈이를, 난 정말 사랑한다. 훈이뿐만이 아닌 세상 모든 사람을 사랑한다. 가족들, 세일이, 날 외면했던 친구들까지도 사랑한다.

비록 난 세상을 떠나고자 하지만 세상에 감사함을 느낀다. 뒤늦게 사랑이 무엇인지를 가르쳐 준 세상을 난 사랑한다.

17년간의 삶에서 이제야 세상에 사랑을 느낀다. 모든 게 아름답게 보인다. 창문을 열고 하늘을 보았다. 오늘따라 별이 몇 개 보인다. 내 마지막 길을 축복하기 위해 나온 별 같다.

이제 흰옷으로 갈아입어야겠다. 흰색의 옷을 입고 깨끗하게 가고 싶다. 흰색의 바지를 입고 셔츠를 흰 티 위에 입었다. 입던 옷에서 수면제를 꺼내고 다시 잘 개어 가방에 넣었다.

수면제를 한 알씩 꺼내 물컵에 넣었다. 물병에 있는 물을 다른 컵에다 한 잔 따랐다. 우선 물 한 모금으로 목을 축였다. 수면제를 입안으로 털어 넣고 물을 마셨다. 그러고는 한 모금 더 마셨다. 수면제가 내 몸을 타고 내려가고 있다. 잠시 후면 잠들 것이다. 어려운 수학 문제 하나를 머리에 떠올렸다. 다른 생각들을 떨치기 위해서다. 졸리다. 자지 않는데도 마치 자고 있는 느낌이다. 깊은 잠 속으로 첫 가출을 하는 셈이다.

마치며

어머니가 울고 있다. 훈이가 "바보, 바보" 하며 소리치고 있다.
아버지는 손수건으로 눈물을 훔치며 어깨를 연신 들썩이고 있다.
울지 말라고 얘기하고 싶은데 말이 입안에서만 맴돌 뿐이다.

한참 동안이나 말을 하려고 몸을 뒤척이다 밝은 햇살이 눈꺼풀
을 간질이는 순간 나는 퍼뜩 눈을 떴다.

"치현아! 선생님, 우리 치현이가 눈을 떴어요. 여보! 치현이
가……. 어서 와 봐요. 보이죠?"

"어머……니!"

"그래, 아무 말 마라. 눈을 떴구나. 그래, 이 엄마가 잘못했어. 하
느님, 감사합니다. 정말 감사합니다."

어머니가 내 손을 꽉 움켜쥐었다. 아버지도 다가와 내 다른 한

손을 움켜쥐었다. 아버지의 눈에도 눈물이 고여 있었다.

"치현아, 나야 훈이!"

아버지의 뒤쪽에는 훈이가 서 있었다. 그는 아무 말도 하지 않고 그냥 미소만 띠고 있다. 도대체 어떻게 된 일일까. 하늘나라에 가 있어야 할 내가 병실에 누워 있다. 그렇지만 나는 안심했다. 이제 나를 어둠 속으로 몰아넣었던 내 열일곱 살의 푸른 철망이 완전히 걷혀 버린 느낌이다.

훈이 뒤에도 누군가 서 있는 것 같았다. 오랫동안 눈을 감고 있어서인지 누군지 언뜻 알아볼 수 없다. 나리였다. 그래, 나리. 내가 그렇게도 보고 싶어 한 나리였다.

"오빠!"

분명 나리의 목소리였다.

"나리야!"

나리가 내가 누워 있는 침대로 다가와 눈물 젖은 볼을 얼굴에 마구 비빈다. 나리가 목멘 목소리로 말을 한다.

"오빠 잃는 줄 알고 얼마나 슬퍼했는데……. 사랑해, 오빠. 이젠 나리가 오빠를 지켜 줄게. 오빠, 아무 데도 보내지 않을 거야."

어머니는 그 모습을 지켜보며 다시 내 손을 힘주어 잡는다.

"치현아, 이 엄마도 너를 누구보다도 사랑한단다. 그러니, 안심해라."

어머니가 처음으로 나에게 사랑한다고 말했다. 처음이었다. 나를 사랑한다는 말은. 어떤 생각도 떠오르지 않는다. 눈물만 자꾸

난다.

"저도 어머니를 사……랑해요."

더 이상 아무 말도 나오지 않는다. 어렸을 때부터 너무나 해 보고 싶었던 사랑한다는 말.

"이 말을 정말 정말 하고 싶었어요. 어머니, 사랑해요. 다시는 이러지 않을게요."

어머니는 날 꼭 안은 채 놓지 않는다. 어머니의 따스한 체온이 나의 가슴속으로 들어온다. 언제까지나 이렇게 안겨 있었으면 좋겠다.

햇빛이 방을 환히 비친다. 따뜻하다. 훈이가 다가왔다. 훈이를 만나서 다행이다. 훈이가 아니었다면 난 지금쯤 먼 길을, 다시는 못 올 길을 걸어가고 있을지도 모른다. 살았다는 것보다 더 좋은 것은 어머니가 날 얼마나 사랑하는가를 눈으로 확인한 것이다. 정말 긴 꿈을 꾼 것 같다.

어디만큼 왔니?

봄을 기다리는 아이에겐
더디게 오는 봄.

여기, 요오기.

봄을 그리워한 아이에게는

늘 새봄이 되어

다가오는 봄.

이제 눈뜨고 보아라!

금빛으로 가득한

어머나,

눈이 감기도록 빛나는 봄.

—정두리, 〈눈뜨고 보아라〉, 《안녕, 눈새야》 (아동문예, 1992)

김혜정

1983년 충북 증평에서 태어났다. 여섯 살 때 읽은 동화《아기돼지 삼형제》에 감동하여 '이야기'에 관심을 갖기 시작했고, 열두 살 때 신문에서 본 소설가 공지영이 너무 예뻐 소설가가 되기로 결심했다. 무작정 소설을 써서 막무가내로 출판사 이곳저곳에 보내다가 중학교 2학년 때 장편소설《가출일기》를 펴냈다. 한번 이야기를 시작하면 듣는 이로 하여금 이야기에 푹 빠져 들게 한다고 친구들에게 '피리 부는 소녀'로 불리지만, 실은 이야기를 하지 않으면 죽는 세헤라자드의 운명을 타고났다. 서강대학교 국문과를 졸업하고, 현재 동대학원에서 계속 공부 중이다. 지은 책으로는 2008년 제1회 〈블루픽션상〉 수상작인《하이킹 걸즈》가 있다.

가출일기

초 판 1쇄 발행 1997년 7월   5일
초 판 16쇄 발행 2008년 1월 22일
개정판 7쇄 발행 2021년 6월 30일

지은이 | 김혜정
발행인 | 강봉자
편집인 | 김종철
펴낸곳 | (주)문학수첩

주소 | 경기도 파주시 회동길 503-1(문발동 633-4) 출판문화단지
전화 | 031-955-9088(마케팅부), 9530(편집부)
팩스 | 031-955-9066
등록 | 1991년 11월 27일 제16-482호

홈페이지 | www.moonhak.co.kr
블로그 | blog.naver.com/moonhak91
이메일 | moonhak@moonhak.co.kr

ISBN 978-89-8392-315-8 03810